信 任

[美]埃尔南·迪亚斯 著

刘 健 译

上海译文出版社

Hernan Diaz
Trust
Copyright © Hernan Diaz, 2022
First published by Riverhead Books, an imprint of Penguin Random House LLC
Translation rights arranged by The Grayhawk Agency Ltd. and The Clegg Agency, Inc., USA
Simplified Chinese edition copyright © 2024 Archipel Press
All rights reserved.

图字:09-2024-0035 号

图书在版编目(CIP)数据

信任/(美)埃尔南·迪亚斯(Hernan Diaz)著;
刘健译. —上海:上海译文出版社,2024.5(2024.8 重印)
书名原文:Trust
ISBN 978-7-5327-9516-1

Ⅰ.①信… Ⅱ.①埃…②刘… Ⅲ.①长篇小说-美国-现代 Ⅳ.①I712.45

中国国家版本馆 CIP 数据核字(2024)第 078830 号

信任
[美]埃尔南·迪亚斯 著 刘健 译
特约策划/彭伦 郭歌 责任编辑/徐珏 封面设计/Keith Hayes 李佳 版式设计/吕裴明

上海译文出版社有限公司出版、发行
网址:www.yiwen.com.cn
201101 上海市闵行区号景路 159 弄 B 座
上海颛辉印刷厂有限公司印刷

开本 889×1194 1/32 印张 12.25 插页 2 字数 168,000
2024 年 5 月第 1 版 2024 年 8 月第 2 次印刷
印数:10,001—13,000 册

ISBN 978-7-5327-9516-1/I·5954
定价:79.00 元

本书中文简体字专有出版权归本社独家所有,非经本社同意不得转载、摘编或复制
如有质量问题,请与承印厂质量科联系。T:021-56152633-607

献给安妮、艾尔莎、玛丽娜和安娜

信　任

Trust

trust /trʌst/ n.

1. 信任，信赖：
You'd think closeness would engender ~.
我认为亲密应该产生信任。

2. （为促进或保护等目的而设立的）信托基金机构：
Fortunately, there were many practical issues to discuss— ~s, executors, and the legal challenges in settling the estate.
幸运的是，有许多实际问题需要讨论，诸如资产信托、遗嘱执行人以及处理遗产时的法律纠纷。

3. 商业信贷：
Then, in 1907, Charles Barney, president of the Knickerbocker ~ Co., became involved in a scheme to corner the copper market.
然后，在 1907 年，尼克伯克信托公司的总裁查尔斯·巴尼卷入一场垄断铜市场的阴谋。

（其他义项略）

目 录

—— I ——

《纽带》，哈罗德·范纳

—— 117 ——

《我的一生》，安德鲁·贝维尔

—— 173 ——

《关于回忆录的回忆》，艾达·帕尔坦扎

—— 341 ——

《未来》，米尔德丽德·贝维尔

纽 带

Bonds: A Novel

哈罗德·范纳 著

bond /bɑːnd/ n.

1. 捆绑物，捆扎物；（捆缚用的）绳索，带子：
Every time she woke up and saw her ~s, Helen was surprised, then angry, then inconsolable.
每次醒来，看到她的束缚带，海伦都会感到惊讶，接着是愤怒，然后是伤心欲绝。

2. 约束（力）；结合（力）；联结，纽带：
She mended broken ~s and created new ones.
她修补破裂的纽带又建立新的纽带。

3. 公券，债券：
He had been able to subscribe to ~s issued to restore the nation's gold reserves, whose depletion had driven so many banks to insolvency.
他已经认购了为恢复国家黄金储备而发行的债券，黄金储备的枯竭已经导致多家银行破产。

（其他义项略）

第一部

本杰明·拉斯克具备几乎所有与生俱来的优势，却也因此被剥夺了一项特权：他没有一种英雄般崛起的经历。他的成长故事中缺乏砥砺和不屈不挠，也没有依靠坚不可摧的意志从近乎废墟之上为自己打造一个黄金铺路的命运。根据拉斯克家族《圣经》尾页的记载，1662年，他父亲的祖先从哥本哈根迁往格拉斯哥，开始在北美殖民地贩卖烟草。在接下来的一个世纪里，生意蒸蒸日上，随着业务不断扩展，家族中的一些成员移民到美国，以便就近监督供应商，并掌控生产过程的各个环节。历经三代之后，本杰明的父亲所罗门买断了所有亲戚和外部投资者的股份。在他独自领导下，公司继续蓬勃发展，不久之后，他成为东海岸最显赫的烟草贸易商之一。自不必说，他的烟草库存来自美洲大陆最优质的供应商，但所罗门的成功秘诀不仅在于商品的质量，更在于他有本事利用一个明摆着的事实：烟草固然具有供人享用的一面，但大多数男人吸烟时要与其他男人交谈。因此，所罗门·拉斯克不仅是上好雪茄、小雪茄和混合烟斗丝的供应商，更是高谈阔论和政治人脉的供应商。凭借社交能力和在吸烟室中培养起来的友谊，他登上事业的顶峰并站稳脚跟。他经常造访吸烟室，与格罗弗·克利夫兰、威廉·扎卡里·欧文和约翰·皮尔庞特·摩根等最显赫的客户一起吞云吐雾。

在事业如日中天之际，所罗门在西17街建起一处豪宅。建成时恰逢本杰明出生。所罗门在纽约的家庭住宅中却很少露面。他的工作需要他频繁往返于各地的种植园。他常常要视察卷烟作坊,还要经常前往弗吉尼亚、北卡罗来纳和加勒比地区拜访商业伙伴。他甚至在古巴拥有一座小庄园,每年冬天的大部分时间都在那里度过。他在岛上生活的传闻为他赢得了冒险家的声誉,他对异国风情的偏爱也成为他商业上的一笔资产。

威廉明娜·拉斯克夫人从未踏足过丈夫在古巴的庄园。然而,她也总是长时间不住在纽约。每当所罗门回家,她便离开,整个季节都住在朋友在哈得孙河东岸的避暑别墅或在纽波特的乡间别墅。在外人看来,她与所罗门之间唯一的共同之处是对雪茄的热爱。她抽雪茄上瘾。对于一位女士来说,这是一种私密的喜悦,她只会在私下里同女友们放纵一下。不过,这不妨碍事情的进行,因为她总有女友簇拥。这个小圈子里的人称她为威利,她们之间的关系密切,似乎形成一种游牧部落。她们不仅来自纽约,还来自华盛顿、费城、普罗维登斯、波士顿,甚至远至芝加哥。她们总是集体行动,随着季节的变更造访彼此的住宅和度假屋。从9月下旬开始,在所罗门离家到他的古巴庄园后,这个小圈子就来到西17街住上几个月。尽管如此,无论这些女士们碰巧住在哪个地方,这个小团体总是维持在一个外人难以渗透的圈子里。

在大多数情况下,本杰明的活动范围仅局限于自己的房间和保姆的房间。他在这座褐砂石建筑里长大,却对它内部其他地方只有一个模糊概念。当母亲和朋友们在家时,他被带离她们抽烟、打牌、喝苏玳酒到深夜的房间。当她们离开后,这些楼层陷入昏暗，百叶窗被合上，家具被覆盖，吊灯也用布罩包裹着。保姆和家庭女教师都说他是一个模范孩子，后来的课程导师也证实了这一点。礼貌、聪慧和听话罕见地在这个脾气随和的孩子身上和谐地结合在一起。早期的老师前思后想，最后能找到的唯一缺陷是他不愿意与其他孩子交往。当其中一位导师将他的学生缺少玩伴归因于恐惧时，所罗门挥挥手打消他的担忧，说这个男孩正在成长为一个具有独立性格的男人。

孤独的成长经历没有为他上寄宿学校做好准备。在第一学期，他成为日常羞辱和小型暴力行为的目标。然而，随着时间的推移，同学们发现他的冷漠让他成为一个乏味的受害者，便不再理会他。他继续独往独来，不动声色地在每个科目上都表现出色。每年年末，老师们都会给他所有能授予的荣誉和奖励，并毫无例外地提醒他，说他注定要为学校带来巨大的荣耀。

在高中毕业季那一年，父亲因心力衰竭去世。在回纽约举行的葬礼上，亲戚和熟人无不对本杰明的镇定自若留下深刻印象，然而实际上，哀悼只是让他性格的自然表现成为一种社会认可的形式。男孩老成的举止让他父亲的律师和银行家感到困惑，他竟要求检查遗嘱和所有相关的财务报表。拉斯克先生是一位尽职尽责、账面做得整洁的人，儿子在这些文件上没有发现任何问题。完成这项任务并知道成年后接管遗产会发生的一切之后，他回到了新罕布什尔州继续完成自己的学业。

母亲在罗得岛和朋友一起度过了她短暂的孀居生活。她是在本杰明毕业前不久的五月去的，而在当年夏末便死于肺气肿。第二次葬礼要低调得多。家人和朋友几乎不知道如何与这个在短短几个月内变成孤儿的年轻人交谈。幸运的是，有许多实际问题需要讨论，诸如资产信托、遗嘱执行人以及处理遗产时的法律纠纷。

  本杰明的大学经历是他中学时代的放大版。所有的缺点和才华都继续存在，但现在他似乎对前者产生了一种冷酷的偏爱，对后者则心生一种温和的蔑视。血统中一些更显著的特征似乎已经在他身上消失殆尽。他与父亲截然不同，父亲有本事让房间里所有的人都围着他转。他与母亲也没有任何共同之处，她可能在一生中从未独处过一天。他与父母的这些差异在他毕业后变得更加明显。他从新英格兰搬回这座城市，在大多数熟人表现出色的方面却毫无建树：他没有运动细胞、对俱乐部漠不关心、不热衷于饮酒、不喜欢赌博、对爱情也是不冷不热。家产全仰仗烟草的他，竟从不吸烟。那些指责他过于节俭的人并不明白，实际上，他并没有刻意压抑自己的欲望。

◆

本杰明对烟草业提不起丝毫兴趣。他既不喜欢烟草产品——像原始人那样的吸入吐出，对烟雾的野蛮迷恋，以及腐叶散发出的苦甜臭味——也不喜欢他父亲非常喜爱并充分利用的烟草带来的亲和氛围。吸烟室里朦胧的气味相投让他厌恶至极。尽管他做出最真诚的努力，却无法假装热情地争论朗斯代尔和迪亚德马这两种雪茄品牌之间的优劣，也无法以只有第一手知识才能赋予的热情来为自家下维尔他庄园生产的罗布图雪茄唱一曲赞歌。烟草种植园、熟成处理仓房和雪茄加工厂属于一个遥远的世界，他没有任何兴趣去了解。他会第一个站起来坦率承认自己是公司极不称职的代言大使。他因此将公司的日常运作托付给在他父亲手下忠心耿耿服务了二十年的经理。本杰明又违背这位经理的建议，通过从未谋面的代理人低价出售他父亲的古巴庄园和其中的一切，甚至没有清点库存。他的银行家将这笔钱连同他的其他积蓄一并投资于股票市场。

无所事事的几年就这样虚度过去。在这段时间里，他半心半意地尝试过各种收藏，包括硬币、瓷器和结交朋友，染上疑病症，试图培养对马的热情，却也未能成为纨绔。

时间变成永恒的瘙痒。

与自己的真实意愿相违背，他开始计划去欧洲旅行。他已经通过书本了解了有关旧大陆的所有他感兴趣的东西；亲身经历那些事情和地方对他来说并不重要。他也不希望连续几天和陌生人一起困在一艘船上。尽管如此，他还是说服自己，如果他真想离开，现在时机成熟：由于一系列金融危机和随之而来的席卷整个国家的经济衰退，最近两年纽约市的整体气氛相当阴郁。由于经济低迷并未直接影响到他，本杰明只是模糊地意识到其原因。他相信，这一切都始于铁路泡沫的破灭，不知何故与随后的白银崩盘有关，进而导致黄金抢购，最终造成无数银行的倒闭。这一系列事件后来被称为"1893年恐慌"。无论这些事件的先后顺序如何，他都不担心。他有一个模糊的观念，即市场总是来回波动，他相信今天的损失将转化为明天的收益。这次金融危机虽然是自二十年前的长期萧条以来最严重的一次，但并没有阻止他前往欧洲旅行的意愿，反而成为鼓励他离开的最强有力的原因之一。

正当本杰明打算确定旅程日期时，他的银行家告诉他一个消息，通过某些"关系"，他已经认购了为恢复国家黄金储备而发行的债券，黄金储备的枯竭已经导致多家银行破产。这些债券在发行后短短半小时内就销售一空。在一周内，拉斯克便赚到一笔可观的利润。这次不期而遇的好运，以有利的政治转向和市场波动的形式，使得本杰明本已可观的遗产突然又看似自发地增长了。他本来对自己财富的增长并不关心，但是这次机缘巧合让他发现内心深处潜藏着一种饥饿感。在没有足够大的诱饵将其激活之前，他并没有意识到这种饥饿感的存在。现在欧洲旅行将不得不暂时放在一边。

拉斯克的资产一直由J.S.温斯洛公司以保守原则妥善管理。这家公司是由他父亲的一位朋友创立的，眼下由小约翰·S.温斯洛掌管。他曾试图与本杰明建立私交，但未能成功。因此，两位年轻人之间的关系有些紧张。尽管如此，他们仍然保持密切合作。他们的联系方式主要是通过信使或电话，因为本杰明更喜欢这样，而不喜欢冗长多余、故作亲切的面对面会谈。

很快，本杰明就学会了熟练地阅读股票行情，并发现其中的规律，将这些规律进行交叉比较，从那些看似无关的趋势中找到隐藏的因果关系。温斯洛意识到他的客户是一位有天赋的学习者，因此尽量让事情看起来比实际情况更加扑朔迷离，而且经常反驳本杰明的预测。即使如此，拉斯克还是开始自作主张，经常违背公司的建议。他更青睐短期投资，并指示温斯洛在期权、期货和其他投机工具中进行高风险交易。温斯洛总是敦促他要行事谨慎，并对他的鲁莽方案提出异议：他拒绝让本杰明在轻率的冒险中损失资本。除去担心客户的资产外，温斯洛似乎还很在意形象，刻意表现出一种财务风度。毕竟，正如他曾经说过的那样——他说这番话时露出浅笑，对自己的机智感到得意——他是一位簿记员，而不是博彩经纪人；他的职责是管理金融机构，而不是赌场。他从父亲那里继承了追求稳健投资的声誉，他意欲将这一遗产保持下去。尽管如此，他最终总是遵从拉斯克的指令，以保住自己的佣金。

不到一年的时间，拉斯克便厌倦了金融顾问的保守自负和迟缓的节奏。他决定撇开温斯洛，开始使用自己的账户进行交易。与关系亲密的世交断绝一切家族联系，拉斯克在接管自己的事务时，有生以来第一次体验到真正的成就感，因而感到格外满足。

◆

　　褐砂石建筑的下面两层变成临时办公室。这种转变不是出于计划，而是为了满足一系列意料之外的需求，后来，这里竟然变成一个挤满员工的工作空间。起初只有一名信使，本杰明派他带着股票、债券和其他文件在城里跑来跑去。几天之后，男孩告诉本杰明他需要帮助。于是，本杰明增加了一名信使，又雇来一名电话接线员和一名职员。新职员很快提出他无法独立应付。管理员工占去了本杰明办理业务的重要时间，为此，他聘了一名助手。记账工作变得耗时，他又雇来一名会计师。当助手又雇用助手时，拉斯克已经记不清新员工的雇用情况，也不再费心去记住这些人的面孔或名字。

　　多年来一直尘封的家具现在都被秘书和跑腿男孩任意糟蹋。胡桃木边几上安装了股票报价机；大部分镀金压花树叶壁纸被报价板覆盖；成堆的报纸弄脏了草黄色天鹅绒的长沙发；打字机在椴木写字台面上磕磕碰碰；黑红两色墨水弄脏了沙发和软椅上的针织装饰；香烟将烟灰弹到红木办公桌的蛇形边缘烧坏；忙碌的鞋子磨损了橡木兽爪脚，又在波斯长条地毯上留下永久污渍。但是，本杰明父母的房间仍保持完好无损，而他则睡在小时候从未去过的顶层。

　　为父亲的实业找到买主并不是一件困难的事情。本杰明鼓励一家弗吉尼亚制造商和一家英国贸易公司相互竞标。他希望与过去的那段时间保持一定距离，因而乐见英国公司占了上风，家传的烟草公司又回到它的起始地。然而，真正让他感到欣慰的是，凭借这次出售所得的利润,他能够在更高层面施展才华,在新的层次上经营风险,并为他过去无法企及的长期交易融资。周围的人困惑地发现,随着财富的增加,他拥有的产业却成比例地减少。他将剩余的家产全部卖掉,包括西17街的褐砂石建筑和其中的所有东西。他在瓦格斯塔夫旅馆租了一套房间,将衣物和证件装在两个箱子里送到那里。

他着迷于金钱是如何自行反转并强行吞噬自身的扭曲效应。投机孤立和自给自足的本质与他的性格吻合,投机本身就是奇迹之源,有自己独立的目标,无论盈利多寡或是否足以支付他的开支都无关紧要。奢侈是庸俗的负担。他渴望与世隔绝的灵魂并不追求新的体验。对政治和权力的追求在他落落寡合的头脑中毫无立锥之地。他从未对象棋或桥牌等策略游戏产生过兴趣。如果有人问他,本杰明可能很难解释是什么吸引他进入金融界的。它的复杂性是一个原因,这没错,但他也将资本视为一种无菌生物。它移动、进食、生长、繁殖、生病甚至可能死亡。但它是干净的。随着时光流逝,这一事实对他来说变得更加清晰。资本运作的规模越大,他离具体细节的距离就越远。他无需触碰任何一张钞票,也无需与交易过程中的人和事有任何瓜葛。他所要做的只有思考、说话,或许还有书写。这个生命体开始运动,进入越来越抽象的领域,并在运动途中画出美丽的图案。它有时会遵循自身的欲望行动,得到本杰明永远无法预测的结果,这给他带来额外的愉悦。这个生物是在尝试行使它的自由意志。对此,他表示赞赏并理解,尽管可能会让他感到失望。

本杰明对曼哈顿市中心所知甚少,只够让他讨厌那里高高低低的办公楼群,肮脏狭窄的街道,以及满街忙着展示自己有多忙的脚步匆匆的商人。尽管如此,为了金融区的便利,他还是将办公室搬到布罗德街。此后不久,随着兴趣的扩展,他在纽约证券交易所获得一个交易席位。他的员工很快意识到,他不喜欢戏剧性的表现,也不喜欢狂喜的表达。交谈以耳语进行,精简到最基本的内容。如果打字出现间歇,从房间的另一端可以听到皮椅的吱吱声或丝绸袖子在纸上的沙沙声响。然而,无声的涟漪时刻在搅动空气。每个人都很清楚,他们是拉斯克意志的延伸,他们有责任满足甚至预知他的需求,但永远不能找他满足自己的需要。除非有重要信息要告诉他,否则他们必须缄口等候。为拉斯克工作成为许多年轻交易员的抱负,但一旦相信自己已经掌握可以学到的一切而与他分手后,他们中没有人能够完全复制前雇主的成功。

　　身不由己地,他的名字开始在金融界赢得人们的虔诚敬畏。父亲的老朋友向他提出商业计划,他有时会接受;但对于他们提供的指导和建议,他总是不予理睬。他交易黄金和鸟粪、货币和棉花、债券和牛肉。他的兴趣不再局限于美国。英格兰、欧陆、南美洲和亚洲在他看来已经成为一个统一的领域。他坐在自己的办公室里,环视着世界,寻找冒险的高息贷款,与许多国家协商政府证券,这些国家的命运因为他的交易而变得密不可分。有时他设法将全部债券发行据为己有。他有限的几次失败之后总是巨大的成功。站在他这一侧进行交易的每一个人都赚得盆满钵满。

　　与本杰明的意愿相悖,他越来越进入这样一个"世界",在那里没有什么比匿名更引人注目。即使流言蜚语从未传到他耳中，拉斯克也知道，因为他一贯不起眼的外表、有节制的起居习惯和修道院般的旅馆生活，他注定被视为某种另类"人物"。一想到被人认为行为怪异，他就感到极度的尴尬。他决定顺从一个处于他所在地位的人承载的社会期望。他在第五大道第62街建起一座布杂艺术风格的石灰石豪宅，又聘请奥格登·科德曼负责做内部装饰。他确信他富丽堂皇的成就一定会占满所有报纸的社会版面。房子竣工后，他计划举办一场社交舞会，但最终放弃。在与秘书一起起草宾客名单后他才意识到，社会承诺是呈指数级增长的。他加入几个俱乐部、董事会、慈善机构和协会，却极少露面。他做这一切都是出于无奈。但如果被社会看成是在"独树一帜"，他会更不开心。最终，他变成一个扮演富翁的富翁。他让自己的实际情况与外在形象保持一致，但这种一致并没有给他带来任何愉悦。

◆

纽约充满喧嚣的乐观情绪，人们相信他们的步伐快得已经超越未来。拉斯克当然从这种飞速增长中受益，但对他而言，这完全是一个数字事件。他并不觉得乘坐新近开通的地铁线路有什么必要。有几次，他参观过全市几座正在建造中的摩天大楼，但他从未考虑过将办公室搬到其中哪一座。无论是在街上行走时还是交谈中聊起，他都认为汽车是一种令人讨厌的东西。在他看来，汽车已经成为员工和生意伙伴之间无休止的乏味话题。只要有可能，他就避免穿过连接城市的新桥梁，也不关心每天在埃利斯岛登陆的众多移民。他通过报纸了解纽约发生的大部分事情——最重要的是，通过报价机上传来的股市行情。而且，即使从他对这座城市的独特（有些人会说是狭隘）视角也能看到，虽然吞并和合并导致财富向少数规模空前的公司集中，可具有讽刺意味的是，人们却有一种集体成功的感觉。这些新的垄断公司规模之巨，其中一些价值甚至超过了整个政府预算，证明财富分配是多么不平等。然而，大多数人，无论他们的现状如何，都确信他们是腾飞的经济的一部分——或者很快就会成为其中的一部分。

然后，在1907年，尼克伯克信托公司的总裁查尔斯·巴尼卷入一场垄断铜市场的阴谋。但此举失利，造成一座铜矿、两家经纪公司和一家银行破产。此后不久，尼克伯克信托公司的支票不再被接受。国民商业银行在接下来的几天里出面，尽量满足储户的要求，直到巴尼别无选择，只能关门大吉。大约一个月后，他向胸口开枪自尽。尼克伯克信托公司的失败在市场上引发恐慌。大面积挤兑导致普遍破产，证券交易暴跌，贷款被收回，经纪公司申请破产，信托公司违约，商业银行倒闭。所有销售都停止了。人们涌入华尔街，要求提取存款。骑警中队骑马来回巡逻，试图维持公共秩序。在手头没有现金的情况下，短期借贷利率在几天内飙升至150%以上。大量黄金从欧洲运来，但数以百万计的金条横渡大西洋也未能缓解危机。随着信贷基础的崩溃，拥有充裕现金储备的拉斯克利用了这次现金流动性危机。他知道哪些受到恐慌打击的公司有足够韧性可以挺过难关，他便以低得荒谬的价格收购其资产。在许多情况下，他的评估比摩根大通的手下领先一步。摩根大通经常在拉斯克之后突然扑上来抢购，推动股价上涨。事实上，在金融风暴中，他收到了摩根本人的一张便条，其中提到他的父亲（"所罗门的马杜罗是我有幸品尝过的最好的马杜罗"），并邀请他到摩根的图书馆与其最信得过的人商谈如何"帮助维护我们国家的利益"。拉斯克没有提供任何借口就谢绝了邀请。

　　危机过后，拉斯克更上一层楼。他花了一些时间才适应了那种迷失方向的感觉。他所到之处，总有一圈伴随着窃窃私语的光环。在他和周围世界之间，他时时刻刻都感觉到光环的存在。他知道其他人也能感觉到。外人看到的日常活动保持不变——他一直待在第五大道上几乎无人居住的家中，并从那里给外界一种错觉，好像他过着繁忙的社交生活。而实际上，这种生活仅局限于在他认为自己幽灵般的形象会产生最大影响的少数社交应酬中露面。尽管如此，他在这次金融恐慌中的意外之得还是让他变成了另一个人。真正令他自己都惊讶的是，他开始在他遇到的每个人身上寻找认可的迹象。他渴望确认人们是否注意到围绕着他的窃窃私语、瑟瑟发抖，那种把他与他们隔开的东西。矛盾的是，这种需要确认的愿望却是他与他们之间相互交流的一种形式。他对这种感觉很陌生。

因为现在已不可能事必躬亲，拉斯克不得已与办公室的一个年轻人发展密切的关系。谢尔顿·劳埃德从底层做起，一路攀升成为他最信任的助手。他负责筛选需要拉斯克过目的日常事务，只让真正重要的问题送达拉斯克的办公桌。他还主持几种日常会议——他的雇主只有在需要拍板时才会露面。谢尔顿·劳埃德以各种方式体现本杰明所憎恶的金融世界的方方面面。对谢尔顿来说，就像对大多数人一样，金钱是达到目的的手段。他花钱。买东西。房屋、车辆、动物、绘画。高谈阔论。旅行，举办派对。把财富穿在身上——他的皮肤每天散发不同的气味；他的衬衫从没有熨过，而是簇新的；他的外套几乎和他的头发一样闪亮。他拥有最传统又最尴尬的品质——"品位"。拉斯克打量着他，心里想只有受雇于人的人才会以这种方式花别人给他的钱：以此寻求解脱和自由。

正因为谢尔顿·劳埃德的肤浅，本杰明才发现他的用处。是的，他的助手是一个精明的交易员，但拉斯克也明白，他是许多客户和短期合作伙伴心目中的"成功"典型。谢尔顿·劳埃德是他业务的完美代言人——在许多情况下，比雇主更有效。因为谢尔顿如此忠实地遵守金融家被赋予的所有期望，本杰明开始依赖他处理公务之外的事情。本杰明请他组织晚宴和派对。谢尔顿乐此不疲，把他的朋友请进拉斯克家中，在那里热情款待董事会成员和投资者,而真正的主人总是早早溜走。但本杰明过着某种活跃的社交生活的虚构形象却得到巩固。

1914年,谢尔顿·劳埃德被派往欧洲与德意志银行和一家德国制药公司敲定交易,并作为其雇主的代理人在瑞士开展一些业务。谢尔顿在苏黎世遭逢第一次世界大战。当时,拉斯克派他去那里收购当地一些蓬勃发展的新银行的股份。

在本土,本杰明将注意力集中在财富的有形基础上——物和人,战争已将其融为一体。他投资与战争有关的行业,从采矿和炼钢到军火制造和造船。他对航空产生兴趣,看到和平时期飞机的商业潜力。他着迷于定义了那个年代的技术进步,资助化学公司和工程企业,为推动世界工业发展的新引擎中许多看不见摸不着的零件和流体申请专利。他又通过在欧洲的代理人,谈判购买每个参战国家发行的债券。然而,他的财富无论变得多么巨大,都只是他真正攀升的起点。

他的沉默寡言随着他触角的延伸而加剧。他对社会的投资越广越深,他就越退缩回自我。股票和债券与公司捆绑在一起,而公司又与土地和设备以及劳动人群相关联,劳动人群通过世界各地其他劳动人群得到衣食住行,以不同的有价货币进行支付,货币成为贸易和投机的对象,并与不同国家的经济命运息息相关,最终又与股票和债券相关的公司联系在一起。财富的构成几乎是无穷无尽的斡旋,这使得他对建立任何直接关系都漠不关心。尽管如此,当他到达并走过他认为是他生命的中点时,一种模糊的家谱责任感,以及更加模糊的礼仪观念,让他开始考虑结婚。

第二部

布雷沃特是一个古老的奥尔巴尼家族，他们的财富没能配得上他们显赫的姓氏。经过三代从政失意和做小说家的努力失败之后，他们终于沦落到一种能保持尊严却阮囊羞涩的境地。他们在珍珠街的住宅是城里最早建造的房子之一，是他们家族尊严的具体表现。利奥波德和凯瑟琳·布雷沃特的生活在很大程度上围绕着对这种尊严的维护而展开。到海伦出生时，他们已经将高楼层关闭，以确保他们可以将注意力集中在低楼层上，那里是款待客人的地方。他们的客厅是奥尔巴尼社交生活的中心之一，而布雷沃特日益减少的财力并没有阻止他们接待舍默尔霍恩一家、利文斯通一家和范伦塞勒一家。聚会总是如此成功，因为能在轻松（凯瑟琳有一种让别人觉得自己健谈的天赋）和严肃（利奥波德被广泛认为是当地一位知识和道德权威）之间取得罕见的平衡。

在这个圈子里，干预政治被视为相当不光彩，文学也有放荡不羁的意味。然而布雷沃特先生从先人那里继承了公共服务和著书立说这两种不上台面的嗜好，撰写了两卷政治哲学著作。作品问世却如石沉大海，让他愤愤不平，转而专注于年幼的女儿，将她的学业掌握在自己手中。自从海伦出生以来，布雷沃特先生就一直忙于自己失败的事务，没有认真关注过她。但现在他决定负责她的教育，他对她性格的方方面面都很满意。五岁时，她已经是一个书迷。她的父亲惊讶地发现她在交谈中透出的早熟。他们沿着哈得孙河散步，走很长一段路，有时一直走到深夜，讨论他们周围的自然现象——蝌蚪和星座、落叶和吹落它们的风、月亮的光晕和雄鹿的鹿角。利奥波德从未体验过这种快乐。

他发现所有现有的教科书都不够用，它们的内容和教学方法有待质疑。因此，当他不教书或处理妻子不断为他安排的社交义务时，布雷沃特先生就忙着为女儿编写手册和练习册。它们包含海伦喜欢并且几乎总能获胜的启发性游戏、谜语和智力游戏。科学之外，文学在他们的教育计划中也占有突出地位。他们阅读美国超验主义者、法国道德主义者、爱尔兰讽刺作家和德国格言作家的作品。借助过时的词典，他们尝试翻译来自斯堪的纳维亚、古罗马和希腊的故事和寓言。受到他们努力带来的荒谬结果的鼓舞（布雷沃特夫人经常不得不闯入他们的小书房，要求他们在她款待客人时停止"像马一样"大笑），他们开始收集一系列杜撰的、离谱的神话。海伦在父亲指导下学习的头两三年将是她一生中最快乐的时光，即使这些记忆的细节和轮廓随着时间的推移逐渐消退，兴奋和充实的整体感觉也将永远鲜活地留在她的脑海里。

在他努力扩大教学大纲的过程中，布雷沃特先生心血来潮的研究方法引导他走向过时的科学理论、落伍的哲学建构、疯狂的心理学学说和渎神的宗教信条。为了将宗教与科学结合起来，他开始全神贯注于伊曼纽·斯威登堡的教义。这是他人生以及他与女儿关系的转折点。在斯威登堡的教导下，他相信理性，而非忏悔和恐惧，才是通往美德甚至神圣的道路。数学论文仅次于经文。布雷沃特先生对七八岁的海伦轻松自如地解决深奥的代数问题并能对许多《圣经》段落提出详细解释感到欣慰。她还被要求一丝不苟地把梦境记录下来，他们以数秘术的热情解析这些日记，寻找来自天使的加密信息。

布雷沃特先生先前的一些乐趣在他新发现的神学热情的笼罩下渐渐枯萎。尽管如此，海伦还是尽可能地保持着他们往年的愉快心情。为了减少日常课程中越来越单调乏味的内容，海伦学会如何逗弄她越来越疏远的父亲。的确，在她的主要靠即兴而来的课程表里的许多内容，包括算术、光学、三角学、化学、天文学，都是她喜欢并努力完成的。但她发现布雷沃特先生的教学大纲中更神秘的部分非常乏味，直到她发现如何扭曲它们以供自己娱乐。她用《圣经》中的预言创造字谜来预言他们家庭的未来；她设计对《旧约》经文的神秘解释，并附以深奥的数学论证，父亲总是对此很折服，无论他是否理解这些论证；她用令人震惊的条目填满她的梦境日记，其中许多条目近乎不雅。利奥波德要求她对梦境的描述必须毫不妥协地诚实，海伦喜欢看着他读到她带着些许淫秽意味的虚构时下巴颤抖，露出难以掩饰的恐惧。

如果说编造梦境一开始只是个恶作剧，那么最终它就变成了必需品。在她九岁左右的时候，失眠开始延长她的夜晚，不仅剥夺她的梦境，还破坏她的平静。焦虑像冰冷孢子占据她的心智，并将其化为一片恐惧的荒原。血液似乎在她的血管中流动得太快而变得稀薄。有时她觉得她能感觉到自己的心在喘息。这些充满恐惧的不眠夜越来越频繁，随之而来的是白天一片混沌，无论如何努力，她几乎不可能保持头脑清醒。然而，父母更喜欢这种被抑制的她——父亲非常高兴地关注她平淡无奇的作业；母亲则发现她更容易接近。

海伦很快意识到，她除了是父亲的学生之外，还成为他研究的对象。他似乎对自己教学的具体结果很感兴趣，并追踪它们如何塑造女儿的心智和道德。当他观察她时，海伦常常认为有人在从他的眼睛后面窥视她。事后看来，她看到的所有这些窥探促使她为自己塑造了一个安静、谦逊的性格，她在父母和他们的朋友面前始终如一地扮演着一个角色——低调，彬彬有礼，不是出于必要从不说话，回应时尽可能用点头和单音节词，总是把目光从人们的视线移开，尽量避免和成年人为伴。她从未摆脱过这种表面形象，这让她在后来的生活中疑惑，这是不是她一直以来的真实性格，或者更确切地说，这些年来，她的精神是否已经根据这个面具塑造了自己。

家庭收入的减少并没有减少珍珠街聚会攒动的人头，这更好地证明了布雷沃特夫人的魅力和左右逢源的本领。茶水质量下降，助手常常不辞而别，都没有阻止访客登门。就连她行为乖张讲话令人费解的丈夫也没能让客人却步。凭借她的魅力和一些巧妙的政治手腕，她确保她的客厅仍然是奥尔巴尼社交圈和知识生活的中心。但他们不得不重新开放高楼层，尽可能地布置好接纳房客。布雷沃特夫人本可以避免政府雇员在楼梯上挤来挤去的羞辱，但她的常客认为，为了不使她尴尬，将聚会转移到别处更为得体。大约在这个时候，布雷沃特夫妇意识到奥尔巴尼对他们来说已经过于偏僻。

在启程前往欧洲之前，他们在纽约市暂住一个月，住在麦迪逊大道东 84 街布雷沃特夫人的一位朋友家里。朋友家离那座豪宅只有几个街区远。当时没人想到那里会成为海伦未来的家。事实上，多年后，当她回首纽约的往事时，她常常会想，在她与母亲的某次散步中，十一岁的自己是否会邂逅这位业已功成名就的商人和未来的丈夫。当时的女孩和这位男人打过照面吗？无论如何，可以肯定的是，作为一个孩子，她度过一些无聊的时光，那时她身边的人日后会为婚后的她的关注和友谊而争风吃醋。在那一个月中，母亲带她尽量参加白天的所有活动——午餐、讲座、茶点会、独奏会。布雷沃特夫人经常说，她在这些活动中学到的东西比她的教育更为重要，超过她从父亲那里学到的植物学或希腊语课程。按照她的习惯，海伦在这些聚会中保持安静，专心观察和倾听，却没有想到大约十年后她会认出其中的许多面孔和声音，也没有想象这些人中谁假装记得或忘记她，会对成年后的自己有多大帮助。

◆

　　没有布雷沃特夫人，他们在欧洲就别想过上好日子。刚到法国的时候，他们在圣克卢找到一处简易住房，但凯瑟琳很快就发现这里离巴黎市中心太远。她有一堆事情要处理，于是独自一人去圣路易斯岛的洛厄尔家借住数日。从那里，她去看望熟人或拜访请求会见她的人，给他们带去来自纽约的新闻、信件和敏感消息。在不到一个星期的时间里，他们应邀住进玛格丽特·普尔曼位于孚日广场的家里。这种情况几乎每到一处便重复出现：布雷沃特一家到达比亚里茨、蒙特勒、罗马，然后在城镇中稍逊一等但体面的地区找到价格合适的家庭旅店或小旅馆住下。接下来，布雷沃特夫人会花大约一周的时间拜访朋友，传递信息，结识新的美国侨民朋友，之后他们就会被邀请成为其中一家的客人。然而，随着时间的推移，角色颠倒过来：起初是布雷沃特夫人要依赖那些富裕的同胞的好意，但大约一年后，她被邀请的频率如此之高，她不得不开始婉言谢绝。越是如此，她就越受欢迎。无论他们走到哪里，她都会成为连接所有值得认识的漂泊美国人的核心。

　　在国外，美国人之间相互回避是很常见的。按照一种心照不宣的规矩，这样做不失人情练达，另外也没有人愿意让别人觉得自己在欧洲没有朋友，只能像土包子一样依赖家乡的熟人。布雷沃特夫人深知这一规矩，并加以利用，扮演起在自我封闭的外国人中间的信使角色，大家都衷心欢迎她的服务，让他们能够维持冷漠自主的伪装。人们找上门，恳求她帮忙牵线搭桥。要是换另一个人，这会是一件尴尬的事情；她修补破裂的纽带又建立新的纽带；她设法把人们拉入精心挑选的圈子里，同时，最重要的是，让人们感觉她是在维护这些圈子的封闭性；大家都同意，从她嘴里传出的趣闻轶事无人能及，她是穿针引线的最佳人选。

随着季节的变迁，他们沿高山、海边或城市旅行；为了方便起见，他们或者长住，或者短期驻足，或者只是匆匆一瞥。布雷沃特一家为自己绘制了一张独特的大旅行地图。布雷沃特先生大部分时间都忙着辅导女儿，还要探索各种神秘主义圈子——通灵术、炼金术、催眠术、死灵术和其他形式的神秘学的东西，这些成了他全神贯注的焦点。海伦对于失去父亲这个朋友和唯一的欧洲行旅伴感到很沮丧。但大约在这个时候，她的心灵陷入了一个新的深渊：她已长大，博览群书，受过良好教育，足以意识到利奥波德正在成为一个滔滔不绝的怪人。她被灌输了各种教义和信经。几年前这些东西还能成为他们一起嘲笑的对象，也是他们荒谬故事的灵感来源。看到父亲渐行渐远已经够让她伤心，更让她心碎的是发现她对他的知识价值的尊重也随之一起消失。

不过，布雷沃特先生并没有完全忘记女儿的天赋。几年的旅行之后，他不得不承认女儿在语言、数字、《圣经》解读和他所谓的神秘感应方面的天赋已经超过他的水平。他开始策划家庭行程，把其中一部分设计成探访可能有助于她学业的学者。这样的安排把他们带到简陋的村庄民宿或大学城的小旅馆。在那些地方，母亲、父亲和女儿只能靠着彼此。这时候，布雷沃特夫妇变得孤立无援，格格不入，经常口角，相互刻薄。海伦也更加退缩，她的沉默为父母日益激烈的争论铺设战场。尽管如此，当终于到了探访杰出的教授或神秘学权威的时候，海伦总会有所转变。她突然变得自信起来——身上有一种东西变得坚硬、闪耀、尖锐起来。

无论是在耶拿的中心、图卢兹的边缘，还是在博洛尼亚的郊区，日常活动基本保持不变。他们在一家小旅馆住下，布雷沃特夫人说自己身体不舒服，需要卧床休息，而布雷沃特先生带着女儿去见吸引他们来到此地的大人物。利奥波德·布雷沃特的自我介绍总是冗长且难以理解，让主人用忧虑和遗憾的目光看着他和女儿。他的学说不仅变得相当晦涩，还夹杂着大量虚构的法语、德语和意大利语。一些学者和神秘主义者被海伦对《圣经》的深入理解、她的学术成就以及她对各种深奥教义的流利表达深深吸引。此时，布雷沃特先生总想说些什么表达自己的想法，但每次都被举起的手势阻止，在接下来的会面中也被忽视。有些导师要求他离开房间。还有一些人表现出传授者的热情，试图抓住海伦的腿，但被她致命的冷漠和坚定的目光吓退，很快就缩回手。

◆

海伦的童年留在了奥尔巴尼。由于经常四处奔波，她很少遇到同龄的女孩，那些偶然的相遇也从来没有机会发展成真正的友谊。她靠自学语言来打发时间，借助她在住家和旅店之间搬运的书籍。从尼斯的书架上抓来一本法文版的《克莱芙王妃》，然后放回锡耶纳的图书馆；从那里拿走一本意大利文的《格列佛游记》，又用它填补她在慕尼黑借走的德文版的《红与黑》留下的空档。失眠不断夺走她的夜晚，她只好用书本作为盾牌，抵御那些隐晦无形的恐怖的袭击。当书本不够时，她转向日记。父亲让她坚持记录几年的梦境日记，培养了她每天记录自己想法的习惯。随着时间流逝，当他不再阅读她的日记时，她开始从记录梦境转向对书籍的冥思、对游览过的城市的印象，以及在白夜里，她内心深处的恐惧和渴望。

在她刚进入青春期的时候，发生过一件平淡却很重要的事情。当时她和父母住在奥斯古德夫人位于卢卡的别墅里。海伦一直在房子周围闲逛，然后热得头昏，便回到空荡荡的房子里踱步。他们是唯一的客人。听到她的脚步声，仆人们赶紧溜走。一只狗摊开四肢贴在凉爽的赤陶地板上，半睁着眼睛看向自己的颅骨，做着抽搐的梦。她朝客厅里望去：父亲和奥斯古德先生在扶手椅上打瞌睡。海伦觉得自己有些邪恶，心里隐隐约约有种想干坏事的欲望。她意识到自己正在透过无聊的深渊窥视着。无聊的另一侧就是暴力。她转身回到花园里。当她走到母亲和女主人正在喝柠檬水的阴凉处时，她简单地宣布要去城里走走。也许是因为她的语气显得强硬，没有商量的余地，也许是因为母亲正在和奥斯古德夫人激烈地低声交谈，又或者是因为那天下午阳光洒在卢卡，散发着宽容和慈祥的光晕，没有人提出异议——只有布雷沃特夫人瞥了一眼，告诉女儿去享受散步，但不要走得太远。于是，在没有人注意到的情况下，海伦开启了生活的新篇章。这是她有生以来第一次独自面对外部世界。

沉浸在实现了获得独立的梦想中，她几乎没有注意乡间小路和周围的环境。但她被城里首先迎接她的宛如灰泥般的宁静唤醒。在空旷的街道上，她听到的只有鞋子踩在鹅卵石路上发出的干涩回声。每走几步，她会轻轻地拖一下脚，只为感受皮革在石头上摩擦时脖子上的皮肤兴奋得刺痛的感觉。每走过一个街区，这座小城市就变得更加热闹。为了延长最初感受到的宁静的喜悦，她继续向前走，脚步轻快沉稳，远离远处十字路口的喧闹声，远离广场上传来的喧嚣的叫卖声，远离拐角处的流水般的马蹄声，远离那些在收衣物时从一个窗口到另一个窗口大喊大叫的妇女。她走进一条小巷，那里的房屋为抵挡高温都关着百叶窗，在那里她可以再次听到自己孤独的脚步声。她知道，此时此刻，这种庄严的快乐，因为没有任何杂质而如此纯粹，因为不依赖任何人而如此可靠，将是她今后要追求的境界。

广场上正在搞某种庆典或宗教节日，为了避开那里的喧嚣，海伦发现自己站在一条有几家店铺的街道上。其中一家简直就是一个双重的时代错位。照相馆在那个小城市显得极不协调，小城的伊特鲁里亚的过去让中世纪的教堂都显得过于新潮。但仔细观察就会发现，这个来自未来的不和谐幻影实际上是古老的。橱窗里的肖像照片、陈列的相机、提供的服务——所有这些都带着摄影历史早期的风味。不知何故，比起这座城市自存在以来的二十个世纪，海伦似乎感觉这家店过时的三五十年更为久远。她决定走进去。

店里的窗户脏得有点离谱，光线透进来，给屋里涂上白粉笔色，散发出一种奇怪的优柔寡断的气息。起初，海伦以为那些烧杯、移液管和形状奇特的玻璃器皿，连同贴有标签的烧瓶、瓶瓶罐罐，是房间里杂乱无章的各种道具的一部分——自行车和罗马头盔、阳伞和毛绒玩具、洋娃娃和航海装备。可是渐渐地，她明白这个地方介于科学和艺术之间。这到底是化学家的实验室还是画家的工作室？双方似乎都已经放弃，争议一直悬而未决。

一个面容慈祥或疲惫不堪的小个子男人从屋子尽头的帘子后面走出来。他很高兴地发现这位外国年轻女子的意大利语说得这么好。简短交谈后，他拿出一本夹满橱柜照片的相册，这是海伦的母亲小时候收藏的那种老式卡片式照片。她认出照片中的军团士兵、猎人和水手拿着的许多物件。男人说她应该扮作威风凛凛的密涅瓦女神拍张照片。他展开帕特农神庙的背景幕，将海伦摆在前面，然后在道具中翻找头盔、长矛和一只猫头鹰标本。海伦立刻婉拒。但没等摄影师的脸上露出失望，她又改口说她很愿意拍照，但不想穿戏服，也不需要背景，只要她一个人站在那里，站在店里拍照。摄影师既高兴又困惑，但他记录下了海伦新生活的第一天。

◆

  在欧洲大陆旅行到第四个年头，布雷沃特一家去过美国侨民经常光顾的所有首都和度假胜地，还为深化海伦的教育走访过许多其他地方。他们在地图上画出看似疯狂的足迹。因为他们旅行范围如此之广，时间如此之长，又要同时满足社交和学术追求，再加上母亲为炫耀他们家族的成就所做的不懈努力，性格内向的海伦已经变得小有名气。每当利奥波德离家短途旅行去参加一个他特别感兴趣的沙龙、一次降神会、一个神智学会的会议，或者去见他所谓的同事时，布雷沃特夫人都会带女儿去参加一些她的约会，声称海伦现在已经长大成人，可以开始学习世界的真正运作方式。但按照习俗，海伦当然还太年轻，不能出入上流社会。布雷沃特太太带她来不是来做客，而是来提供娱乐表演。

  在布雷沃特夫人的提示下，晃着小杯白兰地、一脸疑惑的男士，还有小口啜饮着雪利酒、半信半疑的女士会请求海伦随机阅读两本书中的一些段落，这些书有时是用不同的语言写成的。她会迅速记住这些段落，然后逐字复述出来，给绅士和淑女们提供餐后消遣。困惑的客人觉得小姑娘有点迷人。但是，当布雷沃特夫人在最初的表演之后，让女儿将两个段落中的每个句子互换，然后倒背如流，那些洋洋得意的微笑总是僵在脸上，变成瞪大眼睛，合不拢嘴。这只是她的表演节目里的第一项，接下来还有各种智力表演，每次都在一片低语和掌声中结束。很快，人们开始请求她出席各种聚会。她变成一个"奇迹"。布雷沃特夫人没有必要叮嘱女儿对父亲保密，这些表演对家族的名声大有帮助。

但是世上没有又保密又公开这样的事情。最后，当全家人去巴黎拜访埃吉科姆一家时，布雷沃特先生得知妻子一直在利用女儿的才能作为一种客厅把戏而大发雷霆。过去的一两年里，随着他们各自的爱好产生分歧，他们的婚姻关系也相应地恶化。凯瑟琳和利奥波德·布雷沃特在大多数情况下都尽量与对方保持一定距离，避免交流，因为他们之间的对话总是以争吵告终。然而，当真相大白时，积压在厚重怨恨中的怒火以山体滑坡的方式倾泻而下。布雷沃特夫人厌倦了丈夫自我中心的胡言乱语、可疑的科学观念以及与天文有关的胡扯，这一切都让他无法脚踏实地解决家庭问题。假如事态已经发展到需要依赖关系越来越疏远的朋友的善意的地步，他们能得到这样的款待只是因为她的足智多谋和辛勤努力（布雷沃特夫人指着自己的胸膛来强调最后这句话的分量）；如果她需要利用海伦的才能来维持和扩大这些友谊，那也是因为她不能依靠他来确保家人的福祉。布雷沃特夫人说话时发出咬牙切齿的"嘶嘶"声，她知道在埃吉科姆家的客房里不能大吵大闹。但布雷沃特先生则没有这样的顾虑。他尖叫道，上帝赐予女儿的天赋是为了与上天交流，而不是要成为亵渎神灵的马戏表演。他绝不允许女儿被拖入妻子喜欢的轻浮的泥潭中。他的女儿不应遭受这种智力淫乱。

在整个争吵过程中，海伦一直盯着自己的鞋子。她无法面对父亲；她不想看到他嘴里吐出那些无稽之谈。这样就能证明别人正在通过他的嘴说话。这样一来，就只是咆哮的声音——空洞的尖叫，与她父亲无关。比起威胁的语气，她觉得真正可怕的是他长篇大论中暴露出来的语无伦次，因为她认为没有比破坏意义更大的暴力了。

在这场争吵之后（布雷沃特夫人第二天早上与埃吉科姆夫人进行了一次尴尬的谈话，随后又花了数周的时间在巴黎进行了一场机智的反八卦活动，以部分消除当晚的伤害），海伦的才能在极为不利的情况下，在最严格的监视下，继续兴旺红火。虽然她不喜欢父亲严厉而漫无边际的管教，但她并不觉得父亲的严苛比母亲的交际更令人压抑。

◆

布雷沃特夫妇之间有一个为数不多的共同特点，虽然出于完全不同的原因，但他们对时事缺乏好奇心。布雷沃特夫人觉得公共事务干涉她私人生活是对她个人的侮辱。她对那些维持社会运转的行政、金融和外交杂务兴趣不大，就像她对汽车引擎盖下的发动机或轮船甲板下的锅炉房的兴趣一样。"那些东西"就应该"运行"。机械师向她解释油腻的活塞阀出了什么问题，她没有兴趣。至于布雷沃特先生，对一个专注于永恒的人来说，每日新闻又有什么意义呢？因为他们都生活在政治现实的边缘，他们并没有立即理解弗朗茨·斐迪南大公遇刺的严重性。

每个人都告诉他们，此时能住在瑞士是他们的运气，建议他们在事态变得更加明朗之前不要离开这个国家。几个月前他们计划去苏黎世会见一些朋友，然后去山里度夏，避暑远足。在前往苏黎世的路上，他们看到瑞士军队正在动员起来，还听说边境正在军事化。当时正值旅游旺季，成千上万的美国人分散在山间、谷地和湖边的温泉浴场周围——有些人是来康复的，他们花光所有积蓄住在市区的浴场附近的旅馆里，还有一些纽约的权贵，在豪华酒店接受治疗。比如，奥姆·威尔逊在伯尔尼，昌西·索罗古德在日内瓦，法利主教在布伦嫩，科尼利尔斯·范德比尔特在圣莫里茨。可是，不管社会地位如何，布雷沃特一家一路上遇到的所有美国人都处于一种狂热状态。他们都在谈论战争，全面的战争。

一家人刚到苏黎世时，住在贝特利家里。贝特利先生刚刚与美国驻瑞士公使普莱森特·斯托瓦尔先生通过话,询问他们应该继续度假还是回家。斯托瓦尔先生说,对战争的担忧在欧洲并不少见。但每一位经验丰富的外交官都清楚战火的灾难性后果,因此他希望理智友好的干预能够避免这场大灾难。然而,几周之内,奥地利、塞尔维亚、德国、俄罗斯和英国相继正式宣战。很快,冲突蔓延到欧洲的大部分地区。

在接下来怪诞的几个月里,瑞士的美国人临时社区作为一个整体陷入了与布雷沃特夫妇多年来的现实一样的窘境。手头没有现金也没有黄金。即使是由可靠的美国银行开出的支票也被拒;信用证也不被接受。百万富翁依赖旅馆经营者的善意,还不得不向他们借零用钱。人们自己带着糖去参加茶会。每个人都收到配给卡,在晚宴上,身穿礼服、打着白色领带的客人将自己的配给卡交给提供膳食的主人。贫困而不知所措的状态无处不在。布雷沃特夫人从未感到如此轻松和解脱。

尽管如此,战争的现实仍在侵蚀着他们。交战方的飞机在飞向前线的途中掠过阿尔卑斯山,无时无刻不在提醒他们这残酷的现实。大多数航运公司的船只都被扣留或航班被取消。在拥挤的小船上搞到一张船票已经成为一种奢侈,需要最高级别的关系。当布雷沃特夫人竭尽全力确保家人能安全离开欧洲时,布雷沃特先生似乎已经被困在一个偏远地区,那里被隐秘的阴谋论、神秘主义者的等级制度和迷宫般的规则所统治。日常事务变得难以处理,每天早上他都越来越迷茫。无论白天黑夜,他越来越频繁地使用虚构的语言进行交流,费力地去理解他为自己制定的规则,却陷入困扰他思维的矛盾和悖论中,不能自拔。他变得越发暴躁。

海伦试图与精神错乱、陷入绝境的父亲进行沟通。她和他坐在一起,倾听他不停地讲话。有时她会提出问题,但更多的是为了表明她在专注地倾听,而不是追求正确答案。她努力理解他内心真诚的愿望。她希望能够寻找到一丝感觉、一点线索,以引导父亲走出迷宫。然而,她的尝试总是以同样的结局告终:利奥波德的思绪在自身中循环迂回,形成一个封闭的圈子,海伦无法进入,他也无法摆脱。仿佛为了证明身体运动的可能性,在经历过这种精神上的幽闭恐惧后,她迫使自己外出长时间徒步。

布雷沃特先生的病情导致他们无法继续作为贝特利家的客人。他们不得不搬到附近的一家客栈。他在一本接一本的笔记本上记录下他发明的炼金术公式和数字符号的计算结果,脸上总是沾满墨水。他顺从的手似乎永远在转录他无尽的独白。布雷沃特夫人很清楚,在这种情况下,她不可能与丈夫一同穿越战火纷飞的欧洲大陆,然后横渡大西洋。幸好有贝特利夫妇代表她向斯托瓦尔大使求情,让她成功地为布雷沃特先生争取到了贝利博士在普费弗斯浴场的医疗机械研究所的一个位置。众所周知,那里的温泉富含石灰碳酸盐和氧化镁,结合按摩和高海拔体育活动,对神经疾病患者很有益处。

在布雷沃特夫人送丈夫去疗养院期间,贝特利夫人很高兴照顾海伦。海伦在客栈向父亲告别时,他头也不抬地看着他正在上面听写自己思絮的笔记本。这是海伦最后一次见到他。

在苏黎世,父母不在身边的日子里,海伦证实了她在托斯卡纳散步时产生的第一次直觉——不知何故她因独自一人而感到兴奋。她漫步在湖滨的步道上，感到欣然而宁静。她随意搭乘有轨电车到终点站，然后缓步走回。她去老城区，参观博物馆和画廊。她发现自己总是回到植物园。她喜欢坐在植物园的阴凉处看书。有一天下午，一位穿着花哨的美国人看她正在读一本英文书，便鼓足勇气上前用一个含糊的园艺借口和她打招呼。他们互相介绍了自己后，当她说出自己的姓氏时，他眼中闪过一丝兴趣——许多美国人经常表现出一种半遮半掩的赏识，仿佛是在用一种隐晦的方式表明他们知道布雷沃特的血统。在这样一个奇特的地方遇到另一个纽约人，这让他大胆起来，于是开始和她交谈。海伦对他的闯入感到些许恼火，用单音节词回应他的寒暄。在交谈的间隙，他摘下一朵花别在翻领上，然后又摘下一朵送给海伦。她看了看花，但没有接过来。压抑着一闪而过的恼怒和困惑，男人用手中的花朵指向城市的不同方向，给海伦讲述每一个景观的历史。海伦几乎没有注意，甚至把目光从他所说的景点上移开，他似乎也不在意。他只是喜欢解释事情，并以此为借口打听到海伦的住处，然后主动要送她回去，沿途顺便带她参观这座城市的一些鲜为人知的宝藏。当他们终于回到家时，谢尔顿·劳埃德向布雷沃特小姐的房东夫妇作了自我介绍。贝特利夫妇交换了一个意味深长的眼神，邀请谢尔顿第二天晚上来一起共进晚餐，然后送他到门口。两个男人在那里逗留片刻，低声交谈着。

　　第二天晚上，劳埃德先生果真来吃晚饭了。他身后跟着酒店的一个搬运工，提着两个装满食物的篮子。在接下来的五六天里，他在午餐、晚餐或下午茶时间多次来访。贝特利夫妇非常热情，并确保在每顿饭后留给客人相对自由的一个小时时间，让他与海伦在一起。他用大部分时间讲述他取得的成就，以及这些成就给他带来的生活。他描述了他代表公司在战前与德意志银行进行的巧妙交易的每一个细节；他公寓里挂着或借给大都会博物馆的所有欧洲大师的画作；他受命投资克虏伯兵工厂的方方面面；他在莱茵贝克的住宅，部分建成后又因为意外需求被拆除重建；他如何智胜雇主，让雇主相信他击败了哈伯制药公司的董事会；他马厩里的马匹和带玻璃屋顶的马场；他的雇主在苏黎世开设银行时，在蓬勃发展的苏黎世金融业面临的各种官僚障碍；他的游艇，他在夏季前往华尔街时驾驶它沿着哈得孙河航行。显然，谢尔顿把海伦心不在焉的沉默当成无言的敬佩。

将近两周后，布雷沃特夫人从疗养院返回。贝特利夫人给她一些时间，让她宣泄对丈夫状况的悲痛，并哀叹她前途未卜，然后才告诉她海伦的新朋友。布雷沃特夫人停顿片刻，好像在绞尽脑汁，想知道这个谢尔顿·劳埃德到底是谁，然后故作迟疑地问，那个年轻人是不是拉斯克先生的得力助手。对布雷沃特夫人的拙劣表演，贝特利夫人没有屈尊回应。这是布雷沃特夫人一次罕见的失败。

当布雷沃特夫人与谢尔顿见面时，她很快就意识到他对海伦的血统着迷，希望将一个古老的名字与他的新贵身份联系在一起。如果谢尔顿曾因海伦的沉默而感到受宠若惊，那么他现在高兴地发现布雷沃特夫人绝对是一个坦率的崇拜者，她在每个该惊叹的时刻都发出了该发出的惊呼，并在每个恰当的时刻倒抽一口气。在他们每日的宴会上，她确保他不仅感到比他自视得更重要，还感到掌控一切——尤其是通过给他一个机会，让他英勇地解救她们脱离可怕的战争。布雷沃特夫人通过一些小小的琐事逐渐告诉谢尔顿丈夫的病症以及女儿岌岌可危的处境。然而，她等到他即将离开的最后几天，才彻底坦白了家庭的困境。谢尔顿没有怀疑自己的绅士风度并非发自本心，而是被精心诱发的，他提出要开车送母女俩去热那亚，并邀请她们搭乘比奥莱塔号，一艘葡萄牙轮船，三人一道前往纽约。

◆

奥尔巴尼的房子仍在出租。说实话，在欧洲度过一段时光之后再让海伦回到那个土里土气的地方，还要在亲戚圈内夸大布雷沃特先生的不在场，这样做没有任何道理。因此，布雷沃特夫人巴不得再一次欢迎谢尔顿，让他扮演英雄救美的角色，接受他的慷慨提议，让她们住在公园大道上他忘记卖掉的已故姨妈的公寓里。

在欧洲大陆建立起来的友谊对布雷沃特夫人非常有帮助。她不再满足于城里大部分家门都向她敞开，她要向城市敞开自己的家门。在新公寓举行的晚会很快就成为一种常态。没有过分渲染，她开始让海伦参加这些活动。那些不了解她才华的人感到疑惑，像布雷沃特夫人这样迷人外向的人怎么会有这样一个内敛甚至忧郁的女儿？女主人对这个谣言非常清楚，并利用它加深人们对海伦聪明才智和复杂性格的印象。

谢尔顿·劳埃德从不参加这些聚会。凯瑟琳和海伦住在他亲戚家里，加上他与母女在欧洲以及随后横渡大西洋期间建立起来的亲密关系，这使他格外小心地确保人们认为他的善举不是出自私心——部分也是听从布雷沃特夫人的忠告。尽管如此，当谢尔顿和海伦在严密陪同下绕着公园散步时，布雷沃特夫人总是刻意提起他的高尚和慷慨，不断提醒他，从最严格意义上说，他的英雄行为挽救了她们的生命，她们对他是多么感激涕零。在散步中，布雷沃特夫人一次又一次地转着圈绕回劳埃德先生那位捉摸不透的神秘雇主。她显得漫不经心，让人难以察觉她在不断地提到他。拉斯克先生真的很有钱吗？他真的还是单身吗？到底为什么呢？他出去社交过吗？这样一个独特的人，他的品位和兴趣是什么？谢尔顿满心欢喜地详细回答所有这些问题，他明白自己的地位随着这位金融家特立独行的、古怪的传奇上升。事实上，正是他的虚荣心让他暴露拉斯克先生过于厌世（或者过于迷失在工作中，他纠正自己），不会请人来家里做客。正是他，谢尔顿，负责组织那些奢华的派对，而主人大多缺席。也正是他的傲慢促使他邀请母亲和女儿到拉斯克先生家参加为红十字会举办的盛会。谢尔顿想让海伦亲眼看看他的派对布置有多么华丽。

海伦深谙母亲的心计。她明白，一旦找到理想的追求者，她就必须接受。尽管海伦没有婚姻或追求物质的野心，但她相信她欠她母亲一个好的婚姻。这是她们不再依靠别人生活并最终安顿下来的唯一机会。然而，尽管她并不反对布雷沃特夫人给她安排婚姻，但她无精打采的默许表明她拒绝积极参与。有些人认为她拒人千里之外的沉默是任性的表现，她常常发呆，让许多人误认为是因为悲伤，这些不是消极抵抗的形式，而是百无聊赖的表现。她根本无法认同那些推动母亲的婚姻运动向前发展的谈笑和陈词滥调。正是这种无动于衷让她意识到，像谢尔顿·劳埃德这样的吹牛大王，在自我膨胀中消耗，但矛盾的是，这类人可以给她提供一定程度的自主权。但是，布雷沃特夫人并没有给明显急切的劳埃德先生最终的求婚动力，而是让他保持谨慎的距离，同时又以许多微妙的方式鼓励他。海伦希望母亲的诡计能持续下去，直到她年纪太大不能结婚了，这样这些诡计就能收到适得其反的效果。

供奉财富的神庙,连同其礼拜仪式、神物和法衣,从未成功地将海伦带入更高的境界。她没有被搞得神魂颠倒。当她初次来到拉斯克先生的奢华住宅时,没有什么能让她心潮澎湃,她甚至感受不到那种超越物质束缚的生活所带来的短暂且引人共鸣的快感。谢尔顿站在红地毯边缘,就在男仆旁边,迎候她和母亲,红地毯从台阶上倾泻而下,铺展在人行道上。作为当季最盛大的活动之一的代理主持人,他大胆地挽着海伦的手臂走进来,紧随其后的是布雷沃特夫人。她对于自己跟在后面无人陪同感到有些恼火——尽管她的恼怒很快就消散在灯火通明的氛围之中。她们把大衣交给门口的仆人,然后管家用柔和但颇具穿透力的声音向站在近乎看不见的角落里的一位身材修长的男人宣布她们的到来。布雷沃特夫人以几乎难以察觉的方式点了点头,权当行了一个屈膝礼。本杰明·拉斯克或许也点头回应,或许只是低下头。当她在女士接待室为女儿整理头发时,布雷沃特夫人告诉她,拉斯克先生看起来比她想象的要年轻得多。他在自己家里似乎感到不自在,这难道不奇怪吗?她觉得这很正常,毕竟只有风云人物才能填充如此巨大的空间。她的自言自语被其他客人的到来打断。母女二人走进客厅。布雷沃特夫人完全可以被当作女主人。谢尔顿正低声给一群人讲故事,引得他们哄堂大笑。海伦躲在房间的阴影中,一直待在那里,直到管家告诉谢尔顿晚餐已经就绪。

海伦和凯瑟琳被安排在餐桌两端,分别坐在劳埃德先生和拉斯克先生旁边。当他们落座后,谢尔顿告诉海伦,他知道布雷沃

45

特夫人多么渴望与宴会主人见面，他相信她会珍惜这个难得的机会与他交谈（并享受她因坐在拉斯克先生右边的令人艳羡的位置而受到的嫉妒）。一直到鱼菜上来，谢尔顿殷勤地让谈话围绕着海伦展开，向近旁的客人讲述她的旅行、语言天赋以及她在战争危机中展现的勇敢，他认为这种临危不惧的勇气一定是她杰出的革命先辈传承来的。但是当烤肉上桌时，谢尔顿转向他的朋友和同事，殷切地希望能再次引起他们开怀大笑，以便海伦可以自由简短地回答周围好心女性提出的问题。在长桌的另一端，海伦的母亲独自占据拉斯克先生的注意力。海伦理解他心不在焉的点头，所以当甜点上桌时，发现拉斯克先生脸上露出真正感兴趣的迹象时，她感到非常惊讶。此时母亲似乎已经压低声音，继续交谈。终于到了男士们抽雪茄的时间，而女士们则聚集在客厅里。海伦趁此机会溜走，独自在宅子里闲逛。

　　离开喧闹的聚会和谢尔顿花哨的布置越远，房子的氛围变化越明显。她步入一个有序而低调的世界，沉默中带着一种宁静的自信，仿佛知道它总能轻易占据主导地位。空气中飘散着淡淡的清凉，也带着一股幽香。给她留下深刻印象的并不是那些显眼的财富象征——显眼的荷兰油画，星丛般的法国枝形吊灯，从各个角落如蘑菇般冒出来的中国花瓶。相反，她被一些平凡的小物件打动。门把手、昏暗角落里不起眼的椅子、沙发和周围的空地，它们都以更高级别的存在感触动了她的内心。这些物品都非常普通，但它们是真正的东西，是那些后来散布在世界各地、有瑕疵的复制品所参照制作的原件。

　　一个影子犹豫地挪动着，就在她的影子旁边，投射在通往起居室的门槛上。海伦注意到自己在地板上的黑影也流露出同样的犹豫，一种被看见的遗憾，没有勇气离开，却也不愿向前。两个没有脸孔的轮廓在面面相觑，似乎希望影子能自行解决这个问题，而不用麻烦主人。当本杰明·拉斯克从起居室走出来时，海伦并没有感到惊讶。

他们僵硬地寒暄了几句之后便陷入沉默。他们同时从一只脚换到另一只脚。本杰明向海伦道歉，然后指向窗户前面的一张沙发。他们坐下来，看起来比站着的时候更不自在。他们的倒影，模糊地隐入房间对面像黑色水池一样的窗户，回头凝视着他们。本杰明告诉海伦，他从布雷沃特夫人那里听说了她的旅行经历。海伦慢慢地用鞋尖沿着真丝地毯的纹路划过，留下一道微小的痕迹。本杰明似乎明白，除非万不得已，她是不会回应的。稍作停顿，他开始告诉她，他从未真正旅行过，甚至从未离开过东海岸，但感觉自己说不清楚，于是不停地打断自己，最后陷入沉默。他仿佛意识到海伦的目光在房间里游移，没有听他混乱不清的解释。

海伦朝相反的方向拖动鞋尖，擦掉她在地毯上留下的痕迹。本杰明看着她，然后将视线移开，停在窗户上。

"我。"

当他停顿得越来越久，似乎他们的对话已经结束时，她转过头来好奇地等待他接下来要说什么。然而，他却说不出口，面部表情变得僵硬。

海伦坐在那间昏暗而寂静的房间里，内心立刻明白母亲获胜了。她非常确定，只要她愿意，本杰明·拉斯克便会娶她为妻。

她当时就决定要这样做，因为她看到他实际上很孤独。在他巨大的孤独中，她将找到自己一直渴望的东西，随之而来的是她专横的父母一直拒绝给予她的自由。他要么忽视她，要么感激她为成为他的忠实伴侣所作的努力，这取决于他的孤独是否出于自愿。无论如何，她坚信自己会成功地影响丈夫并获得她渴望已久的独立。

第三部

对于一生以自立为傲的人来说，当他们第一次体验到亲密关系后，会突然意识到他们的世界变得更加完整，但同时也会让他们感到一种无法承受的负担。他们同时渴望寻找幸福又害怕失去幸福；怀疑自己是否有权让别人为自己的幸福负责；担心所爱之人会觉得他们的相互尊重过于乏味；害怕他们的欲望可能以无法察觉的方式扭曲他们的表现。所有这些问题和担忧给他们带来巨大的压力，使他们内心扭曲，而他们在伴侣关系中新发现的快乐，也随之变成他们自以为已经抛在脑后的孤独在更深层次上的表达。

婚后不久，海伦就察觉到丈夫身上的这种恐惧感。她明白这种无助感会转化为怨恨，就像那些低估自己的人最终会因为自我贬低而责怪别人一样。为了减轻本杰明的焦虑，海伦竭尽全力。她的动机也并非完全出于自私，即使帮助他取得内心平和最终也意味着保护她自己的平和。海伦很快就真心喜欢上本杰明和他安静的习惯。但由于她安静的性格，她很难找到合适的词语、恰当的姿态，甚至是适时的场合来表达她的善意。然而，无论如何，她的友好感情都无法与他胆怯的热情相匹配。她也明白这是主要的障碍。

短暂的订婚之后是一场与传统不同的冬季婚礼。布雷沃特夫人无法把整个事件推迟到至少早春。对于婚礼和庆典的安排，她的愤怒呼喊也被置之不理。本杰明和海伦在他们最初交谈的起居室举行婚礼,只有凯瑟琳·布雷沃特和谢尔顿·劳埃德参加,后者似乎急于消除关于他之前有过非正式求婚的谣言。在仪式结束后,几位受邀参加午餐会的客人要么是凯瑟琳的朋友,要么是谢尔顿的朋友。自从宣布订婚后,海伦就察觉到所有人的态度普遍发生了变化。过去,她一直与世界保持距离,而那些试图弥合这一距离的人都显得唐突而随意。现在,同样的距离已经成为她新地位的象征。每个人在越过这个距离时都踮起脚尖,每迈出一步都显得犹豫不决,试图确认他们确实被允许接近她。过去,她的沉默常常被误解为害羞或傲慢,而现在她意识到,她的沉默被视为与她的地位和身份相符的态度,而她无法掩饰的无聊突然成为受欢迎的高姿态——像她这样的人如果对任何事情表现出兴趣则被视为不雅。每个人都期待甚至希望她表现得令人生畏。但直到婚礼午餐,当她以拉斯克夫人的身份首次出现时,她才彻底感受到未来她的一生都要被拘谨的阿谀奉承环绕。

第二天早上,新婚夫妇共进早餐,两人几乎是一言不发。海伦隔着桌子看着丈夫,松了一口气,因为她知道自己可以像头天晚上一样忍受未来的夜晚,不会有身体或心灵上的痛苦。本杰明感觉到有人在监视他,便格外小心地敲碎鸡蛋,试图掩饰他离开妻子卧室时的困惑和羞愧。

他们没有旅行的愿望,但本杰明仍从工作中抽出两周时间,和妻子在家里度过了一个短暂的蜜月。对他们来说,一起度假是一种陌生的感觉。记者一直在外面徘徊,其中一些人甚至把相机三脚架架在马路对面，希望能窥见这对夫妇向窗外瞭望。海伦和本杰明在房间里来回踱步，漫不经心地计划着房间的使用。他们来到三楼，看过客厅、书房和几间卧室后，在走廊中间停下来。这条走廊是木质地板和锦缎铺成的，可以放大每一个微小的声响，却使他们的声音变得低沉。本杰明试图把海伦从走廊尽头的一扇门边带开，说那是他们不应该进入的房间。海伦眯起眼睛，歪着头，以无言的姿态询问原因。那是他办公室的侧门，说完他停顿了一下。她没有压抑住略带不耐烦的叹息。他转身离开，告诉她，他一旦进去就很难离开。然而，海伦绕过他，把门打开。眼前是家里最宽敞的房间。这个房间的设计目的是为了让人惊叹，但这一目的却没有达到，因为里面一片死寂，缺乏生气。虽然是个大房间，但没有任何文件、卷宗、打字机或任何显示有人真正在这里工作的迹象。这不仅仅因为房间刚好很整洁，而且因为仔细观察后会发现这里没有什么可以整理的东西。海伦不明白这怎么可能是本杰明声称无法离开的办公室，直到她在一个不起眼的角落，一个像小房间那么大的壁炉旁边，看到一张桌子。桌子上放着电话，旁边放着一个玻璃半球形的东西，起初她误以为是时钟或气压计，但她很快意识到那是一台股票报价机。桌前的地毯已经磨损得很严重。

他再次试图离开办公室，声称里面没有什么好看的；海伦又一次站在原地没有动。本杰明总是避开妻子的目光，勉力而为地问她是否会觉得她的新家和环境令人沮丧。也许如果她对房子做些改动，让它成为她自己喜欢的样子，她就能轻松地融入新生活了？当她保持沉默时，他确认道，是的，也许他们应该做一些调整，装修一下。她把手搭在他的肩上，微笑着，用平静而温暖的语气告诉他，他们两个并不真正在意这些事情。他不知道如何接受她这出乎意料的情感礼物。她向股票报价机点了点头，说晚饭时再见，然后独自离开了房间。

◆

  战争期间，海伦无法联系到她在瑞士巴利医生诊所的父亲。婚后不久，正常通信恢复后，她收到一封用德语回复她最近咨询的短信，让她感到震惊。从这封回复中，她了解到布雷沃特先生在登记入住后不久就离开了诊所。他在一天中午花园活动期间突然消失，没有留下任何信息。工作人员对周围进行了广泛的搜索，但没能找到他。签署这封短信的医生对未能及时通告这一不幸消息表示遗憾，并解释说，尽管邮政服务没有因战争而中断，但在收到拉斯克夫人的信件之前，他们并没有布雷沃特先生近亲的地址。

  海伦不记得上次哭泣是什么时候，最初她也不明白现在为何哭泣。她内心未受悲伤影响的部分明白，为失去父母而悲伤是很自然的反应。她几乎认为眼泪是与生俱来的、无条件的反应，实际上并没有涉及她的情绪。当她得知满脑子顽固教条、恼人而疯癫的父亲已经离世时，她内心明显感到如释重负。但他离开去了哪里呢？带着这个问题，她让悲伤完全淹没了自己。他可能死于炮火或被流弹击中；他可能因冻饿而死。但他也可能还活着，像一个喃喃自语的白痴在乡间游荡，或者在说着陌生语言的城市里沿街乞讨。或许他的理智多少恢复一些，重新组建了新的家庭，把对女儿混乱的记忆当作在生病期间困扰他的一个幻觉。从最绝对的意义上说，她失去了父亲。

  当本杰明得知布雷沃特先生失踪时，他立即与他在欧洲的合作伙伴联系，指示他们聘请调查人员对整个欧洲大陆进行梳理。

海伦知道这一切都是徒劳的，但让他继续下去，因为这让她感觉他在帮忙。除了对他感激之外，她还请求他对她的母亲隐瞒父亲失踪的消息。经过这么多年的颠簸之后，她终于感受到幸福和安全。然而，海伦隐藏着一个意图，她想看看布雷沃特夫人是否会再次提起她的丈夫。但她从来没有。

本杰明从谢尔顿·劳埃德手里为凯瑟琳·布雷沃特买下了公园大道的公寓，为她提供一处永久居所。海伦结婚后，她的社交圈子因海伦的婚姻而大幅扩展，聚会也空前成功。很明显，参加这些晚会的大多数新朋友都希望见到布雷沃特夫人那位神秘的女婿。这些客人即使已经明白在那里见不到拉斯克夫妇，仍经常光顾她的沙龙。这要归功于凯瑟琳。海伦搬走和本杰明同住后就不再参加母亲的聚会，不仅是因为她一直不喜欢社交，还因为她发现母亲自从她订婚后变得越来越难相处。她知道布雷沃特夫人新近表现出来的乖张、轻浮、故意无礼和没来由的炫耀举止不仅是无拘束的快乐的表现，而且是一种直接针对海伦的庆祝式的挑衅行为，既是一种挑战，也是一种教训——"**这才**是你应该过的生活。"在母亲无言的独白中，最有说服力的声明以账单和收据的形式出现。布雷沃特夫人的聚会，还有她的服装、家具、花艺和租来的汽车，变得相当奢侈。寄到本杰明办公室的所有账单从来没有被拒绝过，甚至没有被质疑过，但海伦总是在账单被付清后自己把它们保存起来，就好像是来自母亲单方面的书信集。

在婚后的最初几年里，拉斯克的财富经历了非同寻常的增长。他和他的团队开始利用可以想象到的最广泛的工具进行数量相当惊人的交易，其精确度令许多同事感到不可思议。这些交易可能并非每一次都获得巨大成功，但总体来看，它们通常微薄的利润积累在一起就是惊人的数字。华尔街对拉斯克的准确性和他采用的系统方法困惑不解，这不仅带来了稳定的收益，而且还体现了一种严谨而优雅的数学美感———一种超越个人的美。他的同事们认为他具备超前的洞察力，是一位神通广大的圣人，他绝对不知输为何物。

就在这段时间，海伦开始理解本杰明很早就认识到的事实：个人的隐私需要一个公众外观。既然保持一些社交生活的表象似乎是不可避免的，她决定充分利用自己的社交圈子。她没有追随母亲的脚步，不去追求时代的快乐精神，而是参与许多慈善事业。在接下来的几年里，全国各地的医院、音乐厅、图书馆、博物馆、收容所和大学建筑都悬挂上了拉斯克名字的牌匾。

起初，慈善事业只是海伦社交门面的一部分。然而，渐渐地，她对文化赞助产生了真正的兴趣。结婚后，她可以有机会自由追求她对文学的热爱，这种热爱是从她父亲那里继承来的，又在她欧洲旅行中得到加强。她对在世作家特别感兴趣。起初，她拒绝与他们见面，因为她知道作品与作者之间的路是由失望铺成的。但为了回报她的支持，其中许多人开始向她提出建议，指出一些值得她慷慨解囊支持的事业。不听从他们的忠告似乎是不明智的。在他们的帮助下，她的慈善努力取得最优化的效果，并在此过程中扩大了她的活动范围。她被介绍给当世最重要的艺术家、音乐家、小说家和诗人。令她惊讶的是，她渐渐开始期待与这些新认识的人见面。交谈从来都不是一项海伦喜欢做的事情。然而现在，在与谈得来的人交流时，她喜欢展示出语言的灵活性、广博的知识和即兴发挥的才能——尽管她更喜欢倾听而不是参与讨论（并稍后在日记中记录下最生动、最发人深省的时刻——她的日记到那时已经有好几册）。她深知，将艺术热情和慈善事业结合起来，正是把父亲的知识热情和母亲的社交技巧融合在一起。

尽管她非常喜欢与艺术家合作，但她最关心的是精神疾病的研究和治疗。她感到困惑和不可原谅的是，尽管医学在各个领域已经取得如此巨大的进展，但在处理精神障碍方面却如此疏忽地滞后。在这方面，她与丈夫密切合作。丈夫一直对化学和制药领域表现出浓厚兴趣，并在战争期间投入大量资金。他是两家美国药品制造公司的大股东，并拥有德国哈伯制药公司的大量股份，这是谢尔顿·劳埃德在苏黎世遇到海伦之前不久帮助他获得的。这些公司的首要任务是开发有效的药物，用来治疗迄今为止仅能用吗啡、水合氯醛、溴化钾和巴比妥来处理的范围广泛的精神疾病。大量从前线返回的士兵带着深深的心理伤痕和明显的精神创伤症状，却没有足够的措施来医治他们的病症，这使得这项研究变得尤为紧迫。

海伦和本杰明投入大量时间仔细研究公司的报告并与科学家会面。他们的思维像猎手一样灵活、敏捷、贪婪，而且学得非常快。不久，他们就能够阅读相当深奥的文章和学术论文，并且能够流利地讨论它们。他们想要了解化学领域最新发展的愿望是真诚的，但他们都坚持这一探索的另一个原因也是真实的：因为他们终于在药理学方面找到一个共同兴趣，一个他们可以热烈讨论，同时也为彼此的智力水平感到惊叹的话题。

从他们恋爱早期开始，他们就钦佩彼此的智慧，更重要的是，他们理解对方发展所需要的安静和空间。当本杰明伏案工作时，海伦可以自由地拓展她的文学视野。她每周都会收到装满书籍的板条箱和纸盒，为此她不得不做一些调整。她对屋内仅有的两项改动之一是撤掉图书馆里装饰性的摩洛哥革装订的精装书，这些书籍的镀金书脊从未被翻开过。海伦用她自己的书填满书架，并建起一个真正的阅览室。占满这里的空间后，她又推倒两堵墙；当她的藏书变得难以管理时，她雇来一名图书管理员。在这个扩建的图书馆里，她举办读书会、讲座和非正式聚会。

屋内的另一处改变是将一间客厅改造成一个小型音乐厅。海伦和本杰明几乎是偶然地发现他们都很喜欢听音乐会。起初，他们做出一个妥协，他们意识到，出席音乐表演是他们"外出"的完美方式，因为无需用无聊的对话来填补尴尬的沉默。然而，这个妥协渐渐变成一种激情。随着两人都对室内乐产生兴趣，他们将这一原则融入他们的关系中。他们在家里组织私人演奏会。在这些场合，他们可以在一起，默默地分享情感，这些情感不是他们的义务，也并不直接针对他们二人。正是通过音乐的操控和协调，本杰明和海伦体验到了最亲密的时刻。

他们的晚间音乐会在某种程度上成为音乐界内外的传奇，不但因为音乐会吸引来高水平的表演者，而且精心挑选的听众数量也有限制。每个月的演奏会受邀的人数不超过两打，但纽约社交圈中的很多人声称他们定期参加。有些客人是商人，他们不得不忍受勃拉姆斯的折磨，这样他们的主人就不必忍受闲聊的折磨。但大多数听众都是海伦的新朋友，包括音乐家和作家。在最初的几个演出季中,演出后的社交活动是被明确禁止的。掌声平息后,海伦会向表演者和嘉宾致谢,然后她和丈夫率先离开。然而,随着海伦慈善事业的扩展,它逐渐与她举办的一系列音乐会交织在一起。在一场艺术歌曲演唱会结束时,听众中的一位作家会走到海伦面前,讨论关于图书馆的资助项目;在大提琴奏鸣曲全套节目之后,其中一位演奏者会在中场休息时走上前来,告诉她哪支管弦乐队需要资助;单簧管五重奏之后,一位年轻的作曲家,知道他可能永远不会再踏进她的房子,会鼓起勇气请求得到她的赞助。渐渐地,这样的对话变得越来越长,直到它们成为音乐会的一部分。每次演出结束后,海伦开始提供果汁饮料——禁酒令对这个家庭天生的节制习惯没有影响——人们一直待到午夜。本杰明总是第一个向大家道晚安。他从来没有留下来参加这些有节制的鸡尾酒会,而这些鸡尾酒会变得几乎和音乐会本身一样神秘。

◆

纪律、创造力和机器般的始终如一是拉斯克不断成功的基本要素，但并非唯一因素。他的事业蓬勃发展与喧闹时代的乐观情绪相互呼应。世界从未经历过像 20 年代美国经济那样前所未有的增长。制造业达到历史最高水平，利润也是同样如此。一直处于快速增长的就业率仍在持续攀升。汽车工业几乎无法满足整个国家对速度永无止境的需求。这个时代的工业奇迹在每个人梦寐以求的收音机里广泛传播开来。自 1922 年开始，证券估值似乎一直呈垂直上升趋势。尽管在 1928 年之前很少有人预测纽约证券交易所一天内的交易额会超过 500 万股，但在那年下半年之后，这个上限几乎变成了下限。1929 年 9 月，道指收于历史最高点。大约在那个时期，美国经济学界的主要权威耶鲁大学的知名经济学教授欧文·费雪宣称股票价格已经"似乎达到一个永久性的高点"。

由于政府监管宽松，且不愿打扰这个美好的集体梦想，机会纷至沓来。比如，拉斯克通过他的银行以 5% 的利率从纽约联邦储备银行借入现金，然后以至少 10% 甚至高达 20% 的利率在定点市场上借出。当时碰巧的是，保证金交易——用同样的证券作为抵押品，用从证券公司借来的钱购买股票——从大约 10 亿美元飙升至 70 亿美元，这是散户蜂拥而至的明显迹象。他们用自己并不拥有的资金进行投机，而其中的大多数人对股票一无所知。然而，不知何故，拉斯克似乎能在每一个转折点都领先一步。他的第一个投资信托比 20 年代末类似机构的激增至少早五年。拉斯克被誉为金融天才，这个名声让他可以加价，因此他持有的投资组合的估值远高于其所含股票的市场价格。不仅如此，作为投资银行家和几家信托基金发起人的双重身份，他能够发行他出售的一些证券——他可以多次发行普通股，并将这些普通股全部收购（或分配给受青睐的投资者），然后以比原始购买价格高出80%的价格向公众交易。每当他想避开纽约证券交易所的审查时，他会在旧金山、布法罗或波士顿进行交易。

每个人，不论男女，都觉得自己有资格分享战后十年的繁荣，享受随之而来的技术奇迹。拉斯克通过创建新的贷款机构和银行，以诱人的条件提供现金，帮助激发这种无限可能性的感觉。这些银行（它们之间偶尔会形成虚构的竞争以吸引客户）与那些庄严的大理石机构完全不同，后者的银行职员多年来穿着笔挺的制服以震慑客户。相比之下，新银行是友好的场所，出纳员热情好客，而且总有办法为客户提供汽车、冰箱或收音机的贷款。拉斯克还与商店和制造商合作，尝试通过融资信贷额度和分期付款计划，直接向客户提供这些支付选项。所有这些数不胜数、有时微不足道的债务（来自他的贷款服务、小型银行和不同的信贷企业）被捆绑在一起，作为证券进行批量交易。简而言之，他看到自己与消费者的关系并没有随着商品的购买而结束；从这种交换中可以提取更多的利润。

他还设立专门为工人服务的信托机构。只需要一小笔钱，一个普通储蓄账户里的几百美元，就足以开始。信托机构会与这笔金额匹配（有时是两倍甚至三倍），然后将其投资于自己的投资组合，并将这些股票作为担保。然后，教师或农民可以通过舒适的月供方式来偿还这笔债务。如果说每个人都有致富的权利，那么拉斯克就是实现这一权利的人。

在繁荣的高峰和低谷，在乐观或恐慌情绪助长的交易狂潮中，股票行情报价落后于市场的情况并非罕见。如果交易量足够大，延迟可能会超过两个小时，导致数据从机器中吐出来时就已经过时。但正是在这些极度黑暗的时刻，拉斯克才真正腾飞，仿佛他只有通过盲目飞行才能到达最高点。这更加彰显了他的传奇地位。

本杰明扩大财富的速度和海伦分配财富的智慧被认为是他们之间紧密相连的公开展示。这一点，再加上他们神秘莫测的性格，使他们成为自己漠不关心的纽约社会中的神话人物，而这一神话般的地位又随着他们的冷漠而不断增加。然而，他们的家庭生活并不完全符合传说中和睦夫妻的形象。本杰明对海伦的钦佩近乎敬畏。他发现她深不可测且令人生畏，并以一种神秘的、主要是贞洁的欲望渴望她。怀疑，一种在他婚前从未体验过的感觉，年复一年地加深。尽管在工作上他总是自信果断，但在家里他却变得优柔寡断又胆小畏缩。他围绕着她编织出错综复杂的猜想，其间穿插着臆想出来的因果关系，这些因果关系又迅速扩展成巨大的假设网，然后，他又设法解开这些假设，再以不同的模式重新编织。海伦察觉到他的犹豫并设法安抚他。但尽管她做出了努力（她确实在努力），她还是无法完全回报本杰明的感情。当她对他的成就感到折服，被他的忠诚奉献感动时，尽管她对他总是友善、专注，甚至温柔体贴，但有一种微弱而无法抗拒的力量，就像两块磁铁之间的排斥力，让她对他的亲近做出相应的退缩。她从未对他粗暴或不屑一顾。相反，她是一个体贴甚至深情的伴侣。然而，从一开始，他就知道缺少了些什么。当她察觉到他的认识时，她试图用各种经过深思熟虑但不够充分的方式来弥补。在这种情况下，本杰明总是体验到一种不完整的兴奋。

围绕着这个安静而窘迫的核心，他们设法建立起一个牢固的婚姻。或许他们婚姻牢固的部分原因恰恰来自他们之间不协调的空白和他们想弥补这个空白的愿望。然而，他们之间也确实存在某种联系。他们都明白，尽管存在着差异，但彼此非常适合。在相遇之前，他们都不知道有谁会毫无疑问地接受他们独特的个性。与外界的每一次接触都暗含着某种形式的妥协。而现在，他们第一次感到解脱，因为他们不再需要为多数交往所固有的要求和协议做出妥协，也不必将部分注意力放在他们拒绝遵守这些惯例时必然产生的尴尬之上。更重要的是，在他们的关系中，他们发现相互欣赏的快乐。

如果说拉斯克夫妇在紧密围绕他们的圈子里一直是一个魅力十足的谜团，那么公众的关注度就会随着离开圈子中心的距离而急剧减少。报纸的社交版面和小报上对这对夫妇生活纯属杜撰的描述变得越来越短、零星，并最终绝迹；潜伏在他们住宅周围的摄影师群体也悉数散去；这对新婚夫妇的镜头少之又少，而且极其模糊，在炒作报道中反复亮相一段时间之后，也从新闻中消失。由于他不断扩大的商业利益，本杰明经常出现在媒体上，但在一年之内，除了与她的慈善工作有关之外，报纸上再也没有提及拉斯克夫人。独自一人待在家里（本杰明在办公室的时间只会越来越长），走在街上也几乎无人注意到她，并且第一次找到志同道合、似乎可以建立友谊的群体,海伦终于过上对她来说似乎总是遥不可及的生活。

尽管本杰明最初希望有一位继承人,但他们发现没有必要质疑或讨论他们没有孩子的原因。

◆

大多数人更愿意相信自己是成功的积极主体，却只是失败的被动客体。我们成功，但真正失败的并不是我们，我们被无法控制的力量摧毁。

在1929年10月的最后一周，从曼哈顿市中心的精英金融家到旧金山证券交易所里的业余家庭主妇，大多数投机者都在几天之内从成功的原动力（归功于他们自身的敏锐和不屈不挠的意志）蜕变成一个有严重缺陷甚至可能是腐败的系统的受害者（这是导致他们败落的唯一原因）。指数下跌，恐惧蔓延，悲观情绪驱动的抛售狂潮，普遍的无法对追加保证金的通知做出回应……无论是什么原因导致这场经济衰退，进而演变成恐慌，有一点是明确的：那些帮助泡沫膨胀的人都没有感到要为泡沫破灭负有责任。他们成为一场近乎是自然灾害的无辜受害者。

与1907年的恐慌非常相似，在1929年崩盘的整个一周内，全国最大银行的董事长、纽约联邦储备银行的负责人，以及主要信托公司和经纪机构的总裁和高级合伙人召开秘密会议，试图找到支撑市场的最佳策略。与1907年一样，通宵会谈再次在摩根图书馆内举行，这次由皮尔庞特的儿子杰克主持。拉斯克再次被邀请出谋献策并提供物质帮助，但他再次婉拒。

尽管得到银行家有组织的支持和实业家的干预，政治家和学者一再声称市场状况"基本面良好"，但是股市依然在暴跌。10月21日星期一，大约有600万股股票被抛售，这一绝对交易记录导致全国各地的股票行情机都迟报两个小时。与随后几天的歇斯底里的交易相比，这一历史性的成交量相形见绌。到了24日星期四，交易量接近1300万股；29日星期二，更是超过1600万。自动收报机的滞后时间接近三个小时。人群涌入华尔街，聚集在全国各地的银行和证券公司门口。随着投资信托的触礁沉船和自相残杀，卖单如潮水般涌来，可是没有买家。不可避免地，这股浪潮最终破裂，留下一片无法出售的股票海洋和一个饱受摧残的市场。

似乎只有一个人对这场灾难免疫。拉斯克困惑的同事们几天后才意识到他的全盘处境。媒体也迅速跟进报道。拉斯克不仅毫发无损地驶过这场风暴；而且事实上还从中获利巨大。在走向崩盘那个夏季的几个月里，他通过子公司开始谨慎地平仓并购买黄金，因为受到投机者的青睐和抢购，黄金作为一种资产在华尔街和伦敦变得稀缺起来。此外他大量卖空那些后来在危机中遭受重创甚至摧毁的公司的股票，其精准度更加引人关注。他在无数经纪人的鼎盛时期与他们交易零碎的股票贷款，并在它们处于最高峰时立即出售。好像早已知道市场会暴跌一样，他静待这些股票跌至谷底、贱得几乎不值分文时再买回，然后把这些已经一文不值的股票返还给经纪人，在这个过程中赚取巨额利润。他在操盘过程中表现出来的一丝不苟，从瞄准要捕获的公司到交易时机和保密程度，其严谨性令人不寒而栗。与此同时，随着这项行动的进行，他切断与那些他打包并作为证券出售的债务的所有剩余联系——所有这些债务都在不久后违约。他甚至放弃所有信托，包括他为工人设计的信托。10月23日，星期三，一股出乎意料、史无前例的卖单大潮淹没交易大厅。没有人知道这股浪潮的源头，但在仅仅两个小时后,华尔街收盘时,市场就下跌20多点。第二天被称为黑色星期四。五天后,也就是黑色星期二,道琼斯指数下跌80点,与此同时,股票贬值已相当于国民生产总值的一半。

在一片凄凉的废墟中,拉斯克独自屹立。他站得比以往任何时候都高,因为绝大多数投机者的损失都转化为他的收益。他总能从混乱和动荡中获益,正如他在股票收报机延迟期间的精湛操作一再证明的那样。但1929年最后几个月发生的事情是前所未有的。

当画面变得足够清晰后,公众迅速做出反应。人们说,从一开始就是拉斯克设计了整个崩溃。狡猾,他助长人们对债务不惜一切代价的胃口,而他明知这些债务永远不能兑现。隐秘,他一直在抛售股票并压低市场。狡猾,他散布谣言,引发猜疑。残酷,在黑色星期四的前一天,他颠覆华尔街,通过疯狂抛售将其控制在自己的手中。这一切——市场的崩溃、不确定性、导致恐慌性抛售的看跌情绪,以及最终毁灭大众的崩盘——都是拉斯克精心策划的。他是那只看不见的手的幕后黑手。

尽管有煽情的激烈演讲、杂志和报纸上的讽刺漫画(拉斯克主要被描绘成吸血鬼、秃鹫或猪),且关于他职业生涯的或语焉不详或纯属捏造的曝光层出不穷,但没有一个理智的人会相信一个人就可以拖垮一个国家的总体经济,更不用说拖垮世界上大多数国家的经济。然而,几乎每个人都希望找到一个方便的替罪羊,而这个古怪的半隐士正好符合这个要求。尽管如此,即使危机不是他设计的,本杰明·拉斯克也无疑从中获得无法估量的收益。在全球金融界,甚至在他树敌众多的情况下,这也把他提升到了神圣的高度。

◆

亲爱的海伦，

　　你明白工作有多么耗人——讲座、评论、文章等乏味的工作。一切似乎都与我的写作背道而驰。我确实需要完成手上这份稿件。非常抱歉，但在这个季节剩余的时间里，我将不得不礼貌地退出您美好的图书馆的阅读计划。请祝我这本烂小说好运！

　　祝一切顺利！

温妮

———

亲爱的拉斯克夫人，

　　短笺致意，祝您平安无恙。在过去的三年里，我一直致力为加泰罗尼亚的劳动人民组织一个系列音乐会，让世界上最杰出的独奏音乐家和指挥家在工人、农民和学生面前展示才华。我通过举办私人独奏会来支持工人音乐会协会，就像下周我将在您府上举办的那场一样。最近我更深入地了解了过去几个月震动贵国的可怕危机。我发现，沉默可能比音乐更能表达我的关切。通过这种沉默，我希望向加泰罗尼亚工人的美国兄弟姐妹所处的困境表达敬意。下周的独奏会最终是为他们准备的。我希望您和您的客人能原谅我在最后一刻取消我的演出。

　　此致

P. 卡萨尔斯

亲爱的拉斯克夫人，

　　非常感谢您。我衷心希望我能够回报您过去一两年给予我的支持。但正如您所知，我的出版商已经破产了，我的生意也陷入困境。再一想，或许我终究已经回报了您。

　　成为一名自食其力的农民似乎并不是一个坏主意。退而求其次，就当一个泥瓦匠。再不济，就去好莱坞为电影写脚本。然而，也许革命会先来临。

　　祝您和您丈夫一切顺利。

佩普

拉斯克夫人，

　　也许您会好心帮助我解决前几天我和一些诗人同行之间的一场争论。您认为但丁会把华尔街的专家们安置在哪里？是地狱的第四层还是第八层？是贪婪还是欺诈？事实上，这个问题或许可以成为您未来沙龙中一个令人兴奋的讨论话题。请拨冗赐教。

您万分诚挚的
谢尔比·华莱士

———

亲爱的 H,

非常抱歉在这么短的时间内取消。天气太冷了。希望明天的读书会顺利。

您一如既往的
莫德

◆

在股市崩盘后的几个月里，房子里的空气仿佛被抽空，只剩下一个紧张不安、刺耳尖锐的空洞。就好像现实本身超越了任何人的感知，变得头重脚轻起来。海伦周围的人突然间消失得无影无踪，虽然并非所有人都离开了。那些一直试图接近她以接近本杰明的人，在公众愤怒中看到机会，以坚定支持者的面目出现，要勇敢而忠诚地与被诽谤的朋友一起渡过难关。海伦一如既往地漠不关心这群阿谀奉承的人。大批离开的是她的新交。那些在过去几年里拓宽她的视野的作家和音乐家们，此刻都不在身边。海伦发现自己又回到童年和青年早期，那个曾经为她提供庇护的宁静内心，从她以前的独处习惯——书籍、日记和散步中找到慰藉。过去，她以为自己的内心空间浩瀚无边、静谧无比，像宇宙一样广袤。而如今，她却觉得它变得狭窄而无奇。那些参加朗诵会和音乐会、在其中表演的人，虽然没有一个真正成为朋友，但作为一个整体，他们已经成为她生活中不可或缺的存在。孤独对她来说已经失去吸引力。

随着这座城市陷入崩盘后的萧条，海伦发现离开居所变得更加困难。贫困的家庭、排队领取救济食品的队伍、关门的商店，以及每一张憔悴面孔上绝望的神情，这一切都告诉她，视而不见是一种极度的自我放纵，但她也明白，面对这个凄凉的现实时，她感受到的痛苦反而成为一种奢侈品。每次外出散步，她都不得不承认这个悖论，直到最后一次去公园南区散步。那天下午她的经历与往常不同。开始时，她感到胸口压抑。空气中弥漫着一种骚动。她无法理解是什么导致这种恐惧，直到她意识到自己正在受到监视。凝视。怒目而视。窃窃私语。四面八方。嘲笑。含糊不清的谈论声。到处嘶嘶作响。有些人认出她并嗤之以鼻，这可以理解，甚至是意料之中的。但每一个人都这样吗？仇恨在每一个声音中回荡——每一声喇叭、每一声口哨、每一声尖叫都仿佛是对她的诅咒。仇恨从每一扇窗户里涌出——她感觉到每一片窗帘后面，每一块被阳光晒成水银色的玻璃窗后面，都有一双眯起的眼睛盯着她。仇恨扭曲成每一个鬼脸和每一个手势——每一个路人都是无情、下流的法官。那个提着硬纸箱的女人过马路时有没有朝她脚下吐口水？那个报童是不是在号外和头条新闻之间叽叽咕咕地诅咒她？那些男人是否在互相暗示要跟在她身后？这是她第一次在光天化日之下被恐惧攫住。这种恐惧和小时候经常在夜晚侵扰她的恐惧一样。当她漫步于列克星敦大道时，她明白那种敌意的存在，其中一部分无疑是幻想，就像在她不眠之夜里那种只存在于她的脑海中的敌意。然而，她也深信其中大部分是真实的。最令她恐惧的是她无法分辨二者之间的界限。整个世界变得混乱不堪；每个声音都回荡不休；她的血液太稀薄；而空气则异常浓重。一切都在颤抖不已。

她事后模糊地回忆起自己冲回家的情景，裙子和鞋子的拖累让她在水洼里跑得不够快……大笑声。

海伦准备好面对那天下午几乎把她压垮的恐慌的真正原因，并准备好为此赎罪。她愿意为世间的痛苦付出代价，正是这些痛苦帮助她的丈夫变得富可敌国。她将自己的活动范围限制在家中，作为接受惩罚的一部分——尽管理解这种与世隔绝在很大程度上是出于恐惧和羞耻，因而是自私的。尽管如此，即使她很少离开家，她仍不停地工作，并全身心投入她的慈善事业。她在全国各地兴建新住宅，创造出无数就业机会，然后，她又将这些住宅赠予无家可归的家庭，安排工厂和车间重新开工，有时购买他们生产的全部产品，并免费分发，向承诺不关门的企业提供无息信贷，并不强制收回贷款。在做所有这些时，她都尽量保持匿名。

本杰明的财富多到可以不假思索地为妻子的无私事业提供资金。他完全不受周围现实的影响，认为没有必要也没有道义义务去帮助任何人。他的生活一直局限于办公室和家中，没有任何变化。对他来说，经济衰退只不过是一场有助于健康的发烧。发烧过后经济将反弹，将比以往任何时候都更加强劲。他认为，崩盘是一把刺向脓肿的柳叶刀，有必要用大放血来消除肿胀，这样市场才能真正触底并在坚实的基础上重建。他甚至被引述说，因为没有一家银行因危机而倒闭，这次危机只是健康清洗的一部分。

如果说他帮助海伦的事业，那只是因为他关心她的健康。在过去的几个月里，她有明显的变化，甚至越来越糟。海伦安慰他，说工作是她唯一的慰藉，他虽然不情愿但仍继续资助她的事业，同时将她健康状况的恶化归因于缺乏睡眠和休息。他猜的部分正确。海伦确实几乎没有睡觉，但这并不是因为她全身心地投入慈善事业。相反，她欢迎工作，因为它可以让她暂时摆脱失眠的痛苦。在黑暗中困扰她的恐惧不再是抽象和不连贯的，也不会被阳光抹去。即使她的无私人道主义职责在一定程度上帮助她面对焦虑的根源，但并不能给她真正的安慰。现在，自从那次在列克星敦大街散步后,她害怕自己的大脑也染上曾经折磨、改变和吞噬父亲的同样疾病。她能感觉到自己的思维与以前不同,而且她知道这种感觉到底是基于现实还是基于幻想都无关紧要。重要的是她无法停止思考。她的猜测相互映照,就像平行的镜子一样——在令人眼花缭乱的隧道里,每一幅图像都无休止地注视着下一幅,想弄清楚它是原件还是复制品。她告诉自己,这是疯狂的开始。自己的头脑变成供自己蚕食的肉体。

因为越来越迷失在大脑新的专制结构中,又因为不再相信自己的思考或记忆,她开始依赖每天一丝不苟记录的日记。她希望未来的自己,也就是那个阅读日记的人,能够通过这些文字来评估她心智混乱的程度。她能在页面上看到自己吗?她在日记中一再告诉自己,要求自己相信,事实上,这些文字是她本人过去所写——即使未来的自己拒绝相信;即使当她阅读时,她无法辨认自己的笔迹。

海伦从未与本杰明分享过她内心深处的焦虑,当然现在也不会。鉴于她的焦虑之深,本杰明恰好专注于自己的事情,反而让她松了一口气。崩盘后,参议院的银行和货币委员会举行听证会,"彻底调查证券交易在上市证券的买卖和借贷方面的做法、此类证券的价值和此类做法的影响"。本杰明·拉斯克在第七十二届国会的听证已成为公开记录,他的声明被收录在一本厚达418页的巨著中,任何有兴趣的人都可以随时查阅。这次听证会仪式的功能是向愤怒的公民介绍几个明显的恶魔,这样他们可以看着报纸头版上的照片摇头,低声咒骂几句,然后将他们忘得一干二净。没有人会真正阅读这些笔录。然而,少数真正读过的人发现，关于拉斯克交易的许多假设与事实相去不远。他对参议员提出的指责性的、令人费解的问题的回答大多简化为"是的，先生"和"不是的，先生"，但这些问答证实，他确实在崩盘前的几个月里卖掉他最不稳定的投资，然后，在黑色星期四的前一天用卖单冲击市场，又在随之而来的崩盘中大规模做空市场。尽管质问者措辞激烈，但显然，他的所有行为都没有违法。

◆

  以一种反向对称的方式，随着本杰明不断上升到新的高度，海伦的病情却逐渐恶化。她无法入睡，整晚在房间里徘徊。本杰明试图与她做伴，但遭到她拒绝。他在屋里安排好值夜班的工作人员，她却把所有的人都支走。他从欧洲给她弄来成箱的书，她一箱也没拆开。她对慈善工作的指示变得反复无常而且自相矛盾。只有一个模式似乎是一致的：她与助手的交流充满不耐烦的言辞，在结束时，总是指责他们做得不够。她开始开具数额巨大的支票，并批准不着边的开支。本杰明拦截所有这些交易，却让海伦继续向助手下达无关紧要的指令。然而，最后，她似乎终于不堪重负，几乎被自己发明的庞大数字和复杂操作压垮。她退出虚构的工作。一种兴奋后的疲惫使她瘫痪，她开始在房间里进餐。然而，每一次，用人推走的餐车上的盘子仍是扣着的。她只喝曾经的鸡尾酒会上的招牌果汁。

  本杰明和海伦长期以来一直与医生和药物化学家合作，寻找更好的治疗精神疾病的方法。现在，他明白妻子可能不仅仅是出于利他主义或对父亲的记忆。尽管如此，他仍然不愿意让外人介入，特别是因为海伦安静的躁狂症与他过去所了解的任何症状都不相符。有时候，他会在门外偷听。房间里活火山般的沉寂令他心惊。只有零星的纸张沙沙声打断它，表明海伦没有入睡，而是在记日记，一页一页地写在厚厚的笔记本上。本杰明非常尊重她的隐私，不会去窥视，但有一次，当他知道她在房子的另一端时，他查看了她的日记。德语、法语、意大利语，也许还有其他语言（他怀疑它们是否确实是正确的语言）在每个句子中交织在一起，像辫子一样，而本杰明只能读懂其中的英语，他无法解开这条辫子。在其中一本笔记本里，他发现一张他从未见过的海伦年轻时的照片。她站在一堆杂乱无章的道具和毛绒动物中间，直视着镜头，眼中充满蔑视。本杰明凝视着照片，时间似乎变得奇怪地长。他从未如此长时间地凝视妻子的眼睛，而她也从未这样长时间地凝视过他的眼睛。他从恍惚中清醒过来，将照片放进口袋，确认所有文件都和他刚才看到时一模一样，然后离开房间。但当他关上身后的门时，他犹豫了一下，重新打开门，回到办公桌前，将照片放回他翻过的日记本中。然后，他轻快、无声地走出房间。

大约在这个时候，海伦把所有的日记都藏了起来。本杰明忍不住猜想，可能是因为她觉察到他曾经翻阅过她的文件。她现在开始边走边写。有时她似乎在喃喃自语，好像在听写自己的口述。她在房子里漫步的范围逐渐缩小，直到仅限于她卧室的地板。一天早上，本杰明看到她仰望着楼梯。她的凝视似乎要穿透天花板，通向天空。她小心翼翼地踏上第一个台阶，然后立刻收回脚，仿佛脚趾浸入冰冷或滚烫的水中。她停下来，再次尝试。停顿片刻，再做一次。然后她试着走下通往餐厅的楼梯，目光迷失在楼下平台的下方。尽管做出最大的努力，她的拖鞋尖仍然无法向前迈出第一步。

如果说在他们生活在一起的幸福岁月里，本杰明已经很难接近她，那么现在他更是完全不知所措。他越是时断时续地尝试与她联系，她就越加退缩。如果他太过坚持或表现出任何关心的迹象，她就会退回她的房间，只有让她完全独处几天后才能哄她出门。有一次，他带来一些新书，打算读给她听。海伦将自己关在屋里很久，放在门外的果汁一直没有动过。她不会回应女仆让她开门的请求。屋里只能听到脚步声和纸张的摩擦声。

海伦已经整整两天没有进食。本杰明决定采取行动。他隔着紧闭的门告诉她，如果她不立即打开，他将强行破门而入。房间里传出一阵犹豫的声响，但她照做了。本杰明退后一步，先是被屋内的气味，然后被眼前的景象惊呆。比腐烂的恶臭更糟糕的是，为了掩盖腐烂味道而喷洒的许多香水散发出的甜美花香。他试图眨眼驱散气味，然后，当眼睛适应了房间里昏暗的光线时，他看到海伦手臂和胸口上的血迹。伤口的来源毫无疑问。她站在那里，憔悴而心不在焉，不停地抓着渗出液体的水泡。湿疹的鳞屑和水疱正向上蔓延至她的脖子，红色苔藓已经长满她的下巴。

本杰明的精神崩溃了。直到此刻，当他看到她抓挠着满是伤痕的身体，他才明白她内心的动荡。他独自一人在办公室里哭泣。

他决定，最佳方案是与布雷沃特夫人交谈，她处于一个独特的位置，能够比较女儿和丈夫的情况，以确定海伦的病是否具有遗传性。

多年来，母亲和女儿渐行渐远。在得知父亲失踪的消息后，海伦再也无法忍受布雷沃特夫人吵闹的生活方式。她几乎不再去母亲的公寓，也从不让她来自己家。作为替代，海伦大约每周给她打一次电话，而布雷沃特夫人总是开朗、轻松，滔滔不绝地讲述各种趣事。但是她从来不给女儿回电话。于是，海伦试探性地停止给她打电话。自从她们上次交谈以来，已经过去将近一年。那一次，布雷沃特夫人非常详细地描述了她和朋友们对一个女帽商玩的一些恶作剧。她滔滔不绝，只偶尔被自己的咯咯笑声打断。然而这一次，当本杰明打电话告诉她家里的情况时，她语气悲痛地表示必须立即见到女儿，丝毫听不进她的到来会让海伦更加不安的劝阻。布雷沃特夫人挂断仍在恳求的本杰明的电话，几分钟后就出现在他家门口，为整个场景的戏剧性而沾沾自喜，也对自己多少因激动而气喘吁吁的表现明显感到满意。

本杰明再一次对于这种冲撞海伦的方式是否明智感到质疑。他只想向海伦的母亲描述症状，确认这些症状是否让她想起她丈夫的情况。然而，布雷沃特夫人绝不接受这样的安排。她没有脱下外套和帽子便急匆匆地冲上通往女儿房间的楼梯，表现出痛苦和不安。本杰明跟在后面。布雷沃特夫人甚至没有在门口停留。她没有敲门就用力把门推开。布雷沃特夫人和本杰明面对眼前的身影大吃一惊，愣在当场。

海伦站在房间中央，面对着门。她穿着希腊式的简约风格的睡衣，凌乱的头发和脸上的伤疤散发着某种武侠的气质。她在胜利的平静中展现出天使般的飘逸。

片刻后，她向前迈出一步，在母亲的眼中寻找自己的影子，然后递给她一张纸。布雷沃特夫人首先注意到她羊皮手套上留下的未干墨水的污渍，然后阅读纸上仓促写就的字迹。

我闻到了你的香气,
听到了你急促的脚步。

医学机械研究所,
你将把我安置在瑞士。

第四部

海伦果真被医学机械研究所收治了，但她母亲没有插手这件事的计划，也没有参与她如何前往瑞士的交通安排。实际上，当看到女儿如此虚弱时，她冲出家门，再也没有回来探望。她脸上挂着泪水说，实在太令人心痛了。

本杰明亲自负责一切准备工作。起初，他认为海伦请求去巴德普菲尔是对她母亲突然出现的反应，这件事一定加剧了她被疾病夺走父亲的痛苦，然而同样的疾病还在索要她的性命。他还怀疑她提出这个请求只是对布雷沃特夫人的责难，而且做得非常成功。但在接下来的几周里，海伦一直坚持她的请求。她相信只有在巴德普菲尔她才能找到平静，她知道那里会治愈她。

本杰明委托他在柏林哈伯制药公司的同事调查这家研究所的各个方面，包括财务报表、基础设施、员工记录和患者资料。起初，他认为他可以带海伦去那里短暂休整，以满足她的一时冲动（虽然他毫无根据地隐秘地希望着，她能因参观这个创伤之地引起的震惊而奇迹般地康复）。然而，在获得哈伯的报告后，他确信巴德普菲尔实际上可能是妻子的最佳去处。

接待海伦父亲入院的所长巴利医生在战后大约五年后去世，现在负责该机构的是赫尔穆特·弗拉姆医生。据本杰明的手下说，在弗拉姆医生的领导下，该研究所在治疗精神疾病方面声誉卓著，尤其是情绪障碍（如不同形式的神经症、恐惧症、急性忧郁症等）方面。在战前，这家诊所更像是一个水疗中心，对依赖休息和水疗的神经疾病采取一种笼统模糊的治疗方法。然而，现在它提供更具针对性的临床治疗，并且率先开展锂盐在精神病学应用方面的研究，哈伯制药公司对此非常感兴趣并予以密切关注。总而言之，弗拉姆医生的资历毋庸置疑，关于他的现代方法和药理学研究方向的描述可以在他发表的许多德文论文中找到，这些论文刊登在许多有同行评审的医学期刊上。这些信息也包括在哈伯的报告中。简而言之，本杰明的调查人员得出的结论是，医学机械研究所是一家信誉良好的机构。然而，他们确实对弗拉姆医生稍偏精神分析的倾向持否定意见，并冒昧地推荐柏林的拉迪斯拉斯·阿夫特斯医生。因为他们更直接了解阿夫特斯医生的研究。阿夫特斯医生正在为哈伯制药公司开发一种颇有前途的新药，而拉斯克夫人的病情似乎正可以从他的创新疗法中受益。

本杰明阅读了关于弗拉姆和研究所的报告后备受鼓舞。有一阵，他曾考虑过阿夫特斯医生和他的新药——将海伦的病情控制在哈伯制药公司的范围内有很多便利，因为这是一个他能够掌控的环境。然而，他不愿将如此微妙的家庭事务与自己的业务联系在一起。海伦对巴德普菲尔和研究所非常看重，也许那里本身就具有一定的治疗价值。出于个人原因，本杰明对那里也深感吸引。巴德普菲尔远离任何主要城市，对在当地避暑的好心熟人来说，即使他们想顺便来拜访，也极为不便，而且那里绝对远离媒体的纷扰。

本杰明总是通过他在德国的代理进行协商，申请医疗机械学院建筑的一整个侧翼。通过研究疗养院的设计图，他得出结论，疗养院的北翼是最佳选择，因为那里远离教堂和浴室，可以提供最佳的隐私。本杰明的代理人向研究所起草了一份提案，列出他的要求。拉斯克先生希望楼内的病人立即迁出，并承诺在所需时间内为所有空房间支付相应的食宿费和整个疗程的费用。然而，负责该侧翼的员工仍应配备齐全。拉斯克先生保留随时自行聘请外部医生咨询其妻子病情的权利。楼内必须立即进行一些小范围的改造，以使其完全独立于研究所的其他部分，并确保拉斯克夫人的居住舒适。蓝图上已经标注并详细描述了每一处改造，不用说，拉斯克先生将负担所有开支。这些修改已经在设计图上标明并详细描述。最后，该文件提出向研究所所长提供一笔可观的金额，以弥补这些变动可能造成的任何不便。

弗拉姆医生与本杰明的代理人寒暄几句后，委婉地谢绝了这一提议。他向代理人表示研究所不需要进行翻新，也不需要寻求外部医生的认可，幸运的是，它不需要资助。对此，本杰明亲自写了一封私信，试图让弗拉姆医生认识到海伦病情的紧迫性，以及巴德普菲尔和他妻子有千丝万缕的联系。最后，本杰明承诺无条件的慷慨捐赠——并为所长认为合适的任何研究提供一栋全新大楼的资金。弗拉姆医生没有回应。本杰明的信送到两周后，《德意志医学周刊》上发表了一篇简短文章，对弗拉姆医生关于锂盐和其他新物质临床应用的研究方案提出质疑，指出科学界对其缺乏明确的信息。该杂志表示，正在对弗拉姆医生的研究方法展开调查，并承诺在获得进一步报告后跟进报道。这篇文章发表后不久，该研究所面临许多关键药物的短缺，严重影响治疗工作。而这些药物都是哈伯制药公司的专利产品。

月底之前，北楼的病人已全部迁出，整修工程正在进行中。

正如妻子试图通过专注于慈善工作来转移她对最初病状的注意力一样，本杰明则选择通过专注于与研究所有关的每一个细节来逃避悲伤。翻新北翼、聘用最优秀的工作人员，并为海伦的旅行做好准备，这成为他唯一关心的事情。他有生以来第一次把生意视为一项苦差事抛在脑后，将日常运营委托给谢尔顿·劳埃德。当有人提出与工作相关的问题时，他变得暴躁。只有在主动应对妻子的疾病时，他才找到一些安慰。他一直担心失去海伦，失去她的关注，让别人夺走她。现在一切都发生了。她离开了他，受某种强烈且无法抗拒的呼唤而抛弃了他。他发现自己嫉妒这种疾病，它要求并获得她全部的关注和精力。他羞于承认自己对海伦的愤怒，因为她在执行她那位暗黑主人的一切命令。

本杰明尽量不陷入这种毫无道理又无形的怨恨情绪中，一出现就压抑下去，绝不让它影响到他和海伦的关系。他是一位温柔的护士，明白他最好通过克制来表达爱意——他在场但不引人注意，殷勤但保持距离。由于长期禁食和无情的躁狂症，海伦的身体虚弱，大部分时间卧床不起。成片的红色怪物无情地啃噬她的肌肤，每时每刻都让她难受得泪流满面。医生和护士现在参与她的护理，主要是为解决她的营养不良问题，用敷布包扎她的湿疹，并注射吗啡让她平静下来。她意识模糊，总是将将入睡或刚刚醒来,但又过于兴奋,喋喋不休,无法得到真正的休息。在海伦为数不多的几次要求或承认他在场的情况下,本杰明表现出他的天赋,可以听懂她语无伦次的自言自语,适时微笑,在恰当的时候表现出同情的愤慨,并在回答她的问题时不流露出一丝优越感。当他们交谈时,他总是牵着她的手。而海伦,即使目光注视着远处的景象,有时也会用拇指轻抚他的手。

◆

　　清晨，山谷两侧山峰上一成不变的积雪笼罩在一层更深的白色中。稍后，在正午的阳光下，积雪变成刺眼的碎片。牧歌般的钟声在点缀着片片纯洁云朵的天空中回荡。不知藏在哪的鸟儿只能发出两个或四个音符的叫声。空气中弥漫着水和石头的气息，还有那些久已死去的东西，在被露水浸透的泥土深处，在黑暗中，寻觅重返生命的道路。在无人打扰的时间里，这里的建筑不再是人工和工业制品，而显露出其变成化石的本质，以矿物的形态出现。微风溶解在更加宁静的空气中；树梢停止摇摆，在蓝天的映衬下，绿得呈现出黑色的深邃。一时间，没有挣扎，一切静止不动，仿佛时间到了尽头。

　　随后，护士拿着敷布、勤杂工拿着耙子、医生拿着记录板、侍者拿着输液器，一切将再次启动。瘙痒，疲惫，言语，言语背后的思绪，以及她的存在发出的噪音，比整个世界都要响亮。

　　入住医学机械研究所后，她参观了父亲的房间。这里是较为简朴的东翼，常年因夹在两个陡峭悬崖之间而阴暗潮湿，长满青苔。当海伦与丈夫和弗拉姆医生一起来参观时，住在里面的所有病人都被带到花园。在父亲狭小的房间里，她似乎心不在焉，目光集中在物件之外。只有手指与房间保持接触。她轻轻地划过每一个表面，或者试探性地触摸脸盆或椅背，好像不确定它们的存在和温度。

　　弗拉姆医生示意本杰明离开房间。拉斯克脸上掠过一丝怒意。他转过身背对着医生，假装没有注意到他的手势。但他无法忽视弗拉姆放在他肩上的手,以及他操着浓重口音提出的给他们一点时间的请求。本杰明看着搭在他肩上柔软的手;弗拉姆医生举起手,指一指门。本杰明垂下愤怒的眼睛,宣布他会在外面等候。

他们两人独处在房间后,弗拉姆请海伦躺在床上。他在铁床头板后面放上一把椅子坐下,用德语问她父亲在这个房间里的形象是什么。是主导她童年的男人,还是她青春期时相处的病人?

说德语的海伦似乎更加平静。尽管她说得非常自如,但也有较长停顿,就像那些随意自学语言的人通常出现的情况一样。因为她经常要停下来寻找迂回的措辞,绕过语法空洞和词汇空缺,所以她给人的印象是语速放慢,好像在某种程度上能够控制住她的焦虑。但她的德语,就像她掌握的所有外语一样,脱离日常会话,有不同寻常的来源——包括过时的书籍、没落贵族和客厅外交官装腔作势的喋喋不休。这使她讲话具有一种巴洛克式的戏剧性语调,同时在一定程度上抵消了她缓慢语速所造成的精神正常的错觉。尽管天生丽质,但她听上去就像一个浓妆艳抹的蹩脚女演员。

听到医生的问题,她静静地笑了。只有傻瓜才会如此区分过去和现在。未来无时无刻不在干扰,总想在我们做出的每一个决定中实现自己;它尽其所能试图成为过去。这就是未来与单纯幻想之间的区别。未来总要发生。上帝从不把任何人扔进地狱;根据斯威登堡的观点,灵魂会自行坠落。鬼魂是自愿投身地狱的。选择是什么呢?不就是将未来的枝条嫁接到现在的树干上吗?过去的父亲?未来的父亲?海伦又笑起来,继续思考园艺与炼金术之间的关系。然而，弗拉姆医生因此了解到斯威登堡在她成长过程中扮演过重要角色，因此温和地坚持通过这一点进入她的童年——同时追寻海伦所暗示的，她父亲是自愿选择了地狱。她继续说下去，眼睛盯着天花板上的一块看起来像一朵黑牡丹的霉斑。

她入住研究所后不久，弗拉姆医生便开始指导病人戒除药物。他说，他希望在没有任何干扰的情况下观察她病症最纯粹的形态，然后尝试使用最小剂量的锂盐。经过逐渐减量，当海伦即将完全停用镇静剂时，她的躁狂症达到高峰。本杰明要求给妻子重新用药。但弗拉姆医生对他的威胁语气不予理睬，说还需要几天时间。大约一周后，与本杰明最糟糕的担忧相反，她出现轻微的改善迹象。是的，海伦仍然语无伦次、滔滔不绝，但在一次又一次迷失在她的语言迷宫之后，她终于筋疲力尽，反而变得平静下来。弗拉姆医生解释说，他采取这种以毒攻毒的方式让她的躁狂状态自行消耗：失眠和疯狂的精神活动加上某些荷尔蒙的自然消耗和她的身体状况，最终会产生一种麻醉效果。她需要耗尽精力；需要进行锻炼；需要呼吸新鲜空气。

这样，海伦在每一个不眠之夜与沉闷不语、戴着无边帽的护士交谈后，在第一缕曙光到来时被带到花园里，独自一人留在花园的躺椅上，面对层层群山。她一边自言自语，一边从包裹得严严实实的毯子里挣脱出来。然而，随着太阳升起，她的独白逐渐变成零零散散的喃喃自语，最后渐渐融入寂静中。在大约一个小时的时间里，她沉浸在一种超越个人的幸福之中——成为纯粹的感知，一种只看到山顶、只听到钟声、只闻到空气的存在。

◆

　　本杰明与周围环境格格不入，与他熟悉的环境在多个层面疏离。他从未体验过做外国人的滋味。尽管身边有最亲密的仆人（以及厨师、家具和他在纽约的大部分附属品），几乎可以完美再现他在美国的生活，但他还是被渗透进来的每一个"欧洲"特性所激怒，甚至冒犯。那些带着难以辨认的锯齿音的德语，似乎是一场针对他的无处不在的阴谋。杳无人迹的山丘，垂直耸立的阿尔卑斯山地平线，环绕研究所的几乎是一片荒野的大自然，这些都让他感觉孤立无援。尽管妻子仍然是他最牵挂的人，但远离生意已经开始对他的身体造成伤害。这种伤害是一种头晕目眩和轻度窒息的混合体。电话线还没有接到研究所，无线电信号在高山环抱的深谷中强度过弱，而他设计的将信息从纽约和伦敦传输到巴德普菲尔的中继系统又过于缓慢。市场的发展只作为"新闻"传到他的耳中，而所谓"新闻"就是媒体上报道的其他人最近做出的决定。

　　既然已经降格为商业领域里一个无所事事的旁观者，拉斯克便将全部精力投入妻子的治疗。谈判一开始，当本杰明试图获得研究所的整个北翼时，所长就明确表示他不会被这位金融家的财富吓倒。当时，受够跟班和应声虫阿谀奉承的拉斯克发现所长的反应令他耳目一新，甚至因而受到鼓舞。他敬佩弗拉姆医生对自己专业的热情，拒绝屈从于外部要求的决心，以及对庸俗的金钱诱惑的冷漠。这一切使他相信海伦会得到良好的照顾。然而现在，当他只专注于治疗的日常进展时，他曾经钦佩的医生的坚定和道德正直却成了不断的沮丧和怨恨的源泉。弗拉姆躲避他，在他们的会面中只提供简短而难以捉摸的报告，这些报告总是被护士或同事打断，要求所长先生的注意。这是纽约每个秘书都会的可悲伎俩。本杰明的建议、推荐和与制药界的联系全部遭到拒绝。他确信这种拒绝方式中透露出一丝轻蔑。与妻子的接触已经减少到最低限度，以便她能够获得足够的"空气"。他实在想不明白这医生的治疗方法到底是什么。不需要用药物吗？那些盐是用来做什么的？还有那些对话，他们在谈论些什么？

弗拉姆医生的方法似乎没有任何规律，也不可预测。他有时在一个下午与海伦多次会面，有时又莫名其妙地将会面中断数天。咨询可以在任何地方进行，无论是她的房间、花园、他的办公室还是体育馆，有时会在几分钟后突然结束。所有这些反常现象都让本杰明感到困惑，他将其归咎于弗拉姆非专业的突发奇想，以及根本没有治病方案。他感到沮丧，决定与弗拉姆医生当面对质并要求解释。

弗拉姆医生的英语是学术性的、不完美的、粗鲁的。他认为，与其遏制拉斯克夫人漫无边际的胡言乱语并将其引导至常态（或用镇静剂堵住她的嘴），不如鼓励她自言自语。她无法停止说话，因为她无法停止解释自己病情的尝试，而她想要了解自己病情的愿望在很大程度上成为她病症本身的一部分。如果他倾听并教她倾听自己，他们会发现她没完没了的叫喊中充满加密的指令。症状、疾病和治愈合而为一。在拉斯克夫人滔滔不绝的演讲中，他会察觉到一些启发性的时刻，就好像她的病症为自己点亮一盏灯。每当这种时刻到来时,他会突然打断她,强调这一顿悟并迫使她倾听自己的声音。这就是许多会面如此短暂,并且可以发生在任何地方、任何时间的原因,目的是让患者意识到自省并不仅仅局限于办公室,而是一个持续的过程。通过这些"突袭"疗程,他想教会她设下埋伏,捉住自己。

拉斯克指责医生信奉弗洛伊德主义,并声称他不允许妻子接触任何此类无稽之谈。弗拉姆微笑着挥手驳回这些指责。他承认曾与弗洛伊德教授有过一面之交,并从他的谈话治疗方法中学到一二。但是,当一名护士叫走他时,他解释说拉斯克先生忽视了研究所对身体的重视。温泉浴、健美操、诱导休息、远足、直流电和感应电流治疗、高原治疗、严格的素食、控制学、顺势疗法,最重要的是盐。正如拉斯克先生肯定能看到的那样,在医疗机械研究院,他们没有将身体简化为一种隐喻。巴德普菲尔不是维也纳。

海伦除了习惯长距离散步外,从未有过任何定期的体育锻炼。然而,一旦她停掉所有的镇静剂,她的日常生活就开始围绕弗拉姆向她丈夫列出的活动展开,而且她全身心地投入其中。她发现身体越用力,心智就越平静。她特别喜欢健美操之后的拳击课。在对打中,她感到内心混乱的黑暗中闪过她过去的自我。每天下午,在晚饭前,她去温泉浴。当她温暖的肌肤融入温暖疗愈的泉水中时,她会打瞌睡。渐渐地,她的身体教会她如何再次安静下来。有时,在美好的一天之后,只有喘息的寂静。甚至她的皮肤也平静下来。也许是水的功效,曾经让她的皮肤上的每一个毛孔都变成一张尖叫的小嘴的湿疹也已经消退。她不再需要一直裹着纱布，敷上药膏。她甚至可以自己涂抹樟脑和金盏花软膏。

在海伦繁忙的日程里有两个探视时间，一个在早餐后，另一个在茶点时间，这两个时段她都和丈夫一起度过。起初，本杰明的存在似乎并没有对她产生任何影响。她几乎不注意他，一直在自言自语，通常是一边说一边写。弗拉姆医生知道她写日记的习惯后，鼓励她重新开始记日记。随着时间的流逝，她的心智似乎变得更加稳定，开始感到安全，不再需要文字护城河来保护自己。她的句子仍然有时会成为奔放联想的激流，但它们源自合理的思考，并且经常能得出结论，有时甚至会停顿片刻。进而与她进行表面正常的对话成为可能。随着这种改善，海伦和本杰明之间原本存在的距离又开始恢复，也许还有增长。是的，她认得他，甚至对他彬彬有礼，但他觉得是以一种令人心寒的冷漠方式。以前她一直试图拉近他们之间的距离。但这种努力现在已经停止。那些深情的举动是他们婚姻的基础，本杰明被她多年来的努力所感动，发现它们比自发的爱更有价值（他相信，自发的爱不是选择或努力的结果，而只是某种致命的巫术，使受害者陷入一种被动的迷惑状态）。但是现在，他在妻子最清醒的时候看到的只是彬彬有礼和客气的体贴。也许他对她不稳定的康复期待过高，但她的疾病似乎已经把她拉得很远，她出现在一个新的、遥远的海岸线上，从那里只能看到他模糊的轮廓。

如果她的冷漠是针对所有人的，本杰明可以接受这种超然态度，将其作为她康复过程的一部分，甚至作为她恢复理智后的永久状态。但随着她的好转，她的冷淡似乎只针对他保留着。最近，他看到她用德语与护士交流时面带微笑。尽管语言本身严厉，她对她们说话的语气却柔和一些。她看着她们的眼睛，用手势让她的话语变得生动。有一次，他散步回来，发现她和弗拉姆医生坐在草地上。她在咯咯笑。

◆

拉斯克的美国仆人开始悄悄地整理他们从大西洋彼岸带来的行李和木箱。本杰明认为，在巴德普菲尔逗留近两个月，他已经践行了对妻子的许诺，现在是时候重新控制并决定妻子的治疗方向了。他预感海伦会反对他们离开（而且知道弗拉姆医生肯定会反对），因此一直秘密地进行自己的计划。直到出发的前一天，他才打算与大家分享他的决定。他已经与他在哈伯制药公司的同事联系妥当，计划带海伦去德国，让他们推荐的医生对她进行检查和诊断。准备工作基本就绪——在柏林租好一套带家具的房子，收拾好要带的几样东西，并安排好将大部分物品运回纽约的家中。就在准备动身的前几天，他被告知海伦消失了。

在她第一次洗澡和早餐之间的半小时内，不会说英语的值班护士和不会说德语的女仆之间出现一些沟通障碍。她们都相信海伦是在另一个人的照顾下。事情很快水落石出，拉斯克夫人故意制造了混乱，以便乘机溜走。弗拉姆医生一接到通知，就派出由护士、勤杂工和侍者组成的搜寻队，彻底搜索北翼。然后，又将搜索范围扩大到其他建筑和院落。一旦他确认海伦已经离开大院，弗拉姆马上打电话通知拉斯克先生。

本杰明明白，在最需要冷静的时候，不能失去冷静。他用在纽约商界许多人无法模仿的柔和的声音派车前往研究所北部和南部的村庄，下令（附以现金）招募村民参与搜索。海伦不可能翻过东西两侧陡峭的山脉；她一定是沿着其中一条路走，然后在周围较为平缓的山丘上徘徊。村民们如果在通往研究所的两条道路周围展开搜索,一定会找到她。几个小时后,农夫、挤牛奶的女工和牧民在山坡、森林和峡谷呈扇形散开寻找。

在等待消息的同时,本杰明将弗拉姆医生召到他的房间,告诉他准备离开的计划。所长走进门来,环顾四周的行李说,看来他们要离开的传闻是真的,他很难过。本杰明对于他们被监视和八卦感到生气。谣言一定传到了妻子那里,促使她逃离。本杰明将她的失踪归咎于工作人员的泄密和所长的疏忽。

弗拉姆医生对这些指控毫不在意,他用充满激情但不失冷静的措辞来解释海伦的病情已经有了极大的改善,她对盐的反应良好,还通过与他的交谈,对自己的疾病有了深入的了解。他坚持认为海伦必须留下来继续接受治疗。尽管这听起来似乎怪诞,但她重演父亲逃跑的事实应该被视为病情好转的表征。

本杰明称弗拉姆医生为编故事的人和江湖郎中。所长表示他和本杰明之间的相互厌恶不应该妨碍拉斯克夫人的福祉。就在这时有人敲门。一名司机走进房间。拉斯克夫人已经找到。一个农场工人发现她在溪边喝水。本杰明冲出去时,司机告诉他,她脸上的水疱非常严重,确实非常严重,他要有思想准备。

◆

北楼与研究所的联系被切断。通往合院其余部分的大门被锁住。所有当地的护士和辅助人员,从厨师到看门人,都被解雇。本杰明把他的美国员工集中在建筑尽头的几个房间里。他重回到海伦床边,协助他从纽约带来的护士和女佣。但他无事可做,因为海伦现在正处于深度镇静状态。根据以往的经验,本杰明选择了一个他认为在安全范围内最大的剂量。当她被带回来时,无法平静下来。在她德语和英语掺杂的胡言乱语中,唯一清楚的是她说的话跟不上她的思维。她不允许任何人触碰她,并且在她生病以来第一次表现出攻击性。她的脸因强迫性抓挠而流血,她拒绝包扎伤口。必须按住她才能给她施用镇静剂。

自从海伦被带回来后,弗拉姆医生就没有被允许与海伦见面。他甚至没有踏进过北楼。如果说本杰明是通过收拾行囊并安排前往德国的行程开始控制局势的话,那么最近的一系列事件已经让他完全恢复以往坚毅的自我。不再有基于迷信和无法量化的猜测的治疗;没有私下的"会谈";没有窥探活动,没有流言蜚语;没有他无法理解的事情,没有脱离他的权威的事情。现在,他再次控制局势,回顾过去几周,他怯懦地接受病中妻子的决定,屈服于弗拉姆的骗术,就好像它们是杂乱无章的噩梦的一部分。他本可以立即离开瑞士,但海伦的身体状况不能旅行。所以,他派遣一名信使前往柏林,给哈伯制药公司的同事带去指示,要他们不遗余力地寻找最好的专家,立即将他们连同设备和物资一起送到巴德普菲尔。

在大部分时间里，海伦似乎都仰面飘浮在空中，半昏半醒，口中喃喃自语。她的眼睛似乎是不经意睁开的。最终，眼皮慢慢合上，随着意识飘荡，低声嘀咕，直到陷入短暂的睡眠。每次醒来，她总是喘着粗气，仿佛在黑暗的内心耗尽了空气，又挣扎着回到表面，回到这个世界。她并没有在麻醉药带来的麻木中得到休息，相反，似乎更加疲惫。她的脸因服药造成的浮肿而变形，布满水疱和湿疹的鳞屑。绷带只能带来暂时的缓解。本杰明明白，一旦柏林的援助到来，这一切——她的神志不清，日益恶化的身体——都会得到改善。海伦的手腕给他带来痛苦，而且他知道，将永远成为他的一块心病。她会把脸上的绷带扯掉，用力挠破结痂，仿佛要挖进自己的身体里。护士们给她戴上手套，试图用舒适的床单和紧绷包裹毯来约束她，但都无济于事。最后，本杰明撕碎海伦的睡袍，含着眼泪用丝质碎布条将她的手腕绑在床栏上。每次醒来，看到她的束缚带，海伦都会感到惊讶，接着是愤怒，然后是伤心欲绝。一旦她设法平静下来，她就开始喃喃自语，直到她再一次陷入迷惘，然后又周而复始。

在这焦躁而又单调的环境中，时间是一抹渍痕。过去的日子留下的唯一痕迹是本杰明因与世隔绝而累积起来的被疏远的痕迹。为了最大限度地利用这里有限的资源，美国女佣们每天都把海伦推进一个新房间，留下脏床单、旧绷带和脸盆。司机每天跑到附近的村庄购买农产品、奶制品和其他必需品。然而，本杰明几乎不吃东西。他有生以来第一次留起胡子。他讨厌胡子，但出于某种原因，他认为胡子必须留着，算是一种时间记号吧。当德国人到来时，他会刮掉胡子。

德国人确实来了。本杰明出去迎接一个小型车队——两辆深灰色的卡车和一辆黑色轿车。卡车载有补给品、医疗设备和六名护士；轿车里走出阿夫特斯医生。当护士们卸下纸箱和板条箱并将它们搬进大楼时，本杰明领着医生去他的房间。寒暄之后，阿夫特斯医生递给本杰明一封由哈伯制药公司董事会成员签名的信。

尊敬的拉斯克先生，

我们致函祝愿您身体健康。

我们荣幸地向您介绍拉迪斯拉斯·阿夫特斯医生。从附上的简历中您可以看出，他拥有最卓越的学术经历。

阿夫特斯医生目前的研究重点是使用戊四唑治疗精神分裂症。戊四唑是一种兴奋剂，已被证实对某些呼吸系统和循环系统疾病具有疗效。但是阿夫特斯医生又发现它的新应用。通过详细的统计研究，他发现癫痫与精神分裂症之间存在拮抗作用，并且几乎不相容。他得出结论，癫痫患者大脑中高浓度的神经胶质细胞是导致精神分裂症发病率低的原因之一。他进一步得出结论，人为诱发癫痫发作可以增加神经胶质细胞在精神分裂症大脑中的存在，从而达到治愈效果。他发现能够用一种基于戊四唑的特殊化合物来诱发抽搐，该化合物在高剂量使用时会产生类似于癫痫大发作的抽搐。我们最近在布达佩斯的一家精神病诊所进行的临床试验显示了很高的成功率。

哈伯制药公司正在为这种惊厥疗法申请专利。这是精神病学的未来。我们相信拉斯克夫人是接受这种治疗的理想人选。毋庸置疑，阿夫特斯医生将为您提供远比我们在此信中所描述的更准确、更全面的细节，并解答您可能有的任何疑问。

值此艰难时期，让我们的思念与您和您的妻子同在。

敬上，

洛伦兹·兰曹

威廉·冯·比尔钦斯洛文

迪特尔·艾茨

朱利叶斯·伯克

莱因哈特·利伯泽特

◆

海伦再次停止使用镇静剂之后，需要经过一段等待期，以便让阿夫特斯医生观察她"全面爆发"时的症状。在此期间，阿夫特斯和拉斯克开始相互了解。或许是因为哈伯制药公司董事会指示他要特别照顾这位主要投资人，阿夫特斯医生有问必答并以最详尽的方式讨论治疗的各个方面，与难以捉摸的弗拉姆医生和他神秘莫测的胡言乱语形成鲜明对比，这使得本杰明非常满意。每顿饭他都与阿夫特斯一起进餐，并接受关于药物化学成分及其新陈代谢方面的教育。阿夫特斯医生用他流利但费力、装出来的贵族英语向本杰明讲述他用樟脑进行的第一次实验，以及他为何放弃了这种惊厥药，因为它作用缓慢，而且患者和医生都觉得它很恐怖。他的新化合物作用迅速，因此是人道的。从狭义角度看，这正是治疗方案的核心；而从广义角度看，这也是他的医学哲学理念。这种强调同情心和以慈悲为本的治疗方法让本杰明深受触动，因为这让他想起海伦曾经投身于开发新的精神病疗法的坚定的热情。阿夫特斯医生还向他提供了临床试验的详尽统计数据，并为他展示了图形、图表和示意图。这些来自经验事实的计算数据给本杰明一种安全感：这是一种基于观察、实验和严格的自然法则的治疗方法；这是可以用客观标准来衡量的科学工作。

第一次注射的日子到了。本杰明被拒绝进入海伦的房间，这让他惊讶不已。他请护士叫来阿夫特斯医生。几分钟后，他们在隔壁的一间空房间里小声交谈。没等本杰明开口，阿夫特斯就举起双手，闭上眼睛向他恳求。在此之前，他一直不愿意与拉斯克先生讨论这个问题，因为目睹抽搐并不是一件容易的事情——尤其是对一个外行来说。如果因为看到治疗中最不愉快的部分而让他怀疑它的巨大好处，那将是可悲的。最重要的是，能够免除拉斯克夫人的丈夫的焦虑和担忧，这难道不是很合理吗？程序很短，拉斯克先生可以在程序结束后、在他的妻子休息好之后立即来探望。

整个上午，本杰明一直在处理返回美国之行的细节。阿夫特斯医生向他保证，他们很快就能离开，可能在接下来的十天之内。他的惊厥疗法的效果几乎是立竿见影的。是的，拉斯克夫人会很虚弱，但阿夫特斯医生自愿在横跨大西洋的旅程中陪伴并照顾她。在纽约，她可以在自己舒适的家中继续接受治疗。没有比这更让本杰明高兴的了。他渴望回到自己的办公室，再次掌管自己的业务。在他的众多项目中，最关键的是完全收购哈伯制药公司。考虑到阿夫特斯医生的革命性发现，这似乎是一项最有前途的投资。

一位护士敲了敲门，宣布可以去看拉斯克夫人，然后离开。整理领带时，本杰明发现自己仍胡子拉碴。他脱下衬衫，匆匆为妻子刮掉胡须。

阿夫特斯医生在走廊的半路上和他相见，在一同走向海伦的房间时向他作简短的汇报。她对治疗的反应比预期的还要好。为了测试她的耐受性，他从低剂量开始。治疗如此成功，他正在考虑增加剂量，以充分利用每个疗程并缩短治疗过程。当他们到达房间时，阿夫特斯在转动门把手之前停下来。拉斯克先生应该记住，他的妻子会受到苯巴比妥的影响。苯巴比妥是用于控制癫痫发作的药物，因此她可能有些迷糊，甚至说不出话来。最重要的是，他应该牢记他曾被多次告知的事实：惊厥疗法基于休克，因此拉斯克夫人可能处于一种，呃，是的，休克状态。

本杰明毕恭毕敬、小心翼翼地走近床边。海伦面向墙壁躺在床上，胸部轻微地起伏，速度有些快。本杰明故意用鞋子在地砖上踩出一些声响，通报自己的到来。海伦转向他。她的脸苍白憔悴得像一片荒凉的废墟，疲惫不堪，宛如一件破碎而被遗弃的东西。她没有看本杰明，眼睛睁开仿佛只是为了让他能够窥见其中的废墟。他俯下身，亲吻她灼热的额头，告诉她她很勇敢，做得很好。他希望自己是面带微笑说出这番话的。

◆

　　在静谧的虚空中，无声无息。在令人窒息的寂静中，无人敢打扰海伦疲惫的沉默。因为她默不作声，大家都保持安静；因为她不动，大家都静止。护士和女仆变成缥缈的白色影子。本杰明孤身一人在房间里简单用餐，他一直都待在屋里。研究所的其他部门传来的声音如同从水下传来——去温泉浴场的路上病人们用不同的语言开着玩笑，跟随健美操教练的指令协调地发出的快步声和重步声，偶尔的音乐，清洁工具的碰撞。由生活中的不和谐音组成的音乐会似乎是对北翼住户的隐居生活和沉默誓言发出的挑衅。

　　阿夫特斯医生曾向本杰明详细（但仅在严格必要时）描述过第一次注射戊四唑的后果。他的描述明确无误，甚至有些残酷。他还提到一个令人遗憾的事实，即医学界的一些人错误地将他的治疗误视为对精神病患者的惩罚性的暴力行为。令人遗憾的是，对于治疗效果来说，痉挛的强度至关重要。尽管如此，本杰明被告知的任何事情都未能让他做好心理准备，去正视第一次治疗后海伦因高度紧张而导致的僵直和精神恍惚。他从未回避妻子的任何一面，无论是多么令人伤心或困惑。他能够直视她在整个婚姻生活中对他表现出的温柔的无爱；他能够看着她为了她的作家和音乐家而背离他。他能够面对她因病魔而变得面目全非的新自我。面对这一切，他从未眨眼。然而，看到治疗后一息仅存的僵尸却超出了他的承受范围。那个虚空——当她人还在，具体说是身体还在那里的时候——是他对海伦可能离他而去的恐惧最险恶、最直接的体现。虽然阿夫特斯医生已经预见到她目前的状态，并向他保证这是惊厥治疗预期中的标准反应,这种反应将来会被写进"教科书",他却没有感到丝毫宽慰。通常需要注射三次才能看到明显的效果。阿夫特斯医生再次保证,这种效果简直就像是一个奇迹。他常说,就像海伦突然从一个漫长的梦中醒来。有时,甚至在第二次注射后就能看到轻微的改善。本杰明虽然心碎,但他仍然对阿夫特斯保持完全信任。他批准了下一次治疗。

本杰明坐在大楼正门旁的长凳上等待着。一牙淡淡的弯月划破白天的天空;阿尔卑斯山的山壁似乎比以往更加高耸;稀薄而刺激的空气使他感觉头重脚轻。除了学生时代,他从未离开过纽约这么久,陌生的感觉令他厌倦。他厌倦自然、瑞士、闲散、医生以及各种解释。厌倦在拒绝这些解释的同时又不得不接受。他知道大约一周后他将踏上回家的旅途,这让他更加无法容忍周围的环境。他又抬头看着错位的月亮,感到一种被冒犯的情绪。

门突然被猛力打开,一名美国护士跌跌撞撞地哭泣着冲出来。她突然停下脚步,弯下腰,将手掌放在膝盖上,一边抽泣一边屏住呼吸。在她摇着头,对着地面说"不"时,她注意到了本杰明。本杰明可以发誓,在她克服惊讶和尴尬的一瞬间,他看到她眼底闪过一丝恨意。但这一切来得太快。几乎是同时,她转身背对着他,跑回护士的住处。不久之后,他被叫去海伦的房间。

距离他最后一次见到她已经过去两天。他在门口停下来,内心犹豫是否应该等待下一次注射和随之而来的预期中的明显改善之后再去见她。最终,他还是进去了。这一次,打开门的时候,他看到海伦被枕头支撑着,面对着他。她疲惫的面容上有一丝胜利的颜色吗?不由自主地,他不禁联想到这是女人产后脸上的表情。他是不是也看出一丝凄凉的笑意？他向前迈出几步，然后毫无疑问地看到妻子张嘴念出他的名字。他跪在床边，抱住她（锁骨、肩胛骨、脊柱）哭泣起来。自从她病倒以来，这是他第一次相信她会痊愈。

接下来的三天里，海伦一动不动，一言不发。她的沉默中蕴含一种不容置疑的东西，犹如动物的无声表达。尽管如此，对本杰明来说，进展是毋庸置疑的。即使在蒙眬疲惫的状态下，她也更加在场，即使没有完全融入，至少也能微弱地意识到周围的环境。在短暂的探视时间里——阿夫特斯医生强调休息——她看着本杰明，仿佛能认出他，甚至透过眼神传递出温柔的爱意。在闭上眼睛休息时，她会轻轻捏一下他的手，仿佛暂时与他告别。

他们大部分的行李都已经打好包，用租来的卡车运走了，他们在纽约的家正在按照阿夫特斯医生的指导为海伦做好准备。他们将在下一次注射三天后离开。对海伦康复的信心完全恢复后，本杰明的注意力重新回到工作上。尽管他仍然没有直接的信息来源（他不得不忍受阅读报纸的耻辱），但他感觉正在美国发生的金融实践的重塑中有很多机会。这是他加入崩溃后正在崛起的新秩序的最佳时机。当然，他对哈伯制药公司的收购也正在推进。他已经派出一名特使前往柏林，特使带着一封说明他的意图的信件。

本杰明不是一个迷信的人，但是在他们离开前，在海伦第三次也是最后一次注射的下午，他又回到入口处的长凳上。经过这么多周的无所事事，他高兴地发现，当他全身心投入工作时，时间会缩短。如果此时有人问起他在那一小时内的想法，他可能无法准确回答，但他的思维过程却异常清晰。在他所有伟大的商业念头产生之前的这种专注的模糊中,世界不知何故会从他的感官中消失。甚至他的自我也消融在非个人的意识流中。这就是为什么,尽管他的眼睛已经看到阿夫特斯医生迈着缓慢的步伐走近,他却没有立即对其出现做出反应。只有当医生在本杰明旁边坐下时,他才感到医生的真实存在。

阿夫特斯医生双手合十,确保每根手指都完全对齐,然后分开双手,深吸一口气说,在某些情况下,数字和统计数据毫无意义:每一次的死亡都是百分之百,永远无法减轻过去或未来的成功。

听到医生的话,本杰明眨了眨眼睛。

阿夫特斯医生又长叹一声,接着说,拉斯克夫人的心脏之前一直反应良好,这次却不行了。他知道他的哀悼永远无法弥补。当然,如果拉斯克先生决定对死因进行调查,他将全力配合。

山和地,还有本杰明的身体都被瞬间抽干,一切都失去了重量。

他没有站起身来;地面在下沉。

本杰明走进建筑,穿过走廊来到海伦的房间。他惊讶地看到自己的脚在移动,手在转动门把手。

护士们僵在原地。他走近床边。她们退开。

他掀开床单,仿佛揭去娇嫩的水果皮。海伦的脸上没有一丝平静的迹象。所有的痛苦都封存在里面。她的身体不知何故有些扭曲。本杰明后退一步,好像要在脑海中将眼前的一切重新组合一次。

有人提到她的锁骨。他转过身来。是前几天流着泪冲出房间的美国护士。她说拉斯克夫人的痉挛非常剧烈,以至于她把锁骨都扭断了。

◆

待到本杰明回到纽约时，吊唁、慰问卡和追悼会都已经来不及。很少有人敢和他说话；很少有人有勇气提出建议。那些敢于提出建议的人总是告诉他应该卖掉房子——因为它承载了太多的记忆，没有人能够在这个鬼魅般的地方居住，无论鬼魂多么友好或可爱。对于这些建议，他从来都懒得回应。所有房间都保持原样。但不是像在博物馆里那样。也不像他因为痛苦而精神错乱，等待着这些房间里奇迹的出现。事实上，他很少走出自己的房间和办公室。这些房间之所以保存下来，仅仅是因为如果没有它们，宇宙将变得更加贫乏。事实上，宇宙包含海伦的房间。

然而，在本杰明心中，这座房子并不占据重要位置。如果有什么能反映他的悲伤，那就是他重返工作时表现出的双倍热情。他试图以谨慎而果断的方式干预市场，这次主要集中在货币操纵上。1933年银行挤兑事件后，根据《紧急银行法》，美联储大量印制纸币以满足各种潜在需求。几乎同时，政府暂停金本位制，让美元在国际市场上浮动。拉斯克利用他在世界各地的大量黄金储备（并预见到即将出台的监管其贸易的行政命令），大举做空美元，相信由于政府大量发行货币，美元将贬值。他大量投资于英镑、帝国马克等货币，甚至还有日元。一时间，市场对他的影响做出反应。然而，随着时间的推移，经济对政府的一系列政策做出积极反应，本杰明的利润微乎其微。他还认为新政注定要失败，华尔街将面临证券法引入的一系列监管措施。基于这些直觉，他决定复制他在1929年的剧本，并大规模布局空头头寸。

然而，运作到一半时，他不得不承认自己犯了错误。市场对政府的措施反应良好，本杰明不得不后退。他的金钱损失没有像他的声誉那么巨大。华尔街人士表示，他的货币投机从一开始就判断失误，他想要模仿自己过去的成功，尝试颠覆股市却失败了，这表明他已经黔驴技穷。广大公众——或者至少是报纸金融版的普通读者——对拉斯克先生拿国家复苏做赌注感到非常愤慨。

在此期间，布雷沃特夫人的悲伤之情溢于言表。她四处寻找各种社交机会来表达哀悼之意，在最深的黑色里发现意想不到的光彩，又确保自己周围都是特别悲伤和泪眼汪汪的朋友，以激发一种傲慢的悲伤形式，她称之为"有尊严的悲伤"。在她为自己的圈子营造的有些滑稽的哀悼表象下面，她很可能会感到真正的痛苦。有些人，在某些情况下，用各种夸张的手法来隐藏他们的真实情感，却没有意识到他们放大的漫画似的表现反而暴露了他们要隐藏的感情的真实程度。

本杰明刚一回来，她便每天来访，无论他在不在家。她在房子里组织各种活动，对员工颐指气使，表现出掌管一切的样子。然而，他忙于工作，对布雷沃特夫人的炫耀视而不见，也很少见到她。在那段时间里，在他们的几次谈话中，布雷沃特夫人不止一次含蓄地提出搬来住的可能性，因为只有与海伦关系密切的人，一个了解海伦也理解他的人，才能给予本杰明需要的舒适和陪伴。这些暗示从未得到认可。没过多久，布雷沃特夫人和本杰明逐渐疏远。最终，不断寄到他办公室的账单成为他们之间的唯一联系。

随着时间的流逝，本杰明不得不承认一个可怕的事实：海伦的去世并没有改变他的生活。从根本上说，一切都没有改变，只有程度不同而已。他的哀悼只是他婚姻的一种更激进的表达：两者都是爱与距离变态结合的结果。在海伦的生命中，他无法跨越将她与他分开的鸿沟。他的失败从未转化为怨恨，也没有阻止他寻找新的沟通渠道。可现在，尽管他的爱依旧不变，但他们之间的距离绝对不会再改变。

他没有停止资助海伦的慈善事业。他经常向交响乐团、图书馆和艺术组织捐款。以她的名字命名的捐赠基金和奖学金成为卓越的代名词。"海伦奖"成为一项作曲家或作家渴望获得的最负盛名的荣誉，这让本杰明感到欣慰。然而，他终止了她与研究新的精神病学方法相关的慈善活动。这是一个他不愿意再次涉足的领域。虽然最后他没有收购哈伯药业，但他仍然保留了该公司的股份。情感从未影响过他的商业决策，这次也不例外。尽管阿夫特斯医生失败了，但本杰明仍然相信哈伯是可以盈利的，它确实提供了稳定而可观的回报。几年后，惊厥疗法成为后来被称作电击疗法的基础。然而，那时本杰明已经让哈伯完全脱离制药业，并将"制药"从品牌名称中去掉，转而专注于工业化学和在不同国家寻求政府合同。

如果本杰明满足于保守地管理自己的资产，他的财富仍然可以与一个小国的经济相媲美。然而，在海伦去世后的几年里，他对金钱的乱伦谱系——资本生资本生资本的循环——的迷恋仍然有增无减。他仍然是一位出色的投资人，也时常展现创新的才能。然而，尽管他的投资组合在持续增长，但人们普遍认为他正在走下坡路，他的方法有些过时。没有什么业绩能与他的黄金岁月比肩。毕竟，大家一致认为，用如此巨大的财富去赚钱，并不需要什么非凡的才能。有人认为他无法适应新的政治现实。还有人认为他未能从丧妻的悲痛中走出来。许多人只是说他老矣。但大多数人都同意：他失去了点石成金的才能。他那神秘光环已经黯淡无光。那样一个能够在别人破产的地方找到利润的天才已一去不复返。人们普遍认为，本杰明·拉斯克的时代已经结束。

尽管如此，他仍然一如既往地致力他的生意。晚年与早年没有太大的不同，就像他刚开始在父母位于西17街的房子里经营时一样。他的生活就是工作和睡觉，而且经常在同一个地方。对于娱乐没有兴趣。只在必要时才说话。没有朋友。没有分散注意力的东西。除了身体变得迟缓和一些小病之外，或许从前和现在的他之间唯一实质性的区别是，年轻时的他相信他会为自己的事业舍弃一切，而如今这个年迈的男人则确信他已经对生活做出了充分的尝试。

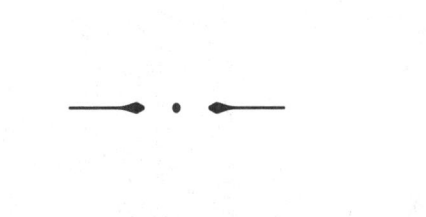

我的一生

My Life

安德鲁·贝维尔

目 录

前　言
一　祖先
二　教育
三　经商
四　米尔德丽德
五　繁荣及其敌人
六　恢复我们的价值观
七　遗产

前　言

　　许多人知道我的名字，一些人了解我的事迹，但了解我的生活的人却寥寥无几。然而，我从未过于担忧这一点。重要的是记录我们的成就，而非我们的故事。尽管如此，由于我的过去与国家的历史经常交织在一起，最近我开始相信我应该向公众讲述我故事中的一些决定性时刻。

　　坦率地说，我撰写这些文字并非出于纯粹的自我表达欲望。这种欲望在我这个年纪的男人中很常见。多年来，我一直讨厌发表任何形式的声明。这一点应该足以证明我从来没有公开讨论自己行为的倾向。我一生中大部分时间都被谣言包围，对此我已经习以为常。我一直小心谨慎，不去否认那些谣言和故事，因为否认往往也是确认的一种形式。然而，我承认，现在迫切需要面对并驳斥一些虚构故事，尤其是在我深爱的妻子米尔德丽德去世之后。

　　米尔德丽德代表了我生命中宁静和稳定的一面。我的许多成就都依赖她的支持才得以实现。我认为我有责任确保她的记忆不会褪色，她宁静的道德榜样能够持久传承。因此，我在此向大家呈上我妻子充满爱意的肖像，即便我知道我无法完全呈现她那尊严、坦率和优雅的形象。

　　促使我将自己的思想和回忆收集到这本书中的还有另一个原因。大约十年来，我目睹了我们国家商业和民众精神的可悲衰落。曾经的坚韧和才智被现在的冷漠和绝望所取代。自立自强的精神被奴颜婢膝所取代。工人沦为乞丐。身体健全的人陷入一种恶性循环：他们越来越依赖政府来减轻政府制造的苦难，却没有意识到这种依赖只会让他们的悲惨状况永久化。

我希望本书提醒人们不要忘记，迄今为止，定义我们人民的是不屈的勇气。我也希望我的文字不仅能使读者坚强面对这个时代令人遗憾的现状，还能让他们免于溺爱的影响。也许这本书会帮助我的同胞记住，正是大胆个人行为的总和才使得这个国家超越了所有其他国家。我们的伟大只能来自个人意志自由的交互。正是本着这种精神，我向公众奉上我的故事。

我知道我前面的日子比我身后的日子少。这是一道无法逃避的最基本的算术题。我们在世上的时间都有限定。每个人有多少时间，只有天知道。我们不能用它投资，也不能指望它有任何形式的回报。我们能做的就是用掉它，一秒一秒地，一个十年又一个十年，直至耗尽。尽管如此，即使我们在世上的日子有限，我们仍然能够希望通过勤劳和努力将我们的影响延伸到未来。我的一生都着眼于后世，希望能改善后人的生活。正因如此，在我余下的岁月里，我并不沉浸于缅怀已逝的时光，而是对未来充满期待和激情。

纽约，1938 年 7 月

一

祖　先

我是金融家统治的城市里的金融家。我的父亲是实业家统治的城市里的金融家。他的父亲是商人统治的城市里的金融家。他父亲的父亲是一个与大多数外省贵族类似的、关系密切、懒散而自负的社会团体统治的城市里的金融家。这四个城市是同一个城市，纽约。

尽管纽约是未来之都，但这里的居民却生性怀旧。每一代人都有自己关于"旧纽约"的概念，并声称自己是其合法继承人。结果当然是对过去反反复复的再创造，也意味着总会有新的老纽约人的不断诞生。

我们这批早期荷兰和英国殖民者的后裔以本地贵族自居，不愿与后来成为猎人、毛皮贸易商，最终成为房地产大亨的德国移民有任何干系。而他们又对后来摇身一变成为航运和铁路大亨的斯塔滕岛摆渡人嗤之以鼻。然而，一旦这些贸易商和建筑商进入上层社会后，他们又瞧不起那些来自匹兹堡和克利夫兰的新贵，讥笑他们的财富是黑乎乎、油滋滋的。因为这些新贵的财富超过了以往的想象，所以他们遭到蔑视，甚至被称为强盗。尽管如此，在接管这座城市之后，这些实业家又反过来唾弃正在重塑美国金融格局并开创繁荣新时代的银行家，将他们视为投机者和赌徒。

今日的绅士是昔日的暴发户。但是在这些不断转变的角色背后，始终有一个恒定的存在：金融家。无论生产和销售什么，投资、借贷，或更广泛地说，有效的资本管理，在每个时代中都是这座城市的支撑力量。尽管如此，正如这座城市从一代人到另一代人发生了变化，"金融家"这个词的含义也随之发生了变化。

我不是历史学家，无意提供美国金融演变的学术报告。我也不是系谱学家，不打算挖掘我的家族过去的每一个细节。相反，本书仅局限于探究在这两个领域的交汇点上出现的事件和人物。

威　廉

在我们国家真正建立起银行业之前，我的祖辈在很多方面都是个体银行家。家族中的这种商人血统可以追溯到独立宣言后不久，当时除了在1791年获得特许的美国第一银行只有四家私人金融机构。我很荣幸能够追随祖先的脚步，谦卑地承担起维护他们名字的责任。

我的曾祖父威廉·特雷弗·贝维尔为了扩大家族企业，离开他的家乡弗吉尼亚前往纽约。他的父亲拥有一个规模适中的烟草种植园，过着富裕的生活，然而，威廉认为这项经营还有更大的潜力。为什么局限于出口美国生产的商品呢？为什么不同时满足富庶的当地地主表现出的对进口欧洲商品日益增长的需求呢？

威廉的计划在托马斯·杰斐逊1807年实施禁运后暂时受挫。禁运导致我们的经济陷于瘫痪，而非它所针对的英国经济。在与法国的战争中，英国诉诸扣押美国商船，没收其货物，并强迫其船员为英国海军服务。作为回应，杰斐逊决定发动一场商业战，禁止英国商品进口到美国。更重要的是，任何美国商品都不得离开我们的海岸前往英国的海岸。此举是为了削弱英国工业，因为他们高度依赖我们的原材料。然而适得其反，受害更深的是我国。整个收成都浪费了，种植园主被迫让他们的劳动成果在仓库里积攒灰尘。

这种粗暴的政府干预形式显然不受欢迎，街头巷尾议论纷纷，家家户户受其影响。威廉清楚这种局面无法持续下去。他知道禁运一定会在 1808 年总统大选之前解除。然而，这还需要一年的时间。因此，他设计出一个方案。

威廉用父亲的财产作为抵押获得了一笔数目可观的贷款，然后他又用这笔贷款借到更多的资金。他高筑债台，计划从那些像他的父母一样无法出售商品的人那里购买商品。但因为他无法妥善储存，他没有购买烟草，而是购买不易腐烂的商品，尤其是来自南部的棉花和来自美国新近买下的路易斯安那的糖。这项冒险计划基于这样的假设，即一旦禁运解除，他将能够将商品销往欧洲，清偿债务并同时获利。

各地的生产者都在为了保住家产而苦苦挣扎。年仅二十六岁的威廉受到救世主般的欢迎。种植园主们争相与他达成交易，导致价格急剧下跌。在很长一段时间里，他尽最大努力帮助他能帮助的人，给无数家庭带来迫切需要的救助。

这一切都发生得很快，几个月后就不再是好生意了。其他买家效仿他的做法，很快就没有更多的便宜货物可买。但到那时，威廉已经拥有大量存货。不久之后，禁运结束。他在欧洲卖掉所有的存货，获得了可观的资本积累。

几乎在一夜之间，我的曾祖父摇身一变，成了金融权威。人们纷纷前来寻求建议和贷款。他提供的贷款利率总是远低于当时为数不多几家银行的利率。随着贷款的成倍增长，他决定开始进行交易，从而几乎凭一己之力创造出一个繁荣的二级市场。由此，涌现出新的营利和投资机会。

他是一位具有创新者思维和远见的人。举例来说，他在欧洲的交易中的货币实验就超前于他所处的时代。他率先推出期货合同，这是一种独特的金融工具，为了避免受到市场波动的影响，买卖双方为尚未存在的商品，如尚未播种的农作物，设定价格。当时很少有人尝试过这样的方法。为了他本人和国家的巨大利益，他大力支持资助1812年战争所发行的国库券。这次国库券的发行促成了我们国家在1815年首次推出纸币的流通。

他的商业头脑更多的例子。

展示他的开拓精神。

当时的纽约已经形成了一个成熟的商业阶层，而且这个城市在很大程度上是围绕着商业运转的，然而，人们也明白谈论金钱是缺乏品位的。此外，参与任何形式的实业也被嗤之以鼻。真正的绅士应该是有闲情逸致的人。但是，让这种闲暇成为可能的金融业却不能在社会上讨论。这让我的曾祖父陷入尴尬的境地。尽管他的服务受到极大的赞赏，但那些从中受益的人却总是避开他。需要经过三代人的努力才能开始纠正这种尚未完全克服的虚伪倾向。

在他的所有活动中，威廉始终牢记自己发轫于杰斐逊禁运期间。这次经历留给他两个刻骨铭心的教训。第一个是理想的商业环境并非自然而然地存在，而是必须通过创造来实现。禁运起初粉碎了他的梦想，但他能够寻找途径来扭转局面。第二个，也是主要的发现是，如果处理得当，个人利益不必与公共利益脱节，正如他一生的所有交易都雄辩地证明的那样。这两个原则（我们自己创造环境；个人利益应当成为公共资产）我一直在努力遵循。

这不是我与我的祖辈之间唯一的相似之处。我的曾祖父恰巧拥有艺术天赋。实际上,除了我之外,他是家族中唯一表现出这种天赋的人。尽管从未接受过正规的美术教育,他却是一位一流的素描画家。虽然我不擅长炭笔或墨水,但我愿意相信我继承了他的眼力。我希望我的艺术收藏是对此的明证,稍后我将详细谈及。但是我们之间还有一种更直接的相似之处。在威廉的许多素描作品中有几幅自画像。我现在手中拿着其中一幅。看着它就像照镜子一样。

克拉伦斯

尽管他取得了成功，甚至正因为如此，纽约从未对威廉完全敞开大门。因此，他娶了费城一位同事的亲戚作为妻子。路易莎·福斯特是他忠诚的伴侣，也是一位品位高尚而务实的女性。她负责监督他们在西 23 街建造的房子的各个环节。他们的前两个孩子在出生后几个月内因为一种罕见的呼吸道疾病死去。这也是为什么他们的第三个孩子、出生于 1816 年的克拉伦斯，一直过着与世隔绝的生活。在童年时期，他几乎不出家门，躲着阵风、花粉、灰尘和其他任何可以威胁他肺部的东西。

克拉伦斯拥有出色的数学头脑。他对数字的热爱在孤独的成长过程中得到激发。但是孤独和勤奋使他有些像一个隐士。我对祖父没有记忆，但我知道他有严重的口吃，这当然让他更难与人交往。他拥有所有智力过人的天才所具备的一切素质。他心不在焉、性格内向、专注于自己的工作、忽视日常生活中最基本的任务，在这方面他无能得可爱。

威廉违背妻子的意愿，将儿子送进耶鲁学院。学术界的象牙塔与克拉伦斯完美契合。这是他第一次与智力相匹的人在一起。他在几何、代数和微积分方面表现出色。他害羞，几乎没有朋友，但他仍然吸引了教师的注意，成为一个颇具学术传奇的人物。

他的数学论文。标题。概述。

临近毕业时，人们敦促他留校继续深造，成为数学教授。这个新头衔刚刚被列入耶鲁课程目录。他几乎照做了。但麻烦正在纽约家里酝酿。

棉花价格暴跌,而支撑着劳动力的小麦的价格却因歉收而上涨。由于棉花常被作为大多数贷款的抵押品,违约事件激增。这次震荡与利率攀升一起引发了1837年的金融危机。威廉必须全力以赴,运用自己的智慧来重新分配投资。他的资产只有通过辗转腾挪才终于被保住,并几乎完整地传给了克拉伦斯。但是,我担心这一切并非没有代价。来年年底,威廉因心脏病发作去世,这场危机必定在其中起了某些作用。

危机之后的经济衰退没有给家人留下哀悼的时间。克拉伦斯在数字方面表现出不可思议的能力。他拥有父亲的人际关系,享有良好的声誉和财力,但却缺少一样东西:社交技巧。若是没有对人类行为的真正理解,任何企业都无法获得完全成功。然而,对克拉伦斯而言,金融是一个纯数学的抽象概念。这也是为什么在他的领导下,家族企业进入一个求稳而不求扩张的阶段。

他独特而谨慎的创新方法。免费银行时代。货币波动的机会,等等,2—3个例子。

尽管克拉伦斯性格内向,但他年轻时就结婚了,这可能是他一生中最幸运的事情。我的祖母托马西娜·霍尔布鲁克,恰恰因为克拉伦斯那些与俗世格格不入的个性而深爱着他。我们亲切地称她为汤米,她总是悉心照料他,温柔地嘲笑他那些她觉得可爱的怪癖。

更多汤米的故事。

爱德华

南北战争结束后，我们家族企业迎来了历史上最具挑战性的时期。克拉伦斯认为进行一次大刀阔斧的转型是必要的。他放弃了家族在棉花、烟草和制糖企业的业务，这并非因为价格下跌，亦非因为种植园遭到战争破坏或被联邦政府没收，而是因为这样做是正确的。在这一点上，他秉持父亲的教诲，坚持个人利益应与国家利益合而为一。随后，他退居二线，将火炬传递给他的儿子，我的父亲。

爱德华几乎在所有方面都是他父亲的反面。克拉伦斯孤僻少言，爱德华豪爽健谈。一个是经过深思熟虑才采取行动，另一个则是凭一时冲动行事，但拥有绝对可靠的直觉。年长的身材矮小，柔和的五官似乎反映出他温柔的灵魂，而年轻的则拥有高大健壮的体魄，显示出他坚强刚毅的性格。

无论是护士还是家庭教师都无法约束住爱德华，几乎所有人都说他是一个叛逆的孩子。他在西 23 街那栋房子的楼梯上跑上跑下，把每个房间都当作他游戏的场所，在墙上涂抹奇异的画，拆卸家具搭建堡垒。作为天生的领袖，他招募其他孩子甚至成年人，让他们听从他的指挥。这一切都表明，从幼小的年龄开始，他就有能力按照自己的意愿塑造世界。

一向相信直觉的汤米明白问题不在于儿子的行为，而在于他所处的环境对他来说过于狭窄。因此，她在达奇斯县位于哈得孙河畔的拉菲索拉纳建起一座避暑别墅，一栋宏伟的佛罗伦萨式别墅。爱德华在那里如鱼得水，无拘无束，放任自己消耗体力。他参加所有能想到的体育运动，并在所有运动中都表现出色。随着年龄的增长，他成为一名无师自通的骑手。在年轻的时候，他发现了打猎，这最终成为他的主要爱好。他从全国各地带回来的狩猎战利品仍在家里。很快，拉菲索拉纳已经不仅仅是一座避暑别墅。它一直是父亲真正的家。

克拉伦斯把不情愿的儿子送到耶鲁。有着运动员的体格、高大威风和迷人的乡土气质，父亲很快就成为每场比赛和聚会的焦点。像极少数人那样，他总是在无意中破坏各种礼仪和规矩，却不知何故能让每个人都感到更自在。他在学习上花气力最少，只要成绩勉强过得去就行。但他渴望走向社会，留下自己的印记。说实话，父亲不需要接受正规教育。他的天赋是与生俱来的。

当儿子宣布不准备在夏末离开拉菲索拉纳去纽黑文开始他的大三学年时，克拉伦斯感到失望，但并不感到惊讶。他们达成妥协：祖父要求爱德华每天和他一起去办公室。他勉强同意了，但很快便尝到了甜头。

工作的竞争性质和立竿见影的成功使拥有运动员性格的爱德华得到满足。事实证明，他是一位天生的商人。我关于他生平和影响的文字会证明这一点。没过多久，他就成为公司的公众形象，并引领公司走上更加成功的道路。细节。

在他参加的众多社交活动中，有一次他被介绍给格蕾丝·考克斯。许多人认为她是当时最抢手的对象。有些人对爱德华也持有同样的看法。所以，看到他们从初识发展成恋爱关系，没有人感到意外。恋爱很快发展成订婚，然后是结婚。

更多关于母亲的信息。

格蕾丝使爱德华的新生活变得完整。在多个社交季中,这对夫妇是纽约社会的中心。夏季到来时,他们将纽约带到拉菲索拉纳。哈得孙河畔的繁华地带发展成为今天这个样子,部分原因是朋友和同事在附近购地建房。他们只是为了靠近我的父母。

下一章将详细介绍母亲的优秀品质。在此我只想表达格蕾丝没有辱没她的名字所代表的雅典精神。她的美貌、优雅和从容给人一种温柔的权威感。她广受尊敬。在黑暗时刻,她是灯塔。人们转向她,她让人们记住自己最好的品质和最高尚的抱负。

这样一个黑暗时刻在1873年来临,也就是在父母结婚四年后。那一年的春天,整个欧洲市场崩溃了。不久之后,当时美国首屈一指的投资公司杰伊·库克公司破产倒闭。银行挤兑潮接踵而至。与此同时,货币供应短缺,加之内战后制造业繁荣导致的商品过剩,造成前所未有的通货紧缩。接下来的几年,直到七十年代末,被称为大萧条时期。最近,缺乏创造力的新闻记者借用这个名字来描述我们近年的经济衰退,与1873年的原版相比,眼下的磨难似乎可以说是温和无害。

正是在这个艰难时期,格蕾丝不仅成为父母朋友圈中的活力之源,也成为几个应对危机的慈善机构的核心。她自信、冷静而开朗,能够安抚和鼓励周围最焦虑的人们。关于母亲的小故事。

与此同时,爱德华凭借他准确无误的直觉,在危机爆发之前收回了贷款,并成功地通过谈判获得纽约中央铁路公司的债券。这个决定,连同我稍后将要描述的其他大胆而精明的决策,使得父亲在现金紧缺的时候手头有资金。他现在处于一个独特的位置，让他有能力帮助缓解经济收缩。他再一次证明，正如他的祖先所证明的那样，个人利益和公共利益彼此并不矛盾，在有能力的人手中，它们可以成为同一枚硬币的正反两面。

我出生于1876年，也就是这些事件发生几年之后。人们都说，那是我父母最幸福时期的开始。他们尝到家庭生活的乐趣，开始过起小家庭的日子。几个月后，我们与祖父母克拉伦斯和汤米一起搬到拉菲索拉纳。父亲在周末从城里回到家，周一又会失魂落魄地离开家，为了弥补他的缺席，他在城里疯狂购物，带着礼物回来送给我和母亲。对于那段日子，我没有任何记忆，这让我感到遗憾。但令我宽慰的是，父亲的最后几年也是他最快乐的时光。

终结他生命的病魔已经潜伏了相当长时间，却没有引起注意。一天下午，当他准备离开办公室时，动脉瘤破裂夺去了他的生命。对于这样一位健康的典范来说，这种情况是如何发生的，这是一个至今让我困扰的问题。家庭的幸福被瞬间夺走，我当时只有四岁。

没过多久，悲剧再次降临。我的祖父克拉伦斯因儿子的突然去世而悲痛欲绝。他生性孤僻，如今更加拒绝与任何人交往。他总是坐在一棵老橡树下，眼睛盯着河水。在那里，他破碎的心停止了跳动。

渐渐地，母亲走出悲伤，坚强地挑起掌管这个家庭的担子。她的存在和关爱塑造了我的一生。她积极参与我的早期教育，监督家庭女教师和老师，密切关注他们为我制订的学习计划。正是在那段时间里，我开始表现出不寻常的数学天赋。

为了培养我的天分，母亲找来最好的家教，又聘请了全市资历最高的教师。毋庸置疑，母爱的力量放大了她对我的潜力的信念。她甚至从坎布里奇请来一位年轻学者为我授课。然而，她发现这些还不够，在我八岁生日后不久，她将我送到新罕布什尔州的一所学校。

总的来说，这是一个正确的决定。我对数字自然而轻松的准确把握归功于早年接受的严格训练。我希望自己从未离家的原因只有一个：在我三年级上到一半时，母亲病重。我没能及时赶回家与她最后告别。这是我一生中最大的痛苦之一。汤米一如既往地坚定，充满爱意地陪伴在我身边，直到我上了大学。我相信，她看到我的生活已经走上正轨的那一刻，才终于允许自己长眠睡去了。

二

教　育

　　我的中学和大学岁月显示了家族遗传的有趣融合：在我身上，父亲的气质与祖父的精神融为一体。尽管我不是校园名人，但我仍然过着积极的社交生活。虽然我不是一个与世隔绝的学者，但我的学习成绩优异，尤其是在数学领域。为此，我要感谢母亲。是她第一个在很早就看出我与生俱来的数字天赋，并培养了我遗传的在代数、微积分和统计学方面的才能。

　　每一个金融家都应该是博学多才的，因为金融是连结生活方方面面的纽带。人类存在的碎片线索汇聚在一起形成一个结，而金融就是这个结。商业是所有活动和企业的共同基础。这也就意味着没有任何事情不涉及商人。对于商人而言，一切都相互关联。商人必须博学，是真正的文艺复兴人。这就是为什么我致力在各个可想象的领域里追求知识，从历史和地理到化学和气象学。

　　我有一个经商的科学方法。每一项投资都需要对无数具体细节有深入了解。企业家要想成功，就需要成为各个领域的专家，有时甚至需要一夜之间速成。我常说，我真正的工作是在收市钟声之后开始的，那时，我会仔细阅读一份份的工业记录、国际事务的详细摘要和最新技术发展的报告。这种按部就班的好奇心，在我学生时代就已经打下坚实的基础。

本卷将表明，没有任何投资能比教育带来更高的回报。我仍然以这个信条为准绳，永远做学生。多年来，我和米尔德丽德孜孜不倦地工作，确保其他人也得到我拥有的机会。

早 年

父亲。描述对他的早年记忆。他又一次变成顽童,搭建堡垒,在树林里玩耍,编造冒险故事。发生在河岸上的事件。

爱德华的确是汤米的儿子。杰出的战略家。他在七三年金融危机期间的联盟。重建家族企业。纽约中央铁路公司发行全部债券:战利品。

母亲

数学,详细描述。早熟的天赋。轶事。

大　学

实现真正的自我。

结交持久的朋友，考验性格。在商业中和掌握数字的能力一样重要。

男孩们。多彩的轶事。阿奇、凯奇、迪克、佛雷德、帕佩等。暗示社交圈。总体轻松。幽默？

骑行事故。卧床。寻找视角和焦点。结束青少年时期的干扰。

对艺术开窍。

基恩教授是第一位真正的数学导师。他看到天赋和潜力。悼词。

校友、图书馆等

学　徒

三

经　商

曾祖父在商业上的突破与我的相隔整整一个世纪。威廉在1807年的禁运期间找到商机。我在1907年的金融危机期间抓住机会。我们都看到在这些危机时刻挺身而出的必要性。当时，威廉毫不犹豫地将家族财产多次抵押，全部投入自己的商业冒险中。像他一样，我也果断地使用了由他创始再由我的祖辈数十年来扩张得来的资本。

危机是建立新关系的机会。（遵循爱德华1873年的榜样。）

一章："理性经商的途径"？
在基恩教授指导下扩展一些数学模型。调整业务公式。使普通读者可以理解。
"新企业"部分？
合并。
自由资本结束，政府监管开始：反垄断诉讼、货币政策、中央银行、国家货币委员会。
第一次与媒体发生冲突。舆论。沉默的价值。
贝维尔投资组合。限制可用股票数量，保护股东价值。

维护国家的未来。先发制人的措施。

一章:"乌云密布"?
杰基尔岛。因对国家储备银行的分歧而退出。
美联储。第一个看到它,因此采取行动。
艺术。收藏,等等。
1920—21年经济衰退。美联储。

四

米尔德丽德

　　自从米尔德丽德第一次进入并永远改变我的生活到现在已经快二十年了。在她身上，我不仅找到安慰和支持，还得到灵感。我不喜欢抒情，但我还是忍不住要说米尔德丽德是我的缪斯。因为她，我业已成功的事业飙升到一个新的高度。我最辉煌的岁月也是我最幸福的岁月，这并非巧合。

　　有些人具备特别敏锐的目光。对这些人来说，没有什么事情是太复杂或太神秘的。对于大多数人看不到的答案，对这些睿智的少数人来说却显而易见。他们对待世界的方式是简单的，而且是无一例外地正确的。他们能够透过虚假的复杂性发现生活的简单真理。米尔德丽德有幸具有这种洞察力。此外，她年少时的磨难和她一向虚弱的身体，让她拥有像幼儿或老人那样接近生存边缘的人所拥有的天真而深刻的智慧。

　　她的身体过于虚弱，对这个世界来说太过完美，又过早地离开了。任何语言都不足以表达我对她的思念。我收到的最好的礼物是我在她身边度过的时光。她挽救了我。没有其他的方式可以表述这个事实。她用她的人性和温暖拯救了我。她用她对美的热爱和善良拯救了我。她为我构造了一个家，从而拯救了我。

新生活

1919年秋天，一位商业伙伴的妻子举办了一次晚宴，目的是介绍阿德莱德·霍兰德夫人和她女儿。这对母女长期居住在欧洲，最近才回到纽约，几乎没有熟人。晚宴是为了扩大她们的社交圈。

她们的欧洲之行经历非同寻常。最初是为了让孩子继续接受教育而进行的一次愉快旅行，但结果却变成旷日持久的、几乎是永久性的滞留。先是霍兰德先生久治不愈、最后致命的肺部疾病，然后是第一次世界大战的爆发，让她们在旧大陆生活了许多年。

母女俩最初来自奥尔巴尼，现在计划在纽约定居。她们1919年春天在纽约下船。她们在这里只有为数不多的几个朋友，但霍兰德夫人希望女儿有一个新的开始，她认为纽约对外国人更加友好。孩子在海外度过了成长岁月，几乎变成一个外国人。她甚至稍稍带有一种令人愉快的口音，但听不出来是哪个国家的。这个口音随着时间的流逝而褪色，但幸运的是她从未完全失去它。

我的语言表达能力不足以描述米尔德丽德的特征。我永远无法找到合适的词语来描述她细致的优雅。但是我可以说，当我们第一次见面时，我就立刻注意到了她。这个第一印象永远没有减弱。相反，我越了解她，她的美丽就越加深刻，因为她的魅力和风度是她灵魂的外在表现。扩写一千个词：用文字重现挂在拉菲索兰纳家里伯利画的米尔德丽德肖像画。

她的母亲允许她和我一起在中央公园散步。我不能说我们在这些漫步中变得更熟悉，因为好像我们一直都相互认识。尽管如此，在整个春天里，我们都在分享过去的琐碎和未来的希望，但从来不像是两个陌生人在相互介绍，反而像是两个久别重逢的老朋友。亲近感是瞬间产生的。我深信我终于找到了我的温柔伴侣。

由于她的父母饱受疾病和战争之苦，米尔德丽德大部分时间都要负责自己的教育。她被艺术所吸引，她天生的审美品位成为她最好的顾问和老师。一件作品的承袭地位对她来说毫无意义。她无视批评家的意见，还认为学术教条一文不值。

在绘画之上，她更热爱文学。她手不释卷，遵循自己的喜好，总是独辟蹊径而不听从审美导师制定的规则。举更多例子。

然而，在所有艺术形式中，音乐在她心中占据最重要的地位。她一生最大的遗憾是她从未真正学过钢琴或小提琴。童年时，她居无定所，无法定期上音乐课，也找不到练习乐器的环境。她或许可以克服这些障碍，但她的父母不鼓励她的艺术爱好。

通过音乐，米尔德丽德最能让我们在家中感受到她充满爱意的存在。如果没有她在留声机上一直播放的美妙唱片，如果没有我们时不时在家里为少数朋友举办的小型演奏会，我们的家就会像博物馆一样冷清。她散发的温暖是她最美妙的品质，也是她对我生命做出的最大贡献。她看到世界上的美，只要她娇弱的身体还有力气，她的使命就是让其他人也能领略到美。

米尔德丽德在我们中间停留的时间过于短暂，但她留下了不可磨灭的印迹。她的善良和慷慨感动了每一个人。举例。而且我深信，在我离开之后很久的未来，她的善意之手仍将延伸至未来世代。

家

在我们结婚前几年,我在第五大道附近的东87街买下一栋城区别墅。房子一直空置,但我从一开始就有计划。在随后的几年里,我买下与之相邻的一系列房产。我的意图是拥有我所在街区以西的剩余部分,以及转角处第五大道北侧对应的部分。这样,我就可以建造一座面向中央公园的独栋别墅。

巧的是,在我们结婚后不久,我把这个拼图的最后一块搞到手。我们的地界终于连成一片。了解纽约房地产的人都会明白,实现这个不太过分的愿望却是我职业生涯中最伟大的一项业绩!

乔治·卡尔弗特·莱顿公司进行了建筑设计,我们迅速拆除了一排房屋,立即破土动工。在建筑计划的这一段时间里,米尔德丽德和我搬到拉菲索拉纳。她对此非常高兴。在托斯卡纳住过那么久,她真的很感激我祖母汤米把意大利最好的东西在达奇斯县复制出来。

米尔德丽德安顿下来后,她稍稍动用心思就给每个房间注入了生机和温暖,而我又开始在曼哈顿的工作。那是忙碌的日子,我正在帮助引导经济走出第一次世界大战后令国家窒息的衰退,我在第三章中对此有过描述。每周一到周五下班后,我会去建筑工地。每个周末,我像我父亲一样,会带着一车礼物前往拉菲索拉纳,以弥补我的缺席。

两年后,房子竣工。这一次,米尔德丽德搬进新居后的喜悦是我所经历过的最难以置信的快乐。她对哪怕是最小的家务事都干得津津有味,并在最简单的生活乐趣中找到最大的满足。一天结束时喝上一杯热可可是她最大的享受。这也充分说明她谦虚和低调的天性。

日常小故事。

命运的残酷注定要让米尔德丽德在新居安顿下来后不久就病倒了。最初的症状是持续的疲劳,随后演变成漫长的痛苦。医生命令卧床休息和加强饮食,但无论休息多久或摄入多少食物都无法让她恢复健康。起初,她没有足够的气力参加我们的社交活动。然而,尽管非常虚弱,她仍然在屋子里走动。但是不久之后,她发现自己已无法出席她心爱的音乐演出。

既然无法去音乐厅,她便把音乐请回家,在我们的图书馆组织小型演奏会。这些都是朴实无华的非正式聚会。独奏家或室内乐团在二楼的客厅演奏,那里的音响效果极佳。一些朋友经常和我们一起参加这些餐后节目。我仍然能看到米尔德丽德若有所思的微笑、欣喜若狂的目光和双手轻轻悬在膝上的动作,仿佛她在指挥一样。

在家里安排小型演奏会后不久,她被迫放弃了她心爱的在公园里漫步的习惯。但这并没有阻止她对大自然的热爱。她在温室里度过早晨凉爽的时光,对花卉产生了浓厚的兴趣。一年四季,她都收到来自世界各地的奇特植物标本。在布置形状各异、大小不同的花束时,她的画家眼光能找到无尽的乐趣,许多花束的灵感来源于挂在墙上的艺术品。

她能够以惟妙惟肖的方式复制英格尔作品背景中的花瓶,弗拉贡纳的花园以及他所有的小花束和装饰花,范蒂伦生动的花环和花束，布谢尔倾泻而下的花朵，等等。她的热情如此强烈，以至于我甚至购买了几幅德希姆、鲁伊施、范阿尔斯特和其他专门从事花卉创作的荷兰艺术家的画作，只为满足米尔德丽德迷人的消遣。

更多家庭场景。关于她的小细节。轶事。

由于体力日渐衰弱，她的活动范围逐渐受限，要么仅限于自己的房间，要么只能坐在中央画廊舒适的椅子上，她喜欢在那里度过下午和晚上的大部分时光。她坐在那里，拿着一本书和一杯热可可，周围环绕着音乐、艺术和鲜花。她嗜书，喜欢各种体裁，从意大利诗歌到伟大的法国经典，这些她都读原著。但随着健康状况的恶化，她开始喜欢上推理小说。尽管米尔德丽德总是无视这些作品的既定声誉，但起初，她像一个可爱的顽皮孩子一样，对我隐瞒她新发现的热情。然后，她将其视为纯粹为了消遣或有些尴尬的娱乐活动。她说，那些书不是真正的文学作品。也许她是对的。但说实话，随着她身体每况愈下，我们都从书中找到了乐趣。

那些年，我最美好的回忆是我们共进晚餐，她会向我描述她读过的书。我不太记得最初是怎样开始的，但渐渐地我们进入一种仪式。每当她读完一本喜欢的小说后，她会在晚餐时向我复述。她的记忆力令人惊叹，而且她有马普尔小姐的睿智。没有一个细节小到可以逃过她的注意。她分析每一条信息的方式会让最细心的侦探都自愧不如。从开胃菜到甜点，她会给我讲整本书，还加上她的猜想和预测。我必须说，我学会了享受那些小谜团，但必须借助她热情的演绎。看着她光彩照人，沉浸在她的故事中，真是太可爱了。她迷恋情节，而我被她迷住，以至于我们盘子里的食物会变冷。当我们注意到时，我们会放声大笑！她总是让我猜凶手是谁，但我一直盯着她看，心不在焉，从不把管家或秘书视为主要嫌疑人。这让我们笑得更厉害，而我则假装怪她把我们的食物放凉了。

即使在她最困难的时刻，她从未抱怨，只有快乐。而她也从未停止照顾我身边的一切，不显山露水，却美妙非凡。所有这些小细节让我的生活变得更美好，但我并没有完全意识到。从我们相遇的那一刻起，我就爱她并感激她，但只是在她离开后，我才注意到她的影响在我的日常生活中是多么的深远和无处不在……

赞助人

米尔德丽德的慈善事业开始之际,恰逢她的健康状况下降之时,这绝非偶然。她凭借直觉的智慧明白每一刻的重要性。即使自己无法恢复,她仍尽力让世界变得更美好。

米尔德丽德对艺术,尤其是音乐的积极支持始于她无法再参加音乐会的那一刻。我一直觉得这一点非常感人。恰在米尔德丽德发现自己无法享受她慷慨之举的果实时,她竟成为这样一位孜孜不倦的赞助人,这无疑表现了她的无私奉献精神。

更多关于米尔德丽德的精神的内容。

1921年,她成为大都会歌剧院的赞助人,捐赠数目相当可观。为表示感谢,总经理加蒂·卡萨扎先生派合唱团在我们家窗下唱圣诞颂歌。我永远不会忘记米尔德丽德低头观赏身着盛装的歌手们专为她准备的精美圣诞盛会时,她含着感激和难以置信的泪水的样子,这是来自艺术机构和个人的第一次表态,但远不是最后一次。得知米尔德丽德身体虚弱无法出席公开演出后,一些音乐家到家里来表示感谢。这些来访通常发生在下午茶时间。那个时段我正在外工作。这样反而最好,因为我的缺席帮助米尔德丽德克服害羞,并培养与艺术家的友谊,这在她生活中变得非常重要。

在那些年间,她还成为纽约交响乐团和纽约爱乐协会的长期支持者,资助了这两个乐团的首席演奏家的职位。她还为爱乐乐团的"年轻人音乐会"做出过很多贡献,这是她在1924年帮助建立的全年龄的系列日场音乐会。确保年轻人有机会接受她从未接受过的音乐教育对米尔德丽德来说至关重要。这就是为什么当她决定帮助音乐艺术学院收购位于东 52 街的范德比尔特家庭旅馆，并在同年创建茱莉亚研究生院时，我介入的原因。更多有关收购范德比尔特住宅的交易和个人意义的详细信息。

米尔德丽德对音乐的热爱并不意味着她忽视对书籍的热爱。她成为公共图书馆的热情支持者。她的赞助不仅局限于城市内的图书馆，也拓展到她的家乡奥尔巴尼附近的制造业城镇，那里的文化并未随工业发展而兴盛。还有全国各地的图书馆。她建立了一个惯例：请孩子代替她参加剪彩仪式。她拒绝将建筑物以她的名字命名，也不愿公开展示她的慷慨行为。

捐款是一件辛苦的差事，需要许多计划和战略安排。如果管理不善，慈善事业既会伤害捐赠者，也会宠坏受益者。展开讨论。慷慨是忘恩负义之母。

随着米尔德丽德慈善事业的发展，我看到有必要以理性的方式将它们组织起来。这就是我在 1926 年创建米尔德丽德·贝维尔慈善基金的原因。我不仅慷慨地捐赠，而且负责管理其资金，使捐赠遵循系统的方法而不至耗尽资金。米尔德丽德·贝维尔慈善基金的金融总结构。为什么它如此具有创新意义。里程碑。

在我去上班之前，我们每天早上在暖房里例行会面，米尔德丽德和我讨论如何分配资金。哦，她是多么兴奋！如此多的女性在奢侈品的购物狂潮中寻求刺激，而她却在加倍付出中得到乐趣。她以无法抑制的热情挑选慈善事业和机构，但她也听从我理性的告诫。如果她的选择在经济上不合理时，她也会听从我的指导。我有条不紊的方法制约她可以理解的热情。我确保她的崇高努力具有最广泛和最大的影响力。列出一些受益者和事业。

米尔德丽德·贝维尔慈善基金的成功表现在它至今仍在蓬勃发展。它改善了全国各地新老艺术家的生活。而我

告 别

应对米尔德丽德的疾病或许是我一生中最重大的挑战。随着她病情的恶化,我从国内请来最好的医生。每次新的检查后,我都会私下与他们讨论,然而前一次检查的结果又再一次被证实。医生们一致表示,考虑到她的恶性疾病已经发展到晚期,她的身体状况看起来还非常好,让他们感到惊讶。我们都把这归功于她积极向上的精神和对生命的乐观态度。

正因为如此,我尽可能隐瞒她的诊断结果,并努力表现出愉快的态度,确保她生活中的一切常规和各种小乐趣都保持不变。我真的担心她没有足够的力量承受真相。残酷的现实会摧毁她保持迄今的快乐心情。如今我只能痛心地说,当时的猜测没错。当我最终告诉她诊断结果时,这个词本身就让她充满恐惧,这反过来又加速了她的病情恶化。

简短而严肃地描述米尔德丽德迅速恶化的病情。

与纽约和欧洲的医生进行广泛磋商后,我在瑞士找到一家疗养院。在那里,一些据称患有不治之症的病人几乎奇迹般地康复了。这个地方激起我的兴趣,它是苏黎世和圣莫里茨之间一个僻静的度假胜地。但正如我不愿告诉米尔德丽德不必要的坏消息一样,我也不愿给她虚假的希望。对病人来说,没有什么比失望更有害的了。

再拖下去,米尔德丽德会经不起旅途劳顿。

她的顾虑。与时间赛跑。

安排好米尔德丽德在纽约的事务。确保纽约办公室在我离开时保持运转。

来自朋友的祝福。乘船。旅行速记。

疗养院地理位置优越，环境优美，绿树成荫。它坐落在山谷的半山腰，俯瞰山下牧场的迷人景色。强劲而充满活力的空气有养生的作用，从一开始我就可以看出它给米尔德丽德注入活力。她的脸庞恢复了颜色，脚步也有了活力。

欧洲乡村让米尔德丽德想起她的少女时代。简要介绍一下她与父母在欧洲的时光。

她立刻安顿下来。医生和护士都被她迷住，等等。

测试。日常惯例。饮用矿泉水。饮食、运动、适度散步，等等。疼痛。

我们到达后不久，所有的检查完成后，该机构的负责人要求见我。他不用说话。我太清楚一个带来坏消息的人是什么样子的。在通常的拖延和严肃的寒暄之后，他倒是对我客气，直截了当地说出真相。医学已经无能为力。可悲的是对此我并不震惊。然而，主任向我保证，我将米尔德丽德托付给他照顾是正确的决定。疗养院及其环境将在这个困难时期提供最好的条件。事实证明确实如此。

米尔德丽德一定察觉到或猜到她的病情无法治愈。她一如既往地可爱，她仍然像往常一样甜美，但她的乐天和欢快情绪已经被新的宁静和沉着所取代。她的一部分已经飞升到更高的境界。

米尔德丽德这一时期天真智慧的例子。她对自然和上帝的看法。我们最后一次在树林里散步。巧遇动物。

我只有一次冒昧地打扰她安静的日程。那次我设法将圣莫里茨大酒店的弦乐四重奏乐队请到疗养院举办一场私人音乐会。疗养院主任和几位医生与我们一起度过了那个难忘的夜晚。我要求乐队演奏一些米尔德丽德最喜欢的曲目。举几个例子。说她体验到穿越一点也不为过。演奏会结束时，她看起来充满生机和活力，就好像她被神奇地治愈了一样。这就是音乐对她的影响。

这次轻微的改善鼓励我不情愿地离开了一日，为应付刚刚出现的紧急情况。苏黎世是瑞士证券交易所的所在地，距疗养院仅六十英里。不用说，它也是世界银行业之都。紧迫的业务要求我去那里。这是我唯一一次离开她身边，我希望我从未被唤去。

我将永远记得在我离开之前她是如何将手背放在我的额头上的。我永远不会原谅自己竟没有意识到这个不寻常的手势是她与我告别。当我从城里回来时，她已经离开我们。

五

繁荣及其敌人

每个生命都是围绕着少数事件组织起来的，这些事件要么推动我们前行，要么让我们戛然而止。在这些事件之间的几年里，我们从其后果中受益或遭受痛苦，直到下一个强有力的时刻到来。一个人的价值取决于他为自己创造的这些决定性事件的数量。他不必总是成功，因为失败也可以带来巨大的荣誉。但在他存在的决定性场景中，无论是史诗还是悲剧，他都应该是主角。

不论过去赋予我们何种境遇，我们每个人都有责任从未来的无形石坯中雕琢出我们的现在。我的祖辈对此提供了充分的证据。贝维尔家族经历过无数次危机、恐慌和衰退：1807年、1837年、1873年、1884年、1893年、1907年、1920年、1929年。我们不仅幸存下来，而且变得更加强大，始终将我们国家的最大利益放在心上。如果我和我的祖先都没有意识到，为了公众利益，我们必须维护健康且繁荣的经济，那么我们的职业生涯将会非常短暂。自私的手伸不长。

这就是为什么我愤怒于针对我职业行为毫无根据的、诽谤性的指控。我们的成功难道还不足以证明我们为这个国家所做的一切吗？我们的繁荣是我们善行的证明。

正如我将在此处以无可辩驳的细节阐述的那样，我在1920

年代采取的行动不仅有助于创造和延长我们在那十年中所经历的增长,而且有助于维护我国经济的健康发展。某些新闻从业者和过于激进的历史学家将那个时期称为"泡沫"。他们使用这个词,暗示这段富足时期是一个注定要破灭的不稳定的虚幻。然而,事实是,我们在1929年之前享受的繁荣是精心设计的经济政策的结果,历届成功的政府都明智地选择不干预。这并非注定要"崩溃"的短暂"繁荣",而是美国命运的实现。

命运的实现

在旧世界的欧洲将自己推向毁灭的边缘之后，未来显然属于美国。当时，欧洲负债累累并被民族主义仇恨撕裂，而第一次世界大战只会加深这些灾难。这个时候，美国却进入了繁荣的十年。

这是一个创新的时代，一个新的文艺复兴。战争结束时，电力只能供应美国制造业的四分之一的需求。十年后，蒸汽机几乎消失不见，我们的生产几乎完全电动化。白炽灯无处不在。四分之三的美国家庭主妇享受着洗衣机、吸尘器和其他家用电器的帮助。电影和无线电为数百万人的闲暇时间带来新的享受。

汽车的量产创造了一个现象级的繁荣圈，消费和就业相互促进。从炼油厂到橡胶厂，许多相关产业都围绕汽车蓬勃发展。数百万英里的道路被铺设出来。卡车车队加速了商业活动。本世纪初，美国注册的汽车数量约为八千辆。到1929年已增长近三千万辆。

然而，当时美国最伟大的产业是金融业。第三卷解释过的1920年通货紧缩之后，一个前所未有的经济增长期开始了。由于总体通货膨胀率为零，利率被压低。股票价格低而回报丰厚。在我国历史上，从未有过如此大比例的国民收入进入投资领域。在这十年的前五年，利润增长了75%，其中大部分盈余流入股票市场，极大地增加了证券的价值。从这个角度来看，1921年，经济衰退刚结束时，道琼斯指数跌至最低的67点。1927年，它首次突破200点。这是推动美国制造业发展的动力。这就是所有那些令人眼花缭乱的技术创新及其消费的资金来源。柯立芝总统说得再好不过："国事即商事。"

这个富足时代是如何开始的？1921年经济衰退之后，作为支持繁荣计划的一种方式，我感到有责任尽我所能来提振市场并恢复因经济衰退而消失的信心。1922年3月下旬，我买入一系列汽车、铁路、橡胶和钢铁股票。在接下来的几天里，我将美国钢铁公司的股票价格推高至创纪录的97 5/8。其他独立钢铁公司的股票也同步上涨，鲍尔温机车厂、国际镍业公司、斯蒂庞克汽车公司等也上涨。

1922年4月3日的市场规模"在交易所历史上仅有过一次能够与之匹敌"，就连《纽约时报》第二天也承认了这一点。时报一直不愿意给我任何荣誉，将推动市场的力量称为一种"神秘运动"。

我引用1922年初的这些特定交易，只是因为它们是一个历史里程碑。4月的那一天开启了一个与"泡沫"毫无干系的时期，却为未来的富足奠定了基础。在接下来的几年里，我进行了许多类似的操作，使众多美国企业、制造商和公司能够增加股票发行并利用自己的资本。这就是我的记录。而读者需要以此为背景来审视1929年。

财务稳健性：更多确凿的事实和数据。让普通读者可以读懂。

我一直避开政治，拒绝接受授予我的任何官方职务。但我可以自豪地说，在这段时间里，我应邀提供非正式建议，协助引导官方的货币和贸易政策朝着正确的方向发展。我与政府的友好关系始于1922年，当时沃伦·G.哈丁总统召集我和其他商人到白宫，协助他履行竞选承诺，通过实施"美国优先"政策为我们的国民带来繁荣。

由于我们一直倡导的减税和保护性关税的实施，全国生产处于历史最高水平，就业稳步上升。1921年最高边际税率为77%。到了1929年，我们成功地将其降低至22%。这些资金没有流入华盛顿的金库，而是回流到企业中，为辛勤工作的美国人创造新的就业机会。我很高兴能够帮助制定这些货币和财政政策，并协助引导市场走上正确的道路。

1926年的巨大成功。无与伦比的胜利。历史性的。

在这段时间里，我不仅目睹了我们伟大国家命运的实现，也见证了我个人命运的实现。几年前，我与米尔德丽德搬进我们位于东87街的新居。有那么一段短暂的时光，在她身体逐渐因劳累而开始显露出病状之前，生活

简短的段落写写米尔德丽德，家庭乐趣。在这些快乐的疯狂时刻，家是安慰。

方　法

关于我在市场中的角色，已经有很多传闻和故事流传开来。长期以来，公众一直在讨论我对股票波动的"先见之明"，尤其是我在1926年的历史成就和三年后发生的事件。因此，请允许我在这里简要陈述一下事实。

据说孩子的教育早在出生前几代就开始了。我相信这是正确的。我的金融教育就始于一个多世纪前，从我的曾祖父威廉开始，我从他那里继承了一种大胆的创业精神。我的祖父继续传授这种教育，他给了我数学头脑。然后到我父亲，他传递给我他准确无误的直觉。到1922年，围绕这份丰富的知识遗产，我自行设计出一套方法。

我真正的工作是在收盘钟声之后开始的，我进行研究和分析。多年来，我一直对世界各地的金融和工业运转保持详尽的记录、制作图表。正如我在第二卷中所说，真正的商人也是饱学之士。我的兴趣范围非常广泛，让我永远无法管理收集到的大量信息。因此，我招募了统计学家和数学家，组成一个名副其实的人才库。这些研究人员研究股票记录、评估行业报表、根据过去的趋势预测未来走势，并在大众心理中寻找规律。

接下来，我对这些事实进行严格的数学分析，将它们与我多年来开发的统计和概率模式进行对比。我使用的这套系统起源于我在耶鲁大学基恩教授指导下的早期工作，这在前面一卷中有所描述。在我整个职业生涯中，我不断扩展并调整这些发现，以适应金融领域的特定需求。结果形成了一个全新的计算和算法网，适用于各种突发业务。

读者应能理解谨慎的必要性，并原谅我没有就这一点给出进一步的详细说明。我只想说，这个过程得出的结论为我的交易、日常运营和长期计划提供依据。剩下的就是在交易大厅发生的事情，只是执行这些决定而已。

在记录无法跟上交易量的时候，我的"盲飞"能力已经引起相当大的关注。在整个职业生涯中，直觉对我非常有帮助，我的声誉在很大程度上归功于它。但要持续取得成功，投资者必须遵守规则。在我的直觉中加入科学和对大量数据的客观解释是我优势的来源。结果通常被视为"占卜"。正是这种直觉和方法的独特结合让我始终保持领先地位。即使在今天这个平静的时代，受到令人窒息的监管的阻碍，我仍然能够通过这个公式获得成功。我会在本书的最后一卷讨论我目前的成就。

命运的背叛

市场永远是对的。那些试图控制市场的人永远是错的。然而，在1920年代后半段，在美国取得来之不易和无可争议的成功并达到顶峰之际，两股误入歧途的势力突然出现，意图破坏这一切。一方面，短期投机者和掠夺者希望用借来的资金，不计后果地抬高股价，达到赚快钱的目的。另一方面，美联储这台笨拙的机器，试图通过人为的、计划不周和不合时宜的行动来遏制那些赌徒，结果只会伤害合法的投资者。这些贪婪的外行和笨拙的官僚们最终将合力摧毁繁荣的市场。

导致1929年崩盘的事件不过是对前几年一切伟大成就的变态歪曲。灵活信贷、高就业率和新商品的充足供应之间相互联系紧密。受到稳定的薪水和1920年代前半段的富裕的鼓舞，人们不再惧怕债务并开始利用分期付款来购买汽车和家用电器。由此导致的信贷过度扩张却没有让任何人止步。

工人成为消费者。很快，消费者又演变为"投资者"。因为债务不再像过去那样带有污名，大众会毫不犹豫地用并非真正属于他们的资金去赌博。这些新来乍到的操盘手并不拥有他们押注的证券。他们的大部分交易都是通过通知放款以保证金的形式进行的。由于再贴现率很低，不择手段的放贷人用廉价资金吸引普通民众。1924年前从未见过股票报价的人们一夜之间成为理财专家。"致富"似乎从未如此轻而易举。没有人担心这种鲁莽的赌博会破坏我们来之不易的繁荣基础。

股票交易成为美国人最喜爱的室内运动。杠杆投机的灯红酒绿，引来无数心怀梦想的小鱼，他们始终是市场上最不负责任的表演者。小百万富翁愚弄自己，相信他们已经"大赚了一笔"，并且可以无限地增加他们掠夺来的财富。一帮不守纪律的暴发户、投机的游客和痞子，在无良荷官的怂恿下，都搭上勤奋商人成功的顺风车。

每个人都在用闲钱玩金融。甚至女性也进入了市场！街头小报提供投资"提示"和"秘诀"，夹杂着缝纫图案、食谱和关于好莱坞最新男神的八卦。《妇女之家杂志》刊登金融家撰写的评论。寡妇和清洁女工、时髦女郎和母亲们都在"玩股票"。尽管大多数信誉良好的经纪行都严格禁止女性客户，但女性交易室在纽约各地和小城镇如雨后春笋般涌现。对股票有"预感"的家庭主妇忽视她们的家务职责，在当地的电话证券行跟随股市，在一天结束时通过电话进行交易。在1920年代初，女性仅占业余投机者的1.5%。到1920年代末，她们占了接近40%。还有比这更清楚的迹象表明灾难即将来临吗？从集体幻想到集体歇斯底里只是时间问题。我知道我有责任尽我所能来纠正这种情况。

然而，正如我之前提到的，这些年里还有第二股力量在起作用：美联储。我在第三卷中已经非常明确地表达过，我一直反对建立这个监管机构，但是既然这个重担已经落在美联储的肩上，人们会期望它至少能遏制狂热的投机行为。然而，联邦储备委员会太过犹豫，没有拉紧缰绳，接着又为了纠正之前的错误而拼命尝试，拉得过猛。1928年1月至7月，委员会将再贴现率从3.5%提高到5%。这些举措过于软弱，不足以限制信贷在证券发行中的使用，但对国家的经济健康来说又太过窒息。这是一个典型的例子，说明国家试图人为地去纠正市场。而如果让市场自由运作的话，这种局面本可以自我纠正。

经济放缓和最终崩溃的迹象就摆在那里，每个人都可以看到。很长一段时间以来，一直有商业衰退的迹象，例如汽车行业的疲软和其他耐用品的生产过剩。那些买得起汽车、冰箱和收音机的人都早已经完成购买。商品价格因此下滑。此外，当时委员会制定的高利率只会扰乱欧洲的货币状况，并损害美国贸易。证券价值的修正是不可避免的。

然而在1929年，投机性狂欢达到前所未有的水平。那年夏天，道琼斯指数几乎翻了一番，从200点升至381.17点的历史新高。这不是增长。这是精神错乱。1929年9月3日，华尔街的经纪贷款达到了顶峰。就在此时，为了施加更大的压力，美联储将利率提高了整整一个百分点，一路上调至6%。

此外：美联储下令银行停止为通知放款提供资金，从而扼杀对证券的需求。美联储真的相信大量新发行的股票会被现金买走吗？

了解这些情况后，我在9月5日开始清仓。《纽约时报》报道说，"晴天朗日，华尔街爆发了一场抛售风暴"，导致"交易所迎来历史上最繁忙的时刻"。具有严重讽刺意味的是，这让我想起1922年。那一年我开始抛售钢铁普通股，这一决定后来拖垮了通用汽车和通用电气，然后是无线电公司、西屋电气和美国电话电报公司。暴跌很快不局限于蓝筹股。股票报价机一直持续报数到下午五点，以追赶那天卖出的二百五十万股。

我很遗憾地说，我的行为未能使市场清醒过来。必须采取更严厉的措施。我一直是公共利益的捍卫者，即使我的行为看起来有悖于公共利益。我对企业长期投资导致了美国的增长，这一点显而易见。然而，在1929年，一方面对扰乱交易所事务的堕落贪婪感到厌恶，另一方面又对美联储不受约束的干预主义感到不安，我认为我有必要做空股市。这不仅是因为作为一个商人这样做是明智的。而且作为一个热心的公民，这也是我试图纠正和净化市场的努力。就像我的祖先一样，在我们负责任地赢利时，我们的赢利与公共利益是一致的。我的行为为这一事实提供了旁证。

正如我所预见的那样，美联储的干预最终成功地让银行和贷方陷入恐慌。经纪贷款被收回。牛市一夜之间变成熊市。很快，作为赎回贷款抵押的证券将不如印它们的纸张值钱。

10月23日触底。在收盘铃声响起前的最后两个小时内，道指比前一天价值下跌近7%。数量惊人的追加保证金通知发出。第二天早上，《纽约时报》称，突然出现的清算浪潮表明"股票价格水平调整的必要性，是公众购买过热的结果"。到这里都没错。但随后，这篇文章便陷入谎言和阴谋。不满足于找出崩溃的真正原因，它还必须添加一丝阴谋论。为了安抚刚遭到谴责的"过度热情的公众"，时报接着提到所谓的"结伙操纵"和隐蔽行动，涉及"许多强大的空头在股市下跌时进行战略性抛售，他们有选择地针对薄弱点进行大量抛售"。

不需要福尔摩斯就能推断出这些言论是针对我的。但正如任何真正的专业人士都会证实的那样，一个人或一个团体不可能控制市场。一个抽着雪茄的阴谋集团在客厅里操纵着华尔街的画面是可笑的。10月24日，也就是所谓的黑色星期四，纽约证券交易所卖出12 894 650股股票，数量惊人。周一28日，股票价格继续暴跌。道琼斯指数经历了历史上最剧烈的下跌，在一个交易日内下跌13%或38.33点。第二天，黑色星期二，当16 410 030股股票被抛售时，所有记录都被打破。收盘时报价机延迟两个半小时。这些庞大的数字确证市场面临的力量大于一个人、一个集体或一个财团。

最后，道琼斯指数下跌180点，几乎与它在混乱的夏季几个月里的涨幅完全相等。超过一半的经纪贷款已被撤回。在这场雪崩般的抛售中，无论价格如何，都没有接盘者。到那时我已经平掉所有头寸，我很高兴地说，通过回补我的空头，我能够介入并至少为大量急需买家的卖家提供了一些帮助。

我的行动保护了美国的工业和商业。我保护了我们的经济免受不道德经营者和信心破坏者的侵害。我还保护了自由企业免受联邦政府的独裁统治。我从这些行为中获利了吗？毫无疑问。但从长远来看，我们的国家，因摆脱了市场海盗和国家干预，也将会受益。

六

恢复我们的价值观

1932 年 7 月 8 日，道指触 41 点的低点。

自 1907 年恐慌以来，即使是我最杰出的同事也支持建立美联储，但我一直反对这个机构。在他们看到先发制人的机制的地方，我看到监管枷锁的来源。现在，三十年后，在这个政府干预无处不在的时代，历史证明我是对的。

一系列造成破坏的糟糕决定

1933—35 年银行法。扰乱商界的不安因素。美国理想主义的敌人。篡权。公众的马基雅维利欺骗。对金融的鲁莽攻击

"联邦公开市场委员会。"玩笑！我们要么有一个"公开市场"，要么有一个"联邦委员会"。但我们不能让前者被后者围起来！

最近的成就，自从米尔德丽德去世后。持续繁荣，尽管悲痛和敌对的政治条件。列举。

七

遗　产

　　我们的每一个行为都受经济规律的支配。当我们早上醒来时，我们用休息换取利润。当我们晚上睡觉时，我们放弃可能获利的时间来恢复体力。在我们的一天中，我们进行无数次交易。每当我们找到一种方法来最大限度地减少努力并增加收益时，我们都是在做交易，即使是与我们自己进行交易。这些谈判在我们的日常工作中根深蒂固，几乎不为人所察觉。但事实是，我们的存在都是围绕着利润展开的。

　　我们所有人都渴望获得更大的财富。这种渴望的原因非常简单，而答案可以在科学中找到。自然界是不稳定的，一个人不能仅仅满足于保留自己所拥有的东西。就像其他生物一样，我们要么茁壮成长，要么走向消亡。这是整个生命领域的基本法则。我们所有的人都出于生存本能而渴望追求

　　史密斯、斯宾塞等。
　　财富福音、美国个人主义、致富之道、个人及其意志等。

　　哲学遗产。
　　等等。

关于回忆录的回忆

A Memoir, Remembered

艾达·帕尔坦扎 著

第一部

1

镶板的大门几十年来一直关闭着。现在，周二至周日上午 10 点至下午 6 点向公众开放了。

多年来，我一直避开位于麦迪逊大道和第五大道之间第 87 街上贝维尔故居的正门。偶尔，穿过公园时，我会透过绿荫瞥见那座建筑的顶层。石灰岩墙壁随着季节变暗；百叶窗则不论什么季节总是关着。

可是，大约六年前，我发现窗子打开了。几周后，《纽约时报》刊登一篇文章，称经过旷日持久的遗产诉讼之后，人们终于开始按照安德鲁·贝维尔的意愿，在他去世后将这座房子改建成博物馆。不久之后，装修开始，豪宅四周搭起脚手架，并用网格包裹起来。大约两年后，即 1981 年春天，纽约的所有出版物都刊登了关于贝维尔故居的文章，称之为这座城市的最新"宝石"、历史"珍宝"、文化"明珠"。《纽约客》约我写一写关于房子重新开放的文章，却不知道我曾经与之有过关系。我谢绝了。

四年过去了。围绕贝维尔故居的热闹逐渐平息，这座建筑也成为艺术馆大道上一个必到的驻足点。我也忘记了贝维尔故居。住在市中心，我发现很容易避开这座建筑，甚至把它的形象从我的脑海中抹去。有时，一连串的随机联想会把我的思绪带回房子里，重新唤起我的好奇心。每当我去上东区拜访朋友或办事时，碰巧来到第五大道上的那一段，我总会在将后花园与人行道隔开的精致栅栏前停下来，抬头看看窗户。那些佩斯利波浪形新窗帘。尽管如此，出于一种无法言说的迷信，我始终远离位于东87街的入口。

但是，几个月前，在我七十岁生日前后，我在《史密森学会杂志》上偶然读到，贝维尔基金会最近将安德鲁和米尔德丽德·贝维尔的个人文件存入馆藏。那篇简短的文章说："档案包括记载贝维尔夫妇生活的信件、订婚日历、剪贴簿、清单和笔记本。这些资料对了解这对夫妇的慈善遗产至今仍在塑造美国的公共和文化生活的历史，提供了一个独特的视角。"

也许因为我刚满七十岁，那些文件可供借阅的消息对我影响非常大。我从来都不太关心周年纪念日或任何形式的逢十大庆。尽管如此，我还是无法停止思考近五十年来影响我写作生涯的事件。贝维尔文件是这一切的开端。

使我远离贝维尔故居这么久的同一股力量现在又把我拉向它。就像在反向回声中，已经从我脑海中淡出的问题又顽固地从寂静中返回，每次重复都变得越来越响亮。我已经忘记的事件、场景和人物再次呈现，其生动性足以挑战我周围的物理现实。也许是因为它们以如此之快的速度从那么远的地方传来，这些问题和记忆冲击有时甚至刺穿我多年来已经固化的自我形象。

在不止一个方面，我成为一名作家这一事实要归功于贝维尔夫妇，即使在我第一次见到安德鲁时，米尔德丽德已经去世多年。但我从未允许自己讲述将我与他们联系起来的故事。可能是因为我仍然害怕安德鲁的报复，甚至是他死后的报复。但更有可能是因为我一直以一种含糊不清的方式感到，我与贝维尔夫妇的关系是我所有写作的两三个来源之一。另一个更容易想到的来源是我的父亲。在过去的几十年里，我写的很多东西都是这种关系的故事的加密版。有时，在写作过程中，在一本关于街头摄影师的小说里、一篇关于天文台的文章中、一篇关于玛格丽特·杜拉斯的论文里，我意识到它们与贝维尔夫妇的关系。当然，除了我之外没有人会注意到这种联系。尽管如此，这些加密的、通常并不自觉的暗示从一开始就为我的写作提供动力。因此，多年来，我一直不太确定地相信，如果我直接从那个源泉汲水，它会被污染甚至干涸。但是现在，我已经七十岁，事情不一样了。现在，我觉得我足够坚强。

这就是为什么，在这个秋天的早晨，我发现自己来到这个难以置信地为我敞开的大门，来重温我成为作家的地方。为了寻找那些谜团的答案，而这些谜团一直悬而未决，因为我需要它们为我的写作提供食粮，并最终与米尔德丽德·贝维尔见面，即使只是透过她的文稿。

屋里灰暗。两个女人在黑暗边缘犹豫不决，低头仔细研究地图，然后消失了。

盯着外墙看了一会儿之后，我意识到我看到的不是建筑，而是我的记忆。我的记忆像描图纸一样覆盖着建筑。

我在这所房子里工作过。但我从未使用过正门。我总是从边门进出。

那是发生在将近半个世纪以前的事情。

从镶板的门外望进去，我看到的只有阴影。

我走了进去。

2

没有必要确认报纸广告上的确切地址。虽然我早到将近一个小时,但当我到达交易广场时,大楼外的年轻女性队伍已经绕过百老街街角,几乎排到了华尔街。路过的几个男人放慢脚步,打量着女孩们。他们停都不停,边走边开着玩笑或评论几句。几乎所有人都整整领带或拉直外套,确保自己看上去整洁得体,然后才发表下流言论。

灰白色的摩天大楼几乎占据整个街区。我只在布鲁克林海滩上看到过它金字塔形的顶楼,所以忍不住停下来抬头观望。庄严、干净的线条沿着石灰石墙面一直向上延伸,阻隔它的只有花纹繁琐的铜制檐口、哥特式拱形结构和带未来主义风格的角斗士半身像。这座建筑透着贪婪和滑稽,宣称自己拥有所有的经历——不仅是过去,还有未来的世界。

在拐角处,一座新的高层建筑正在拔地而起。棱角分明的骨架似乎随时准备扑向所有邻近的建筑物。不知何故,这个空心结构使它看上去更加雄伟。像不存在的独木舟一样,那些悬空的钢梁好像是用看不见的铁丝吊在空中航行。在下面,它们放大的影子在街道上游荡,让一些困惑的过路人抬头看着短暂的日食。当我注意到其中一根漂浮在上方的横梁上分布着几个人时,我突然感到一阵头晕目眩。

我感到脖子上有什么东西,转身发现沿着墙根排队等候的女人们正在看着我,可能以为我是一个少见多怪的外地人。

我排在最后,认出也在其他类似队伍中出现过的几张面孔。就像另几次一样,我们都穿着最好的衣服。对于一些人来说,这意味着一套人字纹软呢套装,对于另一些人来说,这意味着一件晚礼服,即使是在夏日的早晨。我的裙子有些偏紧。虽然看不出来,但穿着很不舒服。上衣扣子必须解开。这两件衣服都非常朴素,不受潮流变化的影响。它们都是我母亲的。

除了几个小群体在兴高采烈地聊天外,我们大多数人都保持沉默。我拿出小镜子,重新抹了抹口红。我从镜子里看到身后的女人也在做同样的事情。当我把东西放回包里时,至少又有五个女人加入队伍。我浏览着刊登广告的报纸。有一篇对格雷厄姆·格林的《布赖顿棒糖》的评论。这本书我从未听说过,至今也仍未读过。我记得它只是因为根据评论,书中女主角的名字叫艾达,和我重名。我认为这是一个好兆头。

几十年后,当我查阅《纽约时报》的一卷卷缩微胶卷时,这个细节让我更容易确定那天早上的日期。1938年6月26日。

我二十三岁,和父亲住在卡罗尔花园的铁路公寓里。我们房租拖欠得近乎危险,而且欠着我们认识的每一个人钱。尽管在这片国会街和卡罗尔街之间的河边意大利小飞地(只有八个街区乘三个街区)里,邻居之间有强烈的团结意识,但我们的许多朋友和熟人都和我们一样压力巨大,我们的信誉在邻里已经几乎耗尽。我在很小的时候就意识到父亲作为印刷工人的收入永远不足以支付我们的基本开销,于是我在附近的商店找到工作——打扫卫生、整理库存、跑腿。长大后,我在柜台后面工作。但这些都是临时工作，工资几乎无法补贴父亲做排字工的微薄收入。

像当时的许多年轻女性一样，我以为当一名秘书会让我通过打字，"轻敲……轻敲……轻敲着走上经济独立之路"，就好像当时流行的雷明顿打字机广告所说的那样。在一些图书馆书籍和借来的打字机的帮助下，我学会了簿记、速记和打字的基础技能，同时跑遍全城申请职位。一开始我连第一轮测试都通不过。但每一次失败的面试都是无价的经验，随着时间的推移，我离被录用越来越近。我在一家临时机构工作了大约一年，正是在这段时间结束时，我出现在交易广场，在通向摩天大楼的那条纹丝不动的队伍里等候着。

3

我写的第一本书是一个短篇小说集，在我九岁时"出版"。其中一个故事是关于鱼类的阴谋，和它们废除人类、接管陆地的失败计划。另一个故事中不幸的主人公是一个女孩，她身体的各个部位先后死去，一个肢体接一个肢体，最后只剩下一只眼睛。还有一个故事，一个九岁的女孩独自和父亲住在山顶上，父亲是一个珠宝盗贼，女孩一次又一次协助他越狱。

这本书只印了一本，现在就在我面前。这是一本八开本、装订紧凑的小书，其实，更像是一本小册子。多年来，封面的蓝色已经变淡，黑色字体比最初的设计更显眼。我认为字体可能是博多尼体的变体。在那小小的、褪色的天空中，字母彼此相距甚远：

七 个 故 事
艾达·帕尔坦扎 著

父亲将书打印装订起来。印数一册。

他还会为我的生日或学年结束制作凸版祝贺海报，通常装饰有简朴的木刻插图。有时，他会无缘无故地给我制作名片，上面写着古怪的职称："艾达·帕尔坦扎，女中音歌唱家"；"艾达·帕尔坦扎，气象学家"；"艾达·帕尔坦扎，邮政局长"。大约在那个时候，我为学校写的一些报告被悄悄收集起来，整理成一本名为《随笔》的书。

在同一时期，有一段时间，父亲和我一起编辑和印刷一份报纸，《卡罗尔花园周刊》，这是一份远非周刊的折页。我采访店主、警察和邻居，听他们讲故事——通常涉及出生、走失的宠物、周围住户的搬进或搬出，等等。报纸还包括新闻摘要（在出版周期之间我在剪贴簿中收集剪报）、连载小说（我以卡罗琳·金凯德的笔名写的）、星座运势（全是我编的）和其他杂七杂八、不连贯的部分。这份短命的报纸没有任何副本幸存下来。

每当翻开《七个故事》的书页时，我总会想到同样的问题。父亲保留了故事中无数拼写错误，这是出于对我写作的尊重，还是因为他看不到这些错误？我怀疑是后者，但一直没敢问他。自从他去世后，我就莫名其妙地觉得那些拼写错误让我们彼此更亲近。我们在错别字里相遇。

大约在1966年，也就是父亲去世几年后，我写过一篇关于他的文章，收录在我的第四本书《疾风之箭》中。这个书名是我稍作改动从阿图罗·乔瓦尼蒂的诗集借来的。正如我在文章中说的那样，这位诗人帮助父亲和我建立起紧密关系。当我十岁或十二岁的时候，有一段时间，我们常常在晚饭后阅读他的作品，然后一起哈哈大笑，直到笑出眼泪。他非常不喜欢乔瓦尼蒂，尽管这位诗人心地善良，处世态度更是高尚。父亲会说，最糟糕的文学总是出于最好的意愿。他的教导也让我不喜欢那些诗。

"乌托邦"的最后一节写给一位"大师"，可以很好地了解乔瓦尼蒂的风格：

总有一天，金子不再吸引你，

盗窃和谋杀不再是你的准则；

因此，我，现在称你为朋友，将称呼你，

真的，一个诚实正直的人，"你这个傻瓜！"

应父亲的请求，我会以一种激动人心的朗诵风格背诵这些诗句，夸张地，用滑稽的意大利口音和生动的手势突出诗中所有的古词和可疑的韵脚。我们会笑到窒息。

在那篇关于父亲的文章发表多年后，我不由得再一次回顾我和他在一起的生活。我们阅读乔瓦尼蒂诗歌的情景又浮现在脑海中。不过，这一次，有些事情发生了变化。我们在厨房餐桌边的搞笑模仿以另一种方式出现。我歇斯底里、近乎狂暴的大笑有一种弦外之音。我现在意识到我笑的不是诗人。

乔瓦尼蒂于1884年（比父亲早五年）出生在莫利塞地区（就在父亲的出生地坎帕尼亚旁边），于1900年离开意大利（比父亲没早多少）。他先是去了加拿大，在一个煤矿（父亲在意大利北部的一个大理石采石场工作过）短暂干了几年后去了美国。到美国后，他立即开始与一份代表移民的政治报纸合作。在很短的时间内，他晋升为编辑（父亲为类似的报纸排版）。他成为一名活动家，并迅速成为全国知名人士。他因帮助组织1912年劳伦斯纺织工人罢工而被不公正地监禁在马萨诸塞州。罢工起因是，工人（大多数是意大利人）在美国羊毛公司遭受的残酷待遇——劳伦斯工厂长达13小时的轮班经常导致他们手指和四肢被切断；雇用童工是常见的做法；女工经常受到管理人员的虐待，有时怀孕后一直工作到分娩，有时就在织布机之间生下孩子；工人的寿命只有二十五年。在这场旷日持久的罢工中，乔瓦尼蒂发表热情洋溢的演讲，向工人们朗诵他的诗歌。其中一些诗歌采用宗教演讲的形式——其中最著名的是《公园布道》，后来被收录在父亲和我曾经嘲笑过的书中。

罢工将近一个月后，纺织厂女工安娜·洛皮佐被一名警察枪杀。乔瓦尼蒂被指控煽动罢工导致流血事件，尽管他当时距离洛皮佐被枪杀的现场数英里远。随后是为期两个月的审判。审判期间，他和两名战友一起被关在笼子里示众。关于这段经历，他写了一首长篇散文诗《囚笼》。"笼中三人，如受伤的雄鹰摔在地上……再不会飞升到高高的鹰巢……人们觉得很奇怪，他们怎么会因为死者在旧书中写下的东西而被关在笼中"。在美国各地的工人为他的法庭辩护设立基金并将他的事业作为劳工权利和言论自由的旗帜后，他被无罪释放。大约一年后，他出版了《疾风中的箭》，海伦·凯勒为该书写了一篇感人的介绍。

我在书中承认，作为一个成年人，我认为父亲是对的：这些出于善意的诗作大部分很蹩脚。我仍然支持那个判断。但是现在，几年后，我有一个新发现。回想起来，我对童年在家中厨房里的蹩脚表演感到尴尬。因为现在我可以看出事实上是父亲有嫉妒之心。他从不关心诗歌，也没有标准或参考框架来判断任何类型的抒情作品。为什么如此热衷于这一本书？他不是出于文学原因，甚至不是因为乔瓦尼蒂是"纯粹的社会主义者"。他实在无法忍受与他年龄相仿、过着与他如此相似生活的乔瓦尼蒂却取得了如此声望。

他们几乎就是同胞兄弟,但在同样的环境里,一个人生气勃勃,光彩照人,另一个则默默无闻。乔瓦尼蒂是一位公众人物,一位显眼的斗士。他组织罢工,在监狱里雄辩地讲话,发表公开演讲并写书,掷地有声。这些都是父亲希望我嘲笑的。他是这个杂耍表演的导演,我是表演者——乔瓦尼蒂的活生生的讽刺漫画,把他描绘成一个怪诞而自命不凡的意大利人,用夸张陈旧、自命不凡的英语单词来过度补偿他的异国特色和浓重的口音。我们为诗人杜撰的声音,加上花哨的手势和各种行为怪癖,显得如此卡通,让奇科·马克思的角色或保罗·穆尼在《疤面煞星》里扮演的意大利裔美国人托尼·卡蒙特的形象相形见绌。但我已经开始看出来,通过这种漫画,父亲——带着他无法实现的抱负、崇高的宣言和改不掉的口音——要我嘲笑**他**。他笑的是他自己。而现在,在他去世后这么久,这让他变得亲切起来,虽然他会觉得这很可憎。

父亲身上没有什么让人可怜的元素。甚至他的脸上也有一种冷酷感,以至于小时候,我认为他是罗马帝国意义上的罗马人:鼻子是一个骨感的三角形,嘴唇是笔直的线条,眉毛经常因表情坚毅而皱起。他瘦削的身体有一种士兵气质。

如果他从不承认自己有任何弱点,他怎么能得到同情?甚至失败也是他英雄气概的证明,证明这个世界对他不公——甚至仅仅因为他还活在世上就是他坚韧不拔的证明。这就是为什么他顽固且常常错误的观点变成了无可辩驳的教条,尤其是当理性和常识一致驳斥它们的时候。

正如我在《疾风之箭》中写的那样，父亲对来美国之前岁月的描述即使在最好的情况下也是前后矛盾的。无可争议的事实几乎没有。他出生在坎帕尼亚的一个叫奥利韦托奇特拉的小镇，离无政府主义创始人之一埃里科·马拉泰斯塔的出生地圣玛丽亚卡普阿韦泰雷不远。如果不是一位年轻牧师将他收在门下，他可能会像他的父母和大多数朋友一样是个文盲（直到他生命的最后几天，他都将拿不准的拼写和颤抖的手隐藏在一种戏剧性的轻快书法之后）。青春期早期，他从宗教转而投身政治。当时，他和父亲去卡拉拉的一个大理石采石场工作过一个季度，回到南方时，他变成一个完全不同的年轻人——与他的父亲、信仰和国家分道扬镳。他对复兴运动带来的意大利国家政体产生了一种新获得的、根深蒂固的仇恨。他经常轻蔑地说，"意大利"这个词本身只代表资产阶级的集中权力。在访问过邻近的城镇和村庄后，他结识了奥利韦托奇特拉周围的几个无政府主义团体。政治占据了他的生命。他声称整夜沉浸在书本中，整天在田间行走，与农民和劳工谈论土地和自由。在制作宣传材料的过程中，他发现自己是一名天生的排字工。

没过多久，他的团队受到的压力越来越大。几个战友都被关进监狱，每一次突袭都让当局似乎离父亲越来越近。他又被列入黑名单，无法找到工作。这就是为什么，最后他决定跟他无政府主义圈子里的一位最亲密的朋友一起前往美国。

直到今天，父亲参与政治的深度和广度对我来说仍然是个谜。他的同志们都已过世，而且文献资料很少，他的叙述往往是我唯一的信息来源，而他又是一个充满活力的讲故事的人，从不犹豫为了效果而牺牲真实。他的每个故事甚至可以为听众量身定制多个版本。在他的一些叙述中，他的参与仅限于他与新闻界的合作，和帮助分发他印刷的秘密文件和小册子。在其他版本中，他声称一直以不明确的方式参与反对"资产阶级制度"的"行动"。有时他是一个无名小卒，就像他的活版印刷机一样只是一个工具。其他时候，他似乎是一个出众的人物，无论是在意大利还是在纽约。他声称与卡洛·特雷斯卡关系密切，并在特劳特曼街的沃伦达俱乐部或乌尔默公园著名的野餐区发表演讲并使得全场起立鼓掌。一些小道消息模糊涉及了暴力元素。

他从未完全走出他在布鲁克林为自己打造的与世隔绝的生活。意大利人经常被视为藏在暗处的歹徒。对他们的种族偏见和歧视是真实存在的，超出刻板印象和嘲笑。世纪之交，意大利移民流向美国的现象是当时地球上最大的移民潮。对这次移民潮的反应也同样非常强烈。1891年，11名意大利裔美国人在新奥尔良被私刑处死；1919年的帕尔默突袭行动针对左翼活动分子，特别是针对意大利人；1921年哈丁总统签署的紧急配额法律有效地限制了意大利移民的涌入，同时却仍然欢迎来自北欧的移民，随后是1924年柯立芝总统签署的更加严厉的移民法案；1927年尼古拉·萨科和巴托洛梅奥·万泽蒂的司法谋杀——这些事件在一定程度上塑造了当时意大利裔美国人的生活。他从未向我承认过，但我知道他经常不得不忍受（有时就在我面前）的侮辱使他进一步退缩到卡罗尔花园的意大利小区域，并更深入地被卷入他的无政府主义团体中。除了他的顾客，他与社区以外的人的交流是有限的。他被困在这个阴暗、充满敌意的小岛上，夹在他离开并憎恨的国度和接纳但没有完全接受他的土地之间。

毫无疑问,这种与世隔绝的处境也是父亲固执性格的结果。他在生活的几个方面为自己创造了一个边缘化的、流离失所的境况。他的工作最清楚地体现这一点。父亲为他的手艺已经过时而感到自豪。他是一名手工排字工,新的自动化系统令他反感。他说,人情味已经消失。排字机和其他机器将灵魂从页面上挤掉。他总说,每一行字都是像作曲一样编成的,像指挥一样挥舞着双手。它们是**旋律**线,他赶紧补充道,生怕听众没注意排字与音乐之间的类比。不过,现在已经不需要人才。只需漫不经心地将字母和单词输入键盘。新技术引入时,他还很年轻,很容易学会。但他拒绝学。他要奋起抗争,不能把人变成机器的机器。

他靠在厚纸上印刷精美的请柬赚取微薄收入,这些请柬用于婚礼、洗礼、毕业、纪念仪式等场合。然而他讨厌这种工作,斥之为轻浮的资产阶级垃圾。他厌恶的对象不仅限于雇用他的人,还扩展到那些仪式和庆祝活动背后的机构。教会。家庭。国家。

尽管如此,尽管他不停抱怨,但总是迷醉在工作中,当他打印的卡片或信封看起来特别漂亮时,他会很高兴。他毫不妥协的完美主义为他在纽约市及周边赢得良好的声誉。但是生意寥寥。很少有人有财力和意愿在三十年代举办派对。

在印刷请柬的间歇,他为无政府主义团体印制传单和小册子。随着时间的推移,印刷这些小册子变得比他用浮雕印刷技术印刷优雅的邀请更频繁。因此,当我周末在法院街的一家面包店兼职做一些簿记和收银工作时,为了能找到一份薪水更高的工作，我从一本手册中学习速记，又自学如何使用史密斯-科罗纳打字机。打字机是我从面包店借来的，键盘上缺少字母"M"。

父亲不同意。他说，秘书是一种有辱人格的职业。它承诺给女性带来独立，但实际上只是男性统治下的另一种奴役。

4

队伍开始向前移动。因为我们是分批进来的,所以我们不是慢慢拖着脚向前移,而是每隔五分钟或十分钟就向前迈几步。在这些间歇迈进中有一种夸张的解放感。当我们到达入口时,我看到申请者进入大楼,却再也没出来。我假设(后来证实)他们是通过后门出去的,可能是为了阻止我们从那些已经结束的人那里了解到任何东西。

如果我们在等待的大部分时间里保持安静,那么越靠近门口,我们就越是如此。我们都各顾各的。空气中虽然没有敌意,但是我们相互提防。

门卫戴着贝维尔投资公司的黄铜徽章,好像那是一枚勋章,在我们获准进入接待室时,他用食指指着我们的头数到十二。我们被告知在办公桌旁等候。绿色大理石墙壁消失在远处的屋顶。不是石材的部分是青铜的。没有任何东西闪光,但是都散发出淡淡的光辉。声音具有触觉的质感,我们都尽力不让随身物件发出声响。一个男人出现在办公桌后面,和看门人一样,用他的笔一个一个地指着我们。我们知道他想要我们的名字。"艾达·普伦蒂斯。"我说,感觉血在上涌,每当我使用这个假名时总是如此。

我们这一群中最年长的两个女人,还有一个年轻的粗壮女孩,被带到一扇侧门。其他人被带到一部电梯里。

我们在十五层或十七层出了电梯。望着满是无声的小汽车的网格状街道、停满拖船的河流，以及远处的码头和布鲁克林不起眼的天际线，我意识到自己从未置身于如此高处。从上面看，这座城市显得如此整洁和安静。后来我才知道那栋楼有七十一层高。

接待大厅尽头的双门打开，露出一个巨大的空间，里面充满急速、精确的键盘敲击声和黑色、油腻的墨水气味。所有员工都是女性。虽然我曾在一些打字间工作过，但没有一个能达到这个规模。很难记起确切的数字，但肯定至少有六排，每排约八张桌子。在每张桌子上，都有和我年龄相仿的女孩，头微微翘起，以便更好地看清正在打字的页面。事实上，她的整个躯干都向右移动，与保持居中的手分离。中心是打字机。

我从未见过这么多女性在同一个屋檐下工作。

我们被领着穿过两排桌子之间的过道，转过拐角再次看到六排、每排八张的桌子。在每张办公桌前，也都有一位秘书全神贯注于她的工作。然而，她们面前不是打字机，而是计数器。我的心沉下去。我只在书籍和杂志广告中看到过这种机器，但不知道如何操作。这里的女人似乎比打字员慢。她们深思熟虑地输入每个数字，然后拉动曲柄将数字添加到运行总数中。因为总是有几个曲柄被拉动，所以效果就像持续不断的机械轰鸣声。我们又一次被领到其中一个过道。当我们一步不停地走到尽头时，我松了一口气。

我们转过拐角，第三次发现同样的一排排桌子。幸运的是，这是另一个打字间，但它是空的。我们每个人都被分配到一台打字机前。旁边是一张面朝下的纸。我们会被告知何时将纸翻过来并开始打字。

测试时长一分钟。我知道那是一分钟，因为我一遍又一遍地测试过自己，直到那段时间被内化成我的一部分。我也知道我输入了大约120个单词并犯了一些小错。

之后，我们得到笔和纸，要求我们准备好进行听写测试。我们被告知这是该职位最重要的任务之一，要进入下一阶段的人必须是无可挑剔的速记员。一个女人读一段故意复杂得像迷宫般的文字，旨在绊倒我们。我记不得内容，但本质上是这样的胡言乱语："合同双方订立的合同义务规定，在上述条款规定的限制和规定范围内，据他们所知，上述当事人应当按照先前规定的职责办理。"她读得很快。

她刚一开始，我旁边的女孩就犯了一个错误，她撕下纸，重新开始。她当场被要求离开。

测试又持续了几分钟。完成后，我们交出我们的纸张，被带回接待大厅，在那里等待测试结果。

5

父亲从未称自己是移民。他是一个"流亡者"。这对他来说是一个非常重要的区别。他没有选择离开；他是被赶走的。他来美国不是为了发财；对繁荣理念的反抗正是促使他来到美国的首要原因。幻想中黄金铺就的街道从未照亮他的梦想，他对节俭和勤奋的福音充耳不闻。相反，他鼓吹所有财产都是盗窃。他和他那些更有商业头脑的同胞之间没有任何共同点，他总是强调这一点。

作为一个自称为流亡者的人，他对自己的祖国和收养国的看法常常是矛盾的，混合怨恨和渴望，感激和反感。他声称厌恶杀害和迫害他的同志并将他驱逐出境的国家。然而，美国无法提供任何与坎帕尼亚的歌曲、菜肴和传统相近的东西——通过他的哼唱、他的烹饪和他的故事，这些都成为我们日常生活的一部分。他蔑视那些向墨索里尼和他的黑衫暴徒投降的低能儿。然而，对待美国人时他却表现出家长式的傲慢态度，这种态度往往是对学习迟钝的人和听话的宠物所表现出来的。他怨恨他的父母不沿用祖先的方言，自愿屈服于代表中央政府压迫的"托斯卡纳腔"。然而，虽然他为了抗议"意大利语"而相当困难地接受了英语，他仍然发现英语是一种表达力极差的语言，词汇量有限，结构土气，但他从没想过这些缺点实际上是他自己的。这些个人矛盾总是通过笼统的涵盖一切的声明得到解决："我没有国家。我不想要国家。万恶之源，战争的起因：上帝和国家。"

他对美国的自由概念既有感激又表示怀疑。他认为自由是严格意义上的循规蹈矩的同义词，或者更糟糕的是，自由仅是在同一产品的不同版本之间进行选择的可能性。不用说，他反对消费主义和助长它的异化。在一个反常的循环中，工人从事非人化的劳作，生产多余的商品并购买它们。正因如此，他对大萧条表示欢迎，认为受其影响，受剥削的群众最终会醒悟到他们真实的历史境遇和物质条件，从而引发一场革命。

最重要的是，他厌恶金融资本，认为金融资本是一切社会不公的根源。每当我们沿着海滨散步时，他都会指着曼哈顿下城，用手指追踪着天际线，解释说它根本不存在。他称之为"海市蜃楼"。他说，尽管有那么多高楼——尽管有那么多钢铁和混凝土——华尔街还是虚构的。我多次听过这段演讲，并且熟记所有的主要乐句、主题、渐强音、华彩乐段和终曲。

"钱。钱是什么？纯粹奇妙形式的商品。"一个严肃的点头，突然皱起的眉毛，一声叹息。"我不喜欢马克思主义者，这你是知道的。他们的国体和他们的专政。他们说话的方式，用那些意义砖块，将世界简化为一个单一的解释。就像宗教一样。不，我不喜欢马克思主义者。但是马克思……"他又做出那副表情，仿佛被过于美丽的景象折磨着。"他在一点上是对的。金钱是一种特殊商品。钱不能吃也不能穿，但它代表世间所有的衣食。这就是为什么它是虚构的。这就是将它变成我们衡量所有其他商品的标准的原因。这是什么意思？这意味着货币成为通用商品。但请记住：金钱是虚构的；纯粹特殊形式的商品，对吗？这对金融资本来说更是如此。股票、股份、债券。你认为河对岸的那帮土匪买卖这些东西有什么真实、具体的价值吗？不，不，没有。股票、股份和所有这些垃圾只是对未来价值的所有权。因此，如果货币是虚构的，那么金融资本就是虚构的虚构。这就是所有这些罪犯的交易对象：虚构。"

在我十几岁的时候，一种奇怪的冲动摄住我，直到我成年后才真正放弃。这种冲动是要报复父亲，我小时候感受过怎样的害怕，就希望能引发他产生怎样的反应。一旦开始长篇大论，他就永远不容忍反驳。他对出错的可能性毫不担心。他从不考虑不同的观点；他很少认为任何问题都有另一面。对他来说，构成任何活跃思想交流的正常分歧和差异是对他的人格侮辱。他的论据是无可争议的，是事实。尽管他自称是无政府主义者，但在这方面他是一个独裁者：当涉及他的信仰时，没有异议的余地，像数学定律一样。质疑他的任何原则都会导致不成比例的愤怒。在那之后的反击则导致顽固的沉默。沉默是他最后的、无可辩驳的论点。部分是因为，随着时间的推移，他的反应与其说是有威胁性，不如说是令人疲惫，部分是因为这是一种简单而有趣的反叛形式，激怒他成了我一段时间的主要娱乐方式。这并不总是故意的（我经常发现自己身处战斗之中，不知道它是如何开始的），而且它可能会变得令人讨厌，但有时我就是忍不住。我不得不顶嘴，即使随后好多天要忍受他冷酷的敌意。

"但如果他们从事虚构交易，他们怎么会是罪犯呢？虚构应该是无害的，不是吗？"这是我为了激怒他而提出的典型反对意见。我可能会再用一个居高临下的反问作为结尾。"你看到其中的矛盾,不是吗?"

"虚构无害?看看宗教。虚构无害?看看被压迫的群众的安于命运,因为他们接受强加给他们的谎言。历史本身只是一个虚构——一个有军队的虚构。现实呢?现实是一个有无限预算的虚构。就是这样。现实是如何获得资金的?用另一个虚构:金钱。钱是这一切的核心。钱是我们都同意支持的幻觉。全票同意。我们可以在其他问题上有所不同,比如信仰或政治派别,但我们都同意金钱的虚构,这种抽象代表具体的商品。**任何**商品。查一下。一切都在马克思那里。他说,金钱不是一件东西。它是潜在的**万物**。因此,它与所有事物都无关。"

"等一等。钱是哪一个?是万物还是什么都不是?因为如果……"

"这,"他几乎是对着我尖叫,"这就是为什么金钱不代表拥有它的人。一点也不。金钱对于其所有者没有任何说明。相反,才华可以定义一个人。金钱与个人的关系完全是偶然的。"

"什么财产或什么个人品质对你来说**不是**偶然的?你(或马克思)的边界在哪里?假设我有一些特殊的才能。假设我是一个有天赋的小提琴家。你可以说我的音乐天赋定义了我,因为我天生就有。但是我的出生不就是你和妈妈相遇的偶然结果吗?那有什么根本性呢?"

提及我的母亲(以及声称他们的关系远非命中注定,而只是一次偶然)总是一种蓄意的攻击,而父亲随后的沉默证明它是有效的。

安静。

更多的安静。

"你说完了吗?"他会在一段尴尬的沉默之后问,"我现在可以结束这场谈话了吗?你还想添加什么?我可以再等下去。"

"爸爸,这不是谈话的方式。当人们进行对话时……"

"对。你说完后告诉我。我在听。继续讲。"

"我说完了。"

无声。

"请继续,爸爸。"

"因为金钱是一切(或者可以是一切),所以奇怪的事情会发生在拥有它的人身上。正如马克思所说,这就像一个人偶然发现哲人之石。你知道哲人之石吗?"

"知道,我知道哲人之石是什么。"

"哲人之石给你所有的知识。所有的知识。所有科学的所有知识。想象一下,有人刚刚找到这块石头。纯属偶然。突然间,他将拥有所有这些知识,而不管他的个性如何。即使他是个彻底的白痴。所有的。所有的知识。"

"是的是的。我明白。"

"拥有金钱给你在社会财富中的地位和拥有哲人之石给你在知识领域的地位是一样的。你知道为什么?"

"这不是有点牵强吗?我的意思是,如果……"

"我会告诉你为什么。我在这里引用的是马克思的话。因为货币代表着商品的神圣存在。真实具体的商品(这双鞋子,这条面包)只是这个神圣理念(所有可能的鞋子,甚至还没有烤好的面包)在世上的表现。正如马克思所说,货币是商品中的上帝。

而那儿,"他向上扬的手掌在曼哈顿市中心划出一道弧线,"就是它的圣城。"

与父亲进行过无数次这样的交流后,我决定直截了当地告诉他我要面试贝维尔投资公司的职位。是的,我们拖欠房租,并且在附近大部分商店留下欠条,但我承认为一家金融公司工作的想法给我一些满足感。我喜欢这种挑衅。因为我们需要钱,我认为父亲只能忍气吞声。

第一次面试的那天早上,我穿着母亲的衣服。这总是让我们俩都感到明显的怪异。所以当他一看到我走进来就把目光转回他的印刷机时,我并不感到惊讶。我把简短的声明留到我离家之前的最后一刻。它应当直接而简洁。

"我正在申请一份华尔街的工作。"我告诉他。

我的意图是就此打住,让这短短一句话的力量震撼他,甚至可能让他清醒地意识到我们迫切需要这笔钱。但我无法按照我的计划行事。他只是不停地装载他的排字棒。

"薪水真的很好,如果我应聘成功的话。"我记得自己补充道,并立即意识到,在他甚至没有回应之前就为自己辩护,我输了。

他一定也意识到了这一点,这可能就是为什么他没有回答也没有从字体盒上抬起头来的原因。

几个小时之后,当我回来告诉他我是我所在的十二人小组中唯一一个进入下一轮个人面试的人,他仍没有回应。

我在厨房洗了在水槽里堆了一上午的盘子。

6

两天后，我回到交易广场。这次没有排队。我只是穿过门，走到绿色大理石办公桌前，通报我的名字，得到一张纸条，要我交给电梯男孩。他一定是带过好几个应聘者到那个楼层，因为他没有展开纸条，只看了看我的衣服，然后按下一个按钮。

我在一个低楼层走出电梯，这里看上去像档案室或资料室。靠墙排满盒子和活页夹，一直到天花板，有一种学术氛围。最终，一个女人从她的记录本上抬起头来，走过来和我打招呼，一边小声道歉。当她微笑着走近时，我意识到她是我在大楼里见过的最年长的女人。她一定有四十多岁。在确认我是来应聘的之后，她把我带到后面一张桌子前，问了些琐碎的小问题，让我更放松。打字机已经准备好，夹了一张奶油色纸，上面印着深绿色的贝维尔投资公司信头。这纸显然是昂贵货，很重，有水印，纹理很漂亮。在我旁边是另一个申请人在用同一种纸打字。友好的女士解释说我要写一篇简短自传。她称之为"一张自画像"。简单一页纸。半小时。她祝我好运，然后回到她的办公桌前。

我参加过无数秘书考试。这些考试都包括抄录或听写。但我从来没有被要求写一些原创的东西，更不用说关于我自己的。然而，我的惊讶并没有持续多久。惊奇很快让位于恐慌——一种在危险情况下总会罩住我的干涸感。意大利无政府主义者自学成才的女儿在贝维尔投资公司永远没有机会。

几乎是不假思索地,我带着无法解释的自信开始打字。我住在海龟湾,这是一个我从未去过的社区,但我一直喜欢它的名字——而且它不是布鲁克林。我的父亲普伦蒂斯先生是一家杂货店的售货员。我用一些夸张而又庄重的笔触讲述我母亲的去世。我在教堂的工作(提到我是坚定的圣公会教徒)和在文学中找到慰藉。在这些简短的句子之后,我知道所有其他女孩都会对她们的生活进行线性描述,所以我决定采取一个大胆方式。我说,我生命的大部分时间在未来,我觉得有必要写一本前瞻性的自传。自传的其余部分是我真诚的愿望(旅行和写作)和我想象中世人认为一个女人该有的抱负(相夫教子)。风格华丽到足以脱颖而出,同时仍表现出克制内敛。最后,我反思时间,以及我们每个人如何从无形的未来雕刻出我们的现在——或者类似的东西。

我打完了,房间里安静下来。没有一个档案管理员在用打字机。旁边的申请人,我这才意识到,已经离开。好心的女士注意到这里的寂静,向我走过来。她扶着我的肩膀,带我回到电梯时,再次问一些安慰我的问题。在我们等待的时候,她要求看我的短文。我和她一起读,我几乎不敢相信我写的东西。她一边读一边点头。这让我精神振奋。她把那页纸还给我时,说了一些赞许的话。电梯来了,她告诉操作员把我带到大楼中间的一层。在门关上之前,她朝我挥挥手,食指和中指交叉着。

当电梯门再打开时,映入眼帘的是一个虚幻的起居室,比我去过的任何真实起居室都要舒适。还有四五个其他的申请者也在，她们手里拿着奶油色的纸，她们中的大多数人点头微笑向我打招呼（其中一个是一直在我旁边打字的女孩）。我仍然记得当我坐在天鹅绒椅子的边缘时的感受，环顾四周朴素的装饰，感受小腿上微凉的空气，聆听房间里短暂的声音，在它们被厚厚的地毯和蓬松的垫料吸收之前——我觉得我不了解我的城市。

我们所有人都避免相互注视，我们修整一下衣服上暴露无遗或微不可见的瑕疵。但我认为我们的感觉类似。除了其中一个。她是唯一一个穿着得体的人，不仅合乎季节、色彩协调，而且剪裁合身。她想做出彻底不屑一顾的表情，但失败了。过了一会儿，我意识到这是因为她几乎没有眉毛。她起身在房间里走动了好几次，似乎唯一的目的就是证明她可以起身在房间里走动——她没有被它吓倒，她属于这个房间。其中一趟她走到秘书的办公桌前，低声对她说了些什么，嘴角上扬，似笑非笑。她们低声咯咯地笑起来。

窗外，两台摇摆的起重机似乎要相撞——一种透视的结果。一台电锤钻启动，然后是另一台。刺耳的圆锯声。推土机推倒碎石的隆隆声。所有这些噪音传到接待室都只是嗡嗡声——就好像建筑工地是一个游乐场，所有的工具和卡车都是玩具。

门开了。一个穿着茶色西装的应聘者走出来。她虽然两手空空，但姿势却像是把什么很珍贵的东西捧在胸前似的。她似乎很痛苦，垂着眼向电梯走去，垂着眼站在那儿等着。秘书告诉穿着考究的女人，她可以进办公室了。女人翻她的钱包，假装没听见。秘书又说一遍，该她进去。这次女人恼怒地看了秘书一眼，合上钱包，走进办公室。电梯终于来了，身穿茶色西装的女孩冲进去，将身体贴住电梯壁，看不见了。

与之前面试的那个女孩不同，从我们所在的地方可以听到这个穿着考究的女人的声音，尽管听不清楚具体内容。她语速很快，语气活泼，不时打断自己，发出阵阵笑声。只有几次短暂的停顿，据推测，是对方在说话。秘书开始折叠信纸，塞进信封里。我们其他人假装没有注意到任何事情，全神贯注于我们的尴尬。

突然，女人的喋喋不休停止了。一个停顿。她再次开口，但似乎被打断。又一个停顿。现在她说话的声音越来越小，无论是音量还是音调。最后一次停顿，门突然打开，一股气浪掀翻了秘书办公桌上的一堆信封。女人走出来。

"好吧，我希望你能从这些人中找到一个更合适的，"她说，轻蔑地用下巴指着我们，"我叔叔知道了会很高兴。"

她按了电梯，现在是她站在那儿，愤怒而受伤地等待着。电梯在下一位申请者被叫进去后好一会儿才来。

大约半小时后，轮到我了。

我只在电影中见过如此宏大而朴素的装饰艺术范例——工业领袖、金融家和媒体大亨的标准办公室，他们通常都被描绘成无情的暴君。平行线条沿着有角度的轨迹在相互追逐，从镀铬的家具向下延伸到带图案的石材地板，向上攀登木板墙，到达窗框并进入城市，继续沿着街道延伸到周围建筑物的外墙和更远的地方，一路纵横交错，融入地平线。

一个神情严肃、戴着眼镜、看起来像个女巫的秃顶男人——瘦脸、黄眼睛、上翘的下巴上有颗痣——指一指一把椅子，然后在写字台对面坐下。在一个巨大的黄铜打火机旁边，有一个写着他名字的牌子：莎士比亚。"没有结尾的e"，就像后来我日复一日听到他重复的那样。直到现在，我才注意到清冷的空气中有浓烈的香烟和薄荷味。

"请坐，小姐。"他翻开自己的文件，打上一个勾，写几个字。"普伦蒂斯。你的打字测试令人印象深刻。"

"谢谢。"

电锤钻又开始工作。

"还有你的速记。是的，也令人印象深刻。"

"谢谢。"

"可以吗？"他指着我打好的"自传"。我交给他。

他花了很长时间才读完。读完后，他把它和我的其他测试一起归档，在桌上打开的一本册子中记下一些笔记，然后看着我。

"我们知道现在是一个非常艰难的时期，你们中的大多数女孩都在申请几乎所有可申请的工作，但我们也希望确保我们雇用的人不仅**需要**这份工作而且也**想要**这份工作。你**想要**吗？"

"我想要。"

"为什么？"

我从未想到我会如此回答。这不是计划的一部分。我没有准备。我的回答就这样自然而然地从嘴里流出来。

"为什么要在一个只生产一件东西的地方工作，当我可以在生产所有东西的公司工作？因为这就是钱的本质：**所有东西**。至少钱可以变成所有东西。钱是我们衡量所有商品的通用商品。如果钱是商品中的神，那么，"我用举起的手掌画出一条弧线，涵盖了办公室,并暗示它之外的这座大楼,"这里就是圣殿。"

长时间的停顿。

"我希望你周一下午再来进行最后一次面试。五点整到楼下报到。他们会告诉你去哪里。"

7

这是我母亲的唯一一张照片，是在她结婚前照的。她一定和我在贝维尔投资公司面试时的年龄差不多。也许年轻一点。她穿着一件在我想象中是海军蓝的高领连衣裙，中间有一排小纽扣，朴素而自信。头发松散地束在头顶。脸上透着自信与柔情。这种刚毅的善良也在她灰色的眸子里。我一直很遗憾她的相貌没有传给我。

这张仅有的照片占据我对她几乎所有的记忆。随着时间的推移，我意识到在我能回忆起的几乎所有场景中，她都穿着同样的裙子，留着同样的发式。我无法克服对母亲形象的这种简化，现在它几乎已成为我的全部印象。在南布鲁克林现在名为卡罗尔公园的地方漫步，给我洗澡，走在萨克特街，送我上床睡觉，她总是穿着假想的海军蓝色纽扣连衣裙，留着束起的头发。一个女人可以消失到这种程度，除了一个几乎不记得她的女儿之外，没有留下任何痕迹，我感到非常难过。

多年来，在读书间歇，我尝试写过一本关于她的小说。小说既未完成，又是我写作生涯中最大的错误。我在那本书上苦苦地花了这么长时间，却没有成功，母亲的质感和分量在我的脑海中永远留下一个半成形人物。我甚至开始怀疑我对她的爱。

事实很少。她出生在翁布里亚的一个小村庄，随哥哥和表姐来到美国。父亲说她有语言天赋，很快就学会说英语，而且说得非常优雅。她是一位精湛的裁缝，在附近有很多客户。人们都喜欢她。

她开始和一个叫马蒂亚的年轻人约会。哥哥和表姐不赞成——马蒂亚是无政府主义者，他们在美国最不需要的就是麻烦。我不知道是怎样发生的（我几乎是偶然得知这件事，然后多年来拼凑出这个故事），但我母亲很快就爱上马蒂亚最好的朋友，那个曾与他一起乘船渡过大西洋，在纽约一起经历过最初艰难的朋友。

不久她就怀上我，开始和父亲在一起生活。马蒂亚莫名其妙地消失了；大舅和他表亲去了中西部的某个小镇。她或她的亲戚不太可能对父亲拒绝服从资产阶级婚姻制度感到高兴。尽管如此，我认为我的父母在一起过着美好的生活。父亲总是声称世上没有比他们更幸福的夫妻。这可能是真的。我的大部分记忆，无论是真实的还是虚构的，都与一个快乐的家庭有关。当我单独和她在一起时，她会用意大利语跟我说话。大部分我已经不记得，连同她的声音一起淡忘了。

她死了，就像历史上许多女性——死于分娩。婴儿是个男孩，死在腹中。

当时我七岁，在悲伤中困惑不已。一连几个月，我无时不在体验着只有孩子才懂得的那种令人心碎、凄凉的思家之情。

很难说我在那段时间做了什么。一年来，我只是不去上学。我花几天时间在附近溜达、闲逛。和父亲下跳棋。帮他搞印刷。渐渐地，我发现了布鲁克林公共图书馆在克林顿街的分馆。无法确定我是从什么时候开始成为那里的常客，但肯定是在九岁或十岁左右,我开始在阅览室度过下午并借阅各种书籍。我痴迷侦探小说。先是柯南·道尔、范·戴恩和阿加莎·克里斯蒂。这些书(和一个友善的图书管理员)引导我发现其他作家。多萝西·塞耶斯、卡罗琳·威尔斯、玛丽·莱因哈特、玛格丽·阿林厄姆。直到我的青春期后期,这些是母亲不在时照顾我的女人。

她们小说中的秩序观念让我感到安慰。一切始于犯罪和混乱。甚至感觉和意义本身都受到挑战——人物、他们的行为和动机似乎难以理解。但在短暂的无法无天和混乱无序的统治之后,秩序与和谐总是会恢复。一切都变得清晰,一切都得到解释,一切都与世界融为一体。这给我极大的安宁。而且,也许更重要的是,这些女性让我明白,我不必遵守关于女性世界的陈旧观念。她们的故事不仅仅有关浪漫爱情和家庭幸福。她们的书中涉及暴力——但暴力在**她们**控制之下。这些作家以身作责,告诉我可以写一些危险的东西。她们向我表明,靠谱或顺从是没有回报的:读者的期望和要求就是要被故意混淆和颠覆。她们是最早让我想成为一名作家的作家。

事实上,复述这些书是我文学教育的重要组成部分。晚饭时,我会向父亲讲述整部小说,加上我的猜想和预测。他全神贯注,跟随故事情节的每一个细节,我学会如何引导他走上歧途,让他追逐红鲱鱼,以增强他对最终结局的惊喜。他会着迷得忘记吃饭。"看!我的饭!又冷了!都是你的错。"他经常在最后说,一边大笑,一边假装抱怨我。

最终,就像我在图书馆读的侦探小说一样,一种新的秩序从我母亲去世后的灾难中升起,一种有自己的逻辑和仪式的秩序。

我找不到更好的词，权且称之为新制度，是需要的结果。

除了做他的"特色菜"，父亲从来没有做过家务活，这为他周围的每个人带来巨大的工作量。他的印刷机就在我们铁路公寓最中间的房间里，很快，他的工作与我们的家庭生活、浴室与厨房、食物与垃圾、干净与肮脏之间的界限逐渐淡化并消失。维持的责任落在我身上。八岁，全权负责这所房子。如果我不洗，就没有干净床单；如果我不打扫，我们的脚印就会在尘土中清晰可见；如果我把盘子留在水槽里，它们就会一直在那里；如果我没有把父亲的工具和用品放好收拾好，墙壁、床和衣服上都会爬满黏稠的墨水污迹，它们又会进一步传染。

母亲去世后，我自然而然地充当起这个新角色，生疏地，带着一种即兴的感觉。我成了家里的女主人。我的父亲，那个无政府主义者，觉得用童工保持家中性别分工也同样自然。

除了这张照片，母亲没有留下多少东西。我记得她抽屉里的几样东西——一把锡制发刷、一套美甲工具、藏在内衣后面的几枚圣人勋章、一块破损的珍珠母表盘手表、她从来不敢戴（而我从来不摘下来）的镶有水蓝色宝石的镀金戒指，以及一些衣服。毫无疑问，父亲非常爱她，在我母亲之后，他从未与其他女人同居过。但他没有动过她抽屉里的东西，不是出于爱，也不是因为他无法"放手"。他从来没有想过要把它们清理干净。

8

在贝维尔投资公司的测试和面试中，我第一次了解到我一生中有机会多次证实的事情：离权力源头越近越安静。权威和金钱将自己笼罩在沉默之中。可以通过环绕他们的寂静的厚度来衡量一个人的影响力范围。

顶楼的接待区，坐着四位秘书，其中两位正在不停地打电话。人们进出两个侧门，偶尔停下来进行简短的耳语交谈。职员取走并递交文件。然而，除了零星的低语之外，什么也听不到。这就像，连同令人生畏的家具、人们不敢踩踏的地毯和带压抑感的装潢华丽的木镶板一起，这个房间也安装了一个柔音踏板。

我很高兴看到上一轮面试中那个穿着茶色西装的害羞女孩也进了这一关。当我坐下时，我们相视一笑。对面还有另一位身穿淡紫色连衣裙的年轻女士。显然她也是一名应征者。我的目光从一个人移到另一个人身上。她们长得非常相似。相同的黑直发、相同的深棕色眼睛、相似的身高、相似的体型。她们的脸是同一种脸型的略微不同的版本。我的脸。通过打量她们，我意识到我也是那种脸的一个变体。我们三个人是同一类型的不同体现。

害羞的女孩被告知该她进办公室了。她离开时，我发现身穿淡紫色连衣裙的应聘者正盯着我看，她紧张的表情是难以置信与义愤填膺的混合，当我们的视线短暂相接，她决绝地扭过头去，我可以看出她也注意到我们之间令人不安的相似之处。但这个不舒服的时刻转瞬即逝。她刚一进屋,害羞的女孩就出来了,又是一副目光低垂羞愧的眼神。接下来我被叫进去。

在一间让我想起游泳池的灰暗办公室的另一端(踏入其中感觉就像沉入一种不同的介质),在一张桌子后面,坐着一个男人,转椅靠背转向我,他看着窗外。窗外,与他对视的是一个焊工,坐在一根似乎飘浮在空中的横梁上。一阵眩晕的寒潮罩住我,我在门口僵住。两个男人似乎都被对方催眠了。但是当焊工整理好帽子和外套,始终盯着坐在椅子里的那个人时,我意识到,对他来说,窗户是一面不可透视的镜子。

可能受了那位焊工大胆无知的不敬态度的启发(他毫不在意脚下的深渊,一直在整理他的装束,没有意识到自己正在盯着坐在转椅里的那个有权势的男人),我也照着做。椅子里的人,不管他是谁,肯定厌倦了下属结结巴巴的阿谀奉承。我认定他会欢迎一个大胆的变化——有人来控制谈话。

"很快你就看不到太多风景了。"我说。

"我预计到月底就看不到这条河了。"

"而且看起来那栋楼会比这栋高。"

"会的。"他说着转身看着我。

安德鲁·贝维尔的脸上没有任何信息。就像我在报纸上看过很多次的照片一样,那是一张已经放弃表情的脸。模仿他的冷漠,我假装不受他的影响。

"很遗憾听到这个消息。"我惊讶地发现我的声音没有颤抖。

"没有遗憾。我拥有这两栋楼,新楼完工就会搬过去。请坐。"他指指办公桌对面的椅子。

要走一段很长的路。

"你不是艾达·普伦蒂斯。"我坐下时他说。

我感觉自己脸红了。我知道我很快就会失去因最初表现出的自信而赢得的先手。

"说不清为什么,但我想我不会以艾达·帕尔坦扎的名字来到这里。"

"说不清为什么,但我认为你是对的。但我当然很高兴你到了这里。"

"谢谢。"

靠近一些,我发现贝维尔的脸几乎是两张脸:令人惊讶的孩子气的上半部,带着非常蓝的眼睛和几乎难以察觉的雀斑,受着薄唇和严苛下巴的斥责。

"你的父亲是一名印刷工。你和他住在一起,大体在那个方向。"他指着河对岸,红钩的大致方向,"很不幸,你的母亲。我也一样,在很小的时候就失去了父母。"

他成功地吓住了我,我希望我的表情没有泄露这一点。

"不过,你在小传中为自己编造的故事非常有说服力。"他说,举着从桌子上拿起来的奶油色的纸。

"看来我的生活几乎和你的一样公开。"

他通过鼻孔一动不动地笑起来。

"奇怪的是,你竟然直奔主题。真的,这一切都与我的公共生活有关。这是我工作中不受欢迎的一个分叉。我试着把它掐去,割掉。它又长回来。总是如此。而且更旺盛。所以我决定控制它的生长。如果必须有公共生活,我宁愿公开自己的版本。"

站着焊工的横梁在他身后移动。贝维尔注意到我的目光转移，越过他身后。他转过身去。

"不明白为什么要拖这么长时间，"他转回身对着我，"就这样。实际上，这与我无关。是关于我妻子的。"

"对你的不幸我深表同情。"

"谢谢。公众对我的生活着迷可以理解。但是，当这种痴迷触及并玷污我的妻子时，那就完全不同了。她——她的形象，她的记忆——不许被亵渎。"他抿紧嘴唇，好像要把愤慨压住。之后他从抽屉里拿出一本书放在桌子上。"你读过这个吗？"

他把书滑过桌面。我拿起来。草绿色的护封，黑色和灰色的字体——这种颜色搭配让人想起美元纸币。没有配图或装饰，简单地写着：

纽带

哈罗德·范纳　著

当我打这些字时，我正在看着安德鲁·贝维尔那天给我的那本书。护封随着时间已经脆弱破损，勒口仅靠一根线与被太阳晒得发白的书脊相连。但在破损护封的下面，内封仍保留着护封褪色前的颜色。装订的一些部分与其他部分稍微分离，像一本本小册子。我发现这种破损状态与书很般配。

"没有。"我一边回答，一边翻着书页。

"好吧，那么你是少数幸运儿之一。这本书大约一年前出版。这位蹩脚作者，哈罗德·范纳先生，几乎被遗忘。这种事我不屑一顾。但他们告诉我他事业不顺。大约十年前，在写过几部还算成功的小说之后，他便失宠。书卖不出去。贪杯。或者是酗酒。常见的堕落故事。然后，在我妻子去世后不久，他开始写这本书。他见过米尔德丽德几次。社交场面上。很肤浅的。像很多其他人一样。我想他甚至可能在其中一次见过我。"

他转身快速看了一眼横梁移动的进度。已经在视线之外。但奇怪的是，在这个高度，仍可以听到窗外的声音。

"无论如何，他写了这本书。出版后获得好评。我认识的每个人似乎都读过；大家至今还在议论纷纷。我不是批评家，对文学不感兴趣，甚至没有读过书评。但我可以告诉你为什么这本书会引起轰动：因为它显然是关于我和我妻子的。因为它让我们看起来很糟糕。"

他看着我，也许是在期待我的反应。我感觉保持沉默比提出任何问题或评论都好。

"朋友和熟人告诉我，他们为这本书感到非常遗憾。你知道这有多烦人吗？因为他们在表达同情的时候，也让我知道了他们读过这个垃圾。每个人似乎都读过这个垃圾。每个人都看得出这是关于我们的。你会亲眼看到的。不可能是任何别的什么人。也许是因为其中有一些模糊的真实细节，人们便认为书的信息来源是可信赖的。甚至还有记者顺着书中的线索，试图证实某些场景和段落。你能相信吗？现在，这本虚构小说中的虚构事件在现实世界中比我生活中的真实事实拥有更强烈的存在感。"

他的脸上慢慢展现出一种愤怒的表情。他深吸一口气。

"我直说吧。这只不过是诽谤性的垃圾。投机分子的恶意中伤。我的商业行为被严重歪曲。把我描绘成赌徒，骗子。声称我已经过气。说我老了，我的时代结束了。已经与时代脱节，明显在衰败。看看窗外。这座新大楼是失败吗？"他阴沉地停顿了一下。"总之，这一切都无关紧要。我已经习惯被抹黑。但是米尔德丽德……这个恶棍对米尔德丽德做了什么……把一个最温柔的女人描绘成患有严重……"他摇摇头，"我不允许这种可耻的捏造变成我一生的故事，因为这种卑鄙的杜撰会玷污关于我妻子的记忆。"

我把书放回桌上，不想因为靠近而与它联系在一起。

"我的律师已经在和范纳先生打交道。但我感觉现在是我出来发声的时候了。各种各样的谣言一直围绕着我。我已经习惯了，不去否认谣言和八卦。否认始终是另一种形式的确认。我厌恶任何形式的公开声明，但这种虚构需要用事实来反驳。我将提供事实。我要请你，帕尔坦扎小姐，帮我写自传。"

我们对视片刻。

"但是，先生，我不是作家。"

"天哪，我最不想要的就是作家。该死的作家。我需要一个秘书。我知道你是一位出色的速记员和打字员。我来说；你听写。从你这篇自传中我可以看出你有文笔。"他又看了看那一页纸，"'从无形的未来雕刻出我们的现在。'你也有爱讲故事的天分，这可能会派上用场。"

他看着手表。

"让我们下周开始吧。在我家。同时，我必须要求你严守秘密。对任何人都不能讲一个字。"

"当然。"

"去找外面的女孩。她们会将所有的细节告诉你。谢谢。"他试着微笑。"把书拿走。"

当我走回门口时,我听到贝维尔拿起话筒。

"让另一个女孩走吧。"

9

我回到家时,杰克正在和父亲一起配着啤酒吃三明治。我就是看不惯他的胡子。看上去像是假的,就好像是贴在脸上似的。他的这张脸从我们小时候就没有改变过。

杰克还叫贾科莫时我就认识他。我母亲去世后不久,他一家人搬到附近。那时候,在我的悲痛中,没人能和我打交道,我也没有兴趣结交新朋友。但几年后,在我们十几岁的时候,我们约会过一段时间。那时候,我们在周末沿着河边荒凉的街道长距离走路,其间他默默地计算下一个接吻的最佳地点,而我则试图弄清楚我是否想再次被吻。约会持续了几个星期,后来我们逐渐疏远,在附近的大部分时间都互相避开。最终他离家去芝加哥上大学,这让我印象深刻。两年后他回来,换了一个人。就像在梦里,是他又不是他。他换上一身新装束,词汇量见长,还有那个小胡子。全新的杰克和全新的角色:他现在是一名记者。他说,大学是荒废时光。真相在校园外,在街上。他迫不及待地想进入现实世界,留下自己的印记。我们开始以一种松散、模糊的方式相互接触。我感觉我想被他迷住的渴望比我对他的渴望更强烈。

父亲看到我又穿着母亲的衣服时,眉头微微一拧,但他立即举起酒杯,邀我加入。杰克分给我一块三明治。

"反正。我会很快就讲完这个故事,"父亲说,"他们已经抓走保罗,我不能回去,我前面就是路边的这群人。其中之一是警察。我能看见他。但是他没看到我。"

杰克面带着谜之微笑听着。

"我能做什么?"父亲耸耸肩。

"是啊,你做了什么?"

"我向前走,听天由命。我需要给警察编一个故事。也许我之前把包落在了市场上,有人把那些小册子塞在里面。但我还有枪。我也许可以解释其中的一件事情,但是小册子和枪都编进故事?不可能的。"

"但是警察没有看见你。你就不能把包和枪扔掉,等会儿再回来取吗?"

杰克没有注意到父亲眼中闪过的恼怒。

"不行,"父亲很快说,清了清嗓子,以先前的热情继续讲他的故事,"所以我继续往前走,像这样把枪搭在胳膊上。"他在前臂搭上一条厨房毛巾。"就像我见过的猎人那样。'我会从警察身边走过,'我想,'然后挥挥手,就像我是一个在散步的猎人。'你知道吗?"

"不错。"

我让杰克递盐,他递给我。

"啊!不,不,不,不!"父亲对杰克大吼大叫,"放下,放下,放下!你还是意大利人吗?切勿将盐从一只手传到另一只手。晦气!你还撒了一些!"他捏起一小撮盐往左肩后扔去。"这样。这样就行。"

他镇定下来。

"所以我越来越近。他们注意到我。我在冒汗。警察现在直视着我。我面露微笑,流着汗。警察开始朝我走来。要担心的不只是我包里的那些小册子。还有关于我们团体的所有信息。所以我一身冷汗。我现在可以看到警察手里拿着枪。"

"不!"

"我们一直朝对方走去。他朝我挥手。路边的人动起来。我现在看到他们正站在地上的一大团黑色的东西周围。'枪里有子弹吗?'警察问。他很紧张。'没有,先生。'我说。'你有子弹吗?'他问。我决定坚持猎人的故事。'当然,'我说,'我在打猎。''很好,'警察说,'跟我来。'当我们走近路边的人时,我看到他们站在一匹马旁边。一匹倒在地上的马。受伤了。"

"什么?"

"是的。受伤了,看上去很痛苦。'我的枪卡壳了。'警察说。但从他的表情上,我知道。我看得出来。他的枪没有卡壳。你是说他的马断了一条腿**而且**他的枪卡壳了?他的枪没有卡壳。他爱他的马,他不忍射杀它。我看得出来。"

父亲停下来,确信杰克完全被迷住了。

"现在。子弹在我的包里。我把包放下。打开。伸手去拿那捆小册子和文件下面的子弹,合上袋子,给枪装上子弹。我的手有点颤抖。完成后,我把枪交给警察。"

"难以置信。"

"等等。警察不接枪。"暂停。"他对我说:'你来吧。'"

"什么?他叫你去做?"

"是的。他是在胁迫我这样做。因为他爱他的马。我看得出来。所以他做不到。但我也做不到。"父亲大笑,"我不能杀马!

它用黑色的大眼睛向上看，喘着气，祈求怜悯。我不能杀死那匹马！"

"那到底发生了什么？"

"我指着那匹马对警察说：'先生，你的好朋友需要你。'然后我看着站在周围的人。'对吗？'我问他们。他们中的一些人点头。'你现在不能让你的好朋友失望。'我告诉他。所以他也没办法。你知道。会传出去。一个不能射死马的警察？想象一下吧！所以他接过枪。他的手比我的手抖得还厉害。他瞄准目标，仍然在发抖。然后，在长时间的停顿之后，朝马的头部开枪。"

戏剧性停顿。

"然后他把枪还给我，谢过我，然后我走开。"

"不可思议。太不可思议了，"杰克摇着头说，"艾达，你知道这个故事吗？"

"知道。"

"不可思议。"然后他回头看着父亲，"你应该把这些故事写下来，知道吗？"

"呸。"

"不，这些都是重要的故事。也许我可以帮你？我们可以一起写。找地方发表。"

"呸。再说吧。"父亲起身拂去胸前的面包屑，任由它们撒落在厨房的地板上。"可是故事还没有结束！斗争还在继续！事实上，我要去参加一个集会。"

"等等，"我说，"在你离开之前，我有一个消息。我刚找到工作。"

"刚刚？"杰克问，"难怪你看上去这么漂亮。恭喜！什么工作？"

"哦，只是一份办公室工作。你知道的，听写，打字，诸如此类的事情。但这是一个永久性的职位。而且薪水真的很好。"

"真是个好消息。"杰克握住我的肩膀说。

"嗯，"父亲说，"我要出去。"

他离开了，我一边收拾桌子，一边告诉杰克，我非常感谢他过来，给父亲带来啤酒，听他讲他的老故事。这对他意义重大。我开始洗碗。

杰克走过来，靠在我身上，吻我的脖子，抱住我。

"啤酒和午餐是为我俩准备的，"他在我耳边低声说，"我以为你父亲不在家，我不知道你不在。"

"你很可爱。"我转过身，手还在水槽里，轻轻吻了他一下，然后回去洗碗。

"实际上，我想我可能也有好消息。《鹰报》和《先驱论坛报》对我给他们看的文章很感兴趣。现在说还太早。但还是，非常有可能。"

我面对着他，擦着手。

"你现在才告诉我？《鹰报》和《先驱》？杰克！好极了！我告诉过你，一切都会好起来的。你给他们发了什么文章？"

"别急。就像我说的：还为时过早。但是，你知道，十分有希望。看起来非常好。"

我开始擦碗碟。杰克再次从背后抱住我。

"值得庆祝。"他喃喃地说。

"非常值得庆祝,是的。不过,我今天必须为我的新老板读这本书。也许我拿到第一笔工资后可以请你出去吃饭?找一个高级的餐馆。我们一直想去蒙特餐厅。"

他从我身边走开,我及时转身看到他的嘴唇因恼怒而短暂地扭曲,然后才平缓成一种中性的表情。

"其实,我该走了。"他看着手表,"我需要跟《镜报》的编辑保持联系。不放过任何机会!"

"我为你骄傲。"

"还没有。但很快。"

他亲了我一下就走了。

10

《纽带》首先不仅仅是文学，还是证据。我不仅仅是一个读者，还是一名侦探。

里面一定有线索。无论表面上如何，哈罗德·范纳都见过贝维尔夫妇。他圈子里的人肯定也认识他们。小说中的某些元素一定是基于现实。当然，当时我无法分辨事实与虚构（即使我后来与贝维尔多次会面，这种区别仍不甚了了），但我猜测有一个真实的内核隐藏在文本中。范纳对安德鲁·贝维尔和米尔德丽德·贝维尔真正了解多少？为什么像贝维尔这样有权势又忙碌的人会费心去挑战一本文学作品？小说中一定有一些具体的东西贝维尔需要打压和反驳。这些东西是显而易见的吗？范纳是偶然发现了什么，还是他在书中向贝维尔发送某种隐晦的信息？这部小说在有意或无意间揭露了一些重要事实，揭露了书中描述的人物。真相也许就在所有那些困扰贝维尔的歪曲变形和不实之处。

然而，当我继续阅读时，文字本身而不是内容成了我关注的焦点。它不像我在学校读的那些书，也与我过去常常从图书馆借的侦探小说不一样。后来，当我终于上大学的时候，我将有能力追溯范纳的文学影响，并从形式的角度探讨他的小说（即使他从未在我所学的任何课程中被指定为必读书，因为他的作品已经绝版而且很难找到）。然而那时候我从未体验过那种语言。它打动我。这是我第一次阅读介于理智和情感之间的模糊空间的东西。

从那一刻起，我就把那个模棱两可的领域确定为文学的专属领域。我在某个时候也明白，这种模棱两可只能与极端的自律相结合才能奏效。范纳的句子冷静而精确，他不用华丽的辞藻，不情愿使用我们认为是"艺术散文"的修辞手段，同时仍然保持独特的风格。他似乎在暗示，清晰的表达是隐藏更深层意义的最佳场所，就像一个透明的东西堆叠在其他东西之间。在那之后，我的文学品味发生了变化，《纽带》已被其他书籍所取代。但范纳让我第一次瞥见理性与情感之间那难以捉摸的区域，并让我想在自己的作品中描绘它。

后来，我读了该书出版时出现的一些评论。即使大多数评论都或多或少表达了赞誉（《国家》杂志将其列为"年度关注图书"之一，它还进入了"《哈泼斯》杂志读者的圣诞书单"），但反应并不像贝维尔所说的那样全是赞美。《大西洋月刊》刊登了一篇罕见的全盘肯定的评论。其中一部分写道：

> 我们的经典文学作品中充满关于阶级和炫耀性消费的故事，以及与财富相关的束缚性礼仪或不受约束的怪癖。但很少有像《纽带》这样的小说，关注资本积累的实际过程。即使那些尝试批判为富不仁和不平等的叙述，也几乎总是最终被它们原本要揭露的炫耀和贪婪迷惑得头晕目眩，而范纳先生则巧妙地避开了这个陷阱。

但是也有一些毫不留情的评论。一些评论家斥责这本书完全是衍生物（《新共和》称其为"抄袭"），并指出亨利·詹姆斯、康斯坦斯·费尼莫尔·伍尔森、阿曼达·吉本斯和伊迪丝·沃顿对其无可辩驳的影响。《纽约客》称它仅仅是一部因"内容丑恶而轰动的小说"。它之所以赢得臭名是因为这是一部明显的"影射小说"（引号里的两个法语短语都出现在评论中），影射的是一对显赫而神秘的夫妇，因为每一个人都想知道他们的故事，无论是真实还是虚假的故事。

我刚读完《纽带》，就又重新开始。从我与贝维尔的简短会面中，我已经可以看出他和拉斯克之间存在差异，在接下来几周的多次谈话中，我将能够证实这一直觉。真实的那个人比他的虚构化身更直白，不那么神秘和保守。然而，他们确实像是两个远房亲戚。

描述拉斯克金融交易的段落需要费更多气力，即使当时我不熟悉范纳小说中的许多术语，但对整个操作的描述已经足够清楚。尽管拉斯克的行为违背我的道德想象，但我毫不怀疑它们是模仿真实操作的。在我们的谈话期间，贝维尔本人证实了这一点。好几次，他以运动员的自豪感告诉我，他如何能够先于竞争对手的思考并将他们变成他的猎物，以及后来，在1929年，他如何智取整个市场，让市场与自身缠斗，他坐收渔利，发了大财。在与贝维尔合作时，我会浏览那个时期的报纸和书籍，其中有对金融操作的非常详细的旁证和描述，它们与小说（有一些不实和夸张）和他的当面陈述（有一些粉饰和自夸的修饰）相吻合。不仅如此：我发现范纳和贝维尔都在他们的叙述中对其中一些出版物进行了洗稿。

本杰明·拉斯克的妻子海伦，对我来说是这本书的绝对中心。我很快就认同了她。我们俩都喜欢孤独,在大多数情况下都没有朋友。我们都有专横而功能失调的父亲,被半生不熟的教条所吞噬。我们都是年轻女性,试图在狭窄的缝隙中成长,希望在我们的成长过程中冲破并扩大我们的生存空间。我觉得范纳尊重海伦,始终与她保持一段距离。他了解她——并通过她了解我。也许是因为这个故事在我身上引起了个人共鸣,我发现小说的最后一部分,每一次阅读,都让我越发恼火。他为什么要毁掉海伦?为什么在她生命的最后时刻用如此暴力的方式虐待她的身体?而且,最重要的是,为什么要让她发疯?显然,他对米尔德丽德·贝维尔的故事进行了各种随意的处置,可以给她任何命运。那么,为什么偏要这样?为什么要毁掉她的心智?

时隔多年回首往事,与小说初遇对我的主要影响仍历历在目。读完之后,我觉得自己已经为第一次采访安德鲁·贝维尔做好准备。更重要的是:虽然这是一部虚构作品,但这本书让我相信我掌握了关于他生活的一些基本真相。我仍然看不出这个真相可能是什么,但我仍然相信自己在某种程度上占了上风。

第二部

1

  石膏摆设和花环下的售票亭。壁炉旁，各种展览的横幅广告。"金、银、铜：世纪之交的美国装饰艺术。""掉入兔子洞：维多利亚时代儿童读物插图。"花香空气清新剂。穿过前厅是大厅——现在是一家礼品店。图案不协调的长条地毯爬上楼梯。同样的火镀金壁灯。同样的大理石台面落地柜。同样的直背椅，但扶手上系着红绳。

  我对自己的领土意识和愤慨情绪感到惊讶。将房屋翻修并把它改建成博物馆的建筑师做出意料之中的决策，以大胆的当代玻璃立方体打破原本的法式艺术气氛，用纪律严明的直线约束过分复杂的原初设计。所有的标识都是无衬线字体，肯定是故意以其与历史不符的简约设计表现出不敬。

  我的烦躁和占有欲让我很困惑，因为当我第一次来到这里时，我觉得这个地方奢华得令人恶心。我应该很高兴看到它被亵渎。然而这个转型的贝维尔故居却让我对它感到更加恼火。

  我特别反感礼品店，我甚至毫无由来地讨厌柜台后面的年轻人。我往里面张望，无缘无故地找碴发泄。背景音乐播放着轻柔的禁酒时代的荒诞曲调。各种笔、杯子和明信片上都印有馆藏物品和博物馆标志的复制品。专门有一面墙上挂满了咆哮的二十年代的小玩意儿：平底帽、羽毛围巾、腰瓶、缎面手套、烟嘴和舞女服装。旁边是专为弗朗西斯·斯科特·菲茨杰拉德而设计的一条意大利式贡多拉小船，上面摆满他的作品，传记和批评研究，以及不同语言的《了不起的盖茨比》。

当然，没有哈罗德·范纳的《纽带》。

最初，我是通过范纳看到这所房子的。在第一次踏进这里之前的几天，我读完了他的书。虽然他的描述非常简短，但我对这个地方的最初印象在很大程度上受到他的描写的影响。在他小说的第二部分快结束时，虚构的贝维尔夫妇终于相遇。范纳的书简洁而略带偏差地展示了这座豪宅，还记录了海伦·拉斯克对它的反应。

"她没有被搞得神魂颠倒，"范纳在讲述米尔德丽德的替身时写道，"当她初次来到拉斯克先生的奢华住宅时，没有什么能让她心潮澎湃，她甚至感受不到那种超越物质束缚的生活所带来的短暂且引人共鸣的快感。"

这正是我年轻时第一次来到这里时打算做出的反应。我决心表现出冷漠和不屑。但我失败了。这座房子当时处于鼎盛时期，它的辉煌让我陷于难堪。它让我觉得高攀不起。感觉自己局促不安、灰头土脸。它让我感觉像一个乞丐，即使我没有乞讨。我被折服，是的。但作为我父亲的女儿，我也对这所房子和我对它的顺从反应感到厌恶和愤怒。这与海伦的冷漠相去甚远。

如今，当我在走上通往图书馆的楼梯之前四处闲逛时，我对这所房子的体验更加矛盾。我莫名其妙的占有欲和愤慨（"我知道这个地方曾经是什么样子"）与我年轻时没有感受到的冷漠（毫无感情地把霍尔拜因、委罗内塞和透纳的作品堆在一起并不构成画廊，而只是一个奖杯室）混合在一起，还有一种强烈的渴望（几十年后回到一个对自己充满意义的地方，你会发现自己可以变得多么陌生）。

我走上楼梯间，环顾四周，试图比较过去和现在的印象。我应该拿出绘画、雕塑、小雕像、瓷器、花瓶、钟表和吊灯的清单吗？我应该描述豪华的房间吗？我应该指出它们的功能以及应该在一天中的什么时间使用它们吗？我应该尝试传达它们的尺寸吗？我应该说明整个房子使用的丰富面料、稀有宝石和独特的木材吗？我应该对不同种类的家具进行分类吗？我应该提及曾经在车道上排队的汽车的品牌吗？我应该说三十年代这里雇佣多少仆人吗？我应该列出他们的不同职责吗？

这让我想到楼下礼品店出售的与《了不起的盖茨比》相关的商品。我不想沉迷于对遥不可及的奢侈品的描述。就像范纳一样，我不愿意细想这个地方的豪华。我是来读文件的。没有其他目的。

在楼梯的顶端，我向左转，沿着长长的走廊走下去。有几扇门是开着的，显露出房间里护栏后面陈列着的绘画和装饰物品。我清楚地记得哪扇门通向米尔德丽德的房间。现在，和那时一样，它是关闭的。走廊的尽头是图书馆。

他们把东西搬来搬去。现在这里的书比以前少（大部分可能都堆在看不见的地方），我喜欢专门为实际工作而设计的家具，一排排功能性的书桌，配有实用的台灯和耐用的椅子。一些顾客在翻阅大型艺术书籍并做笔记。图书管理员出来迎接我，然后我们走回他的位置，他把我介绍给他的两个同事。我将要求阅览不对公众开放的材料的信递给他，他接受了，并为这种必要的手续道歉。

我问他，什么样的文件和书籍顾客索要最多。他告诉我，大多数访客都是研究这里丰富的艺术收藏的学者或学生。拍卖行的估价师几乎每天都来。

"事实上，"他说，"作为一名作家，你是这里的异类。"

我们谈论我正在寻找的材料。当我索要米尔德丽德·贝维尔的文件时，三位图书管理员面面相觑，咯咯地笑了起来。

"哦，我祝你一切顺利，"负责人说道，而另外两名图书管理员则用力地点头，"贝维尔夫人的笔迹很难认。"

"我们称它们为伏尼契手稿。"三人中最年轻的那个调皮地咯咯笑着说。

这是图书管理员的业内笑话。伏尼契手稿是一本十五世纪的羊皮纸卷，保存在耶鲁大学拜内克善本和手稿图书馆。关于这份手稿，人们似乎知之甚少。从插图上看，是关于未知植物物种和宇宙学的论述。这份手稿可能来自中欧的任何一个地方，而且是用自造的文字书写成的，让几代学者都感到困惑。尽管投入大量时间和资源，但世界各地的语言学家、密码学家甚至政府机构都未能破译它。

馆长也咯咯地笑，但很快又恢复专业语气。

"贝维尔夫人的档案中有太多我们无法弄清楚的东西。这影响我们为她的文件编目。我们不得不仅根据格式和大小而不是主题对这些资料进行分类。因此，如果你发现盒子里的内容有些乱七八糟，我们提前表示歉意。"

我坐在其中一张桌子旁，拿出我的笔记本和铅笔（这里不允许使用墨水），等待我的盒子送来。

2

我被告知使用用人入口，该入口通向工作人员的小型接待区。在那儿，我被带到一把椅子前。我很高兴在进入生活区之前进入这个中间区。一位女仆把我介绍给了管家克利福德小姐，她是一位举止像祖母长相却年轻的女人，她给我倒上一杯茶，我因紧张不想接受。但她还是给了我，称我为"亲爱的"。

一个似乎在扮演电影中的管家的人走进来，对着房间而不是对着我说出我的名字，之后转身离开。克利福德小姐接过我的杯子，示意我跟他走。管家带我穿过一条通道，上了楼梯，然后走过一条狭窄的走廊，就像剧院的后台。他从不回头看我是否跟着他。最后，我们穿过一扇包着粗呢的门，进入房子的主体部分。我刚踏上地毯，就感觉自己像一个擅自闯入者。我们穿过壮观的客厅。管家敲敲门，我被领进了贝维尔的书房。

在他有限的表情范围内，他对我表示热烈欢迎。我们寒暄几句，他让我在摆着打字机的办公桌前坐下。

"在我们开始之前，"他说，从边桌上拿起一些文件，"我们需要履行一项重要的法律程序。你要在这些文件上签字。它们基本声明，在任何情况下，你都不得讨论、分享或评论此处提及的任何内容。我想亲自把这份文件交给你，让你知道我是多么认真地对待这个问题。如果你遵守这些规则，就没有什么可担心的。这份文件不会对你的生活产生任何影响。但如果你不签字，我们恐怕无法开始。"

我没有看文件就在上面签了字，因为我别无选择，而且当时我也无意泄露他的任何秘密。

或许我仍然受该保密协议的约束，这并非不可能。到目前为止，这份特殊文件在我对贝维尔卷宗的档案研究中还没有出现。遗产律师告诉我，当时聘用的律师事务所已经不存在。这件事我打算到此为止。

"你已经读过那本书了。我们无需再讨论。我知道，你来到我的工作场所这件事本身说明，你已经明白我是一个认真的商人。当然，这个问题，我们会详细讨论。但我相信你现在明白我的愤怒是多么合理，我们必须非常迅速地工作。有问题吗？"

"没有问题。"我知道，在这个时候，没完没了地询问范纳小说与贝维尔真实生活之间的关联性很不明智。

"好的。我们要这样进行：我将直截了当地口述我的故事，你把它记录下来，在必要时重新构思句子，以确保整个故事的连续性。去除多余和前后矛盾的内容，理顺事件的顺序（你知道人们在谈话中往往会跳来跳去）。确保其中没有对普通读者来说太突兀或太晦涩的情节。也许可以偶尔添加一些点缀。就是做一些小的改动，只是为了读起来更顺畅，你明白的。当然，我来提供故事的内容，但所有小的细节和整理工作都交给你。"

"当然。"

我对工作的预期范围里不包含纠正他的风格，或实际上为他**写书**。我内心认定，事情会随着进程变得清晰起来。

"我也希望，在有关贝维尔夫人的段落中，你能提供一个……女性笔触。"

我点点头,同时仍在努力为自己定位。

"我既然提到了我的妻子,在你读过的那本小说中有一件至关重要的事情,你永远不能忘记。正如我之前所说,我的妻子从未患过任何类型的精神疾病。米尔德丽德是一个目光敏锐、沉着冷静的女人。像她这样善良柔弱的人,怎么会受到这样的诽谤?这就像嘲笑一个孩子。"他停下来,先看看墙壁与屋顶的交角,然后看看自己的手。"而且怎么会有人暗示我在某种程度上对她的死负有责任呢?那个无赖写手怎么会想到,甚至会付诸白纸黑字,说我会允许让她接受一些疯狂的医学实验?你必须意识到我无论如何不能让这种说法成立。"他眼睛转向我,仿佛要确认这些话已经牢牢印在我的脑海里,"的确,她是在一家瑞士疗养院去世的。但是这是因为癌症夺走了她。"

"我很遗憾。"

他举起手掌阻止我。

"不必。开始工作。"

"先生,如果你不介意,我倒是愿意坐在那边,在那张沙发上。我不需要打字机。我用速记记下,然后再转录。"

他有些吃惊。

"我认为谈话,如你所说,最好在一个不那么像办公室的环境中进行。"我说。

一段停顿,他在思考。

"好吧。如果能让你更舒服一些的话。"他指指沙发,然后自己坐在我对面的扶手椅上,"让我们开始吧。"

3

在我离开贝维尔家的时候，管家递给我一个信封，说里面装着我的第一份预付周薪，还有初始费用。也许我需要一台新打字机和办公用品。也许我可以买些新衣服？我记得当他说出这最后一个建议时，他是如何沾沾自喜地展示小聪明，却显得分外愚蠢的。

我穿过第五大道，在公园里找到一张安静的长椅，坐下来查看信封里的内容。

我的成长经历一直让我认为金钱是肮脏的东西。而且那些我经常经手的、油腻皱巴的一元美钞和五元美钞上的污垢也带有道德性，因为这些钞票实际上是"沾满了被剥削群众的汗水"。多年来，随着我逐渐摆脱父亲的教条，我对钱的道德排斥逐渐变得冷漠。我不再赞成或反对金钱的物质表现——我只是将其视为我们进行商业交易的有形工具。

然而那天在中央公园，那个信封里似乎装的不仅仅是钱。我一生中手里从未拿这么多现金。十张二十美元的钞票。（当时我们的租金大约是每月二十五美元。）它们是崭新的，紧紧贴在一起。想知道钱的真正气味——而不是多年来触摸过它的众多手的气味，我把鼻子探进信封里。它闻起来就像父亲。但墨水味道下面，它也传出一股来自森林的气息。透着潮湿的土壤和未知的杂草的微妙气息。仿佛这些钞票是大自然的产物。我翻着信封里的纸币，发现它们的序号是连续的，这是我以前从未见过的。我打了一个激灵，想到在我手里的二十美元钞票之前和之后印刷的数百万张钞票，以及它们所代表的无限可能性。它们可以购买的物品，它们可以解决的问题。父亲是对的：金钱是一种神圣的本质，可以体现在任何具体的形式中。

当天，我在布鲁克林四处办事。尽管我不喜欢那个管家，但他也没说错：我需要新衣服。此外，考虑到也许是贝维尔本人指示他告诉我要换一套新装，我决定立即去做这件事，因为我知道父亲那个下午不在家，我不想让他看到我提着购物袋回家。

我费了一番功夫才说服霍伊特街马丁店的女售货员，我尽管想看上去穿得时髦，但不想吸引人们注意我的服装。她不断问我老板和办公环境如何。我含糊其词，最终挑选了她觉得过于古板的一套衣服。

"像你这样有魅力的人……不应该躲在这些鼠灰色的衣服后面。"她说，但还是对我沉闷无趣的选择让步了。

下一站是我们的女房东。我们一直没有被赶出去的唯一原因是她爱我的母亲，因此觉得对我有义务。但她几乎同样不喜欢父亲和他的半神秘的印刷业。我们每次迟交房租，我就更像是父亲的女儿。付钱给她总是需要大约一个小时。她想要这笔钱，但又觉得拿着它很不舒服，因而总是觉得有必要和我聊上一阵家长里短，让我在她家门口待很长时间。这种亲密的幻觉在两周后冷却下来，到月底则完全消失。

类似的事情发生在我们赊账的商店。如果说我因为赊账几周甚至几个月而感觉羞愧，那么店主现在也羞于接受本应属于他们的钱。他们的尴尬让我们就各种琐碎的话题展开长时间的交谈。我离开时还得到一些小恩惠。

我和父亲安静地共进晚餐，他没有过问储藏室里所有食物是哪里来的。

第二天，我让杰克帮我挑选一台打字机。我认为这会让我们有事可做（我们在一起的时间越来越漫无目的），也许他可以就此展现一下他做记者的知识面。他告诉我他曾在芝加哥为几家小报纸做过一些工作，我从他的描述中推测他精通打字机和办公室里的杂事。

我们在布鲁克林市中心靠近法院的一家办公用品商店见面。这家商店出售、出租和维修打字机。杰克的帽子向后倾斜，嘴里叼着一根香烟，问了很多问题，试了不同的机器。然而，很明显，他对打字一窍不通。他测试了几种模型，用两个食指尽可能快地敲击"alalalalalalalalalalala"。在杰克和一位推销员交谈时，我迅速试了几台打字机，希望他不会看到我。当我决定买一台二手的皇家牌便携式打字机时（尽管"e"带墨水过多，打出的字像黑眼球，而"i"经常没有点），我既没有意识到他来到我身边，也没有停止打字。他什么也没说，但我能感觉到他的怨气。更加于事无补的是，他又看到我拒绝用分期付款方式而是全额支付了27.50美元。

在我们回去的路上，他跟我讲了他有希望的线索、独家新闻和他的预感。他结识了许多不同新闻编辑室的人，他希望很快能够把这些联系起来——他只需要找到完美的故事，把故事送给完美的编辑，刊登在完美的报纸上。这就是他需要的一切：打开大门。然后他就能成为一名专栏作家。

"这只是时间问题,"他说,"但是时间越来越……"他尴尬地停顿了一下,"昂贵。"

我停下来捂住嘴,表示惊恐。

"我很抱歉。我不敢相信我一直没有主动提出。"我把手伸进钱包。

"不,不!我不是这个意思……"

"让我们不要又来一遍。"我递给他一些钱;他盯着人行道。"请。拿着。为了我。"

他迅速把钞票装进口袋,一直不抬头,喃喃地说着感谢的话,并承诺会还给我。我们继续往前走。

"给我讲讲你的新工作,"他说,恢复了正常的语气,"为什么需要打字机?你不在办公室工作吗?"

"我还不确定。昨天我们在他家工作的。他说他不再喜欢去市中心。他每天下午在家工作。这就是为什么我需要在家里把笔记打出来。也许过些日子我们会在他办公室见面吧。我不知道。"

"等等,你在他家?"

"是的。"

"独自?"

"但他身边有许多员工。"

"可是,你们两个人单独在一起。"

"是的。"

"这我不喜欢。"

我们默默地走着。这让我想起了我们十几岁时安静地沿着水边散步，期间他会全神贯注地计算着他下次应该吻我的时间。

"这家伙到底是谁？"

"一个商人。"

"这个商人有名字吗？"

我又停下来。

"听我说。我不会要求你相信我。我不会给你一些对你没有意义的名字，只是为了让你感觉好些。我也不会说任何安抚你的话。"

当我再次开始向前走时，杰克生着闷气跟在后面。我意识到我说最后那几句话时，我的语气平缓，镇静，面无表情，就像安德鲁·贝维尔一样。

4

下一次我见到贝维尔时，他患了重感冒。但他还是遵守了我们的约定。他说，既然病了，他觉得花时间在"这件事"上，而不是做真正的工作，不会让他感觉太糟糕。那是一个炎热潮湿的纽约夏日午后，是得感冒最难受的日子。

我递给他我们第一次谈话的速记打字稿。我想我已经把他说的话缩减成简练、犀利的句子。我相信，文字听起来很有男子气。传递了一种不耐烦的风格，也是对范纳小说的一种无言却又激烈的谴责。我在任何时候都没有偏离他在叙述中呈现的事实。

他当场就读起来。在我看来，他读得太快，无法理解文本中严厉但微妙的语气。

"好吧。"他说，擤了擤鼻子。他在出汗，也许有些烦躁。"你的笔记很忠实，基本事实都在里面。有几件事情需要修改，一会儿再说。问题是这没有反映出真正的我。"

"我可以向你保证，我接近……"

"就像我刚才说的，你确实做了忠实的笔记。但如果我雇人来只是为了转录我的话，我可以用录音机。你的转录中丢失的内容太多。太平淡。并且充满疑虑。你真了解我的工作是什么吗？"

"不。"

"感谢你没有尝试回应。我的工作是保持正确。总是正确。如果我错了，我必须利用所有手段和资源，按照我的错误来扭曲和调整现实,让我的错误不再是错误。"

"我要把这段话记录下来,写进你的书里。"

"我不知道你是在讽刺还是真的这么天真。不管怎样,别让我后悔雇用你。"他再次擤鼻涕,拿起电话:"茶。"他挂断电话,"你的文字太优柔寡断。"

"我会重写。"

"好。因为感冒,我不知道今天还能坚持多久。但有一件事是关于我父母的。不,还不需要拿记录本。那本小说中令人发指的指控,我不想屈尊回应。但我确实想让你明白,一切都是假的。想象一下,我父亲怎么会在古巴过着双重生活。他确实从事烟草贸易——正如他有许多其他业务。但很难想象他会迈出国境之南一步。"他差点笑出声来,"还有我母亲……"

有人敲门。讨厌的管家端着茶走进来。他严肃地、无声无息地给贝维尔倒了一杯,然后离开。

"我的母亲,"贝维尔在门关上后继续说道,"抽烟?雪茄?和那些……**朋友**?仅凭这一点,范纳就配得上他现在的命运。"咳嗽。"再说一遍,我不想直接回应这个问题。不过,我们会找到其他办法。"炎热、咳嗽和茶让他汗流浃背。"让我们回到我的慈善事业。"

我拿起记事本,坐到另一张沙发上。不知何故,我发现,我有必要向他显示,我的座位由我选择。

"你为什么不先再多讲讲你父母的事。"

在他脸上没有表现出来的愤怒全都体现在他用力把杯子放回碟子上。我犯了一个错误。在过去,果断曾对我很有帮助。也许我可以通过坚持自己的错误来为自己开脱。

"也许因为失去父母,这种不幸可以解释你如何从祖先那里获得灵感。这可能对解释你所有慈善工作的背景有利。展示最初是什么吸引你从事这种工作的。"

"女性笔触。"他是否有点软化呢?"你似乎没有认真听我说。我要有决断力的文字,而不是糊弄人的东西。"他擦了擦额头,突然显得疲惫而虚脱。他可能在发烧。

"不过,我想我明白你的意思。你想知道什么?"

"你为什么不告诉我一些早期的记忆。一些带有童年场景的段落可以很好地打破僵局。展示你是如何成为今天的你的。你觉得你母亲在你心目中的第一个形象是什么?"

一个停顿。他咳嗽着擦了擦额头。我也开始冒汗。长时间的沉默让人不舒服。但我拒绝打破它。

"她死的时候。"

又一次停顿。

"当她去世时,我这样问自己。我想到的是寻找复活节彩蛋。"

寂静开始重新积累。

"她是一个很有爱心的女人。这让她的缺席变得难捱。聪明。她很聪明。她发现了我早熟的数学天赋。她经常旁听我的课并纠正家庭教师。在这一点上,她很像米尔德丽德。两位才华横溢的女性。"他用他惯常的方式从鼻孔里发出笑声。"大批家庭教师被解雇。一个接一个地。她说,他们都配不上我的才华。有一段时间,她开始要求我解雇他们。我不得不告诉他们被解雇了,还要解释原因——他们没能教给我任何东西,等等。第一次这样做时,我大概只有六七岁吧。"他要么是阴阴地笑了笑,要么是清了清充血的鼻子。"我还记得那个人脸上的困惑表情。"

他似乎筋疲力尽。

"这个过程毫无意义。我病了。我怕是在发烧。带着那些重新写过的东西,周三再来。届时我们将讨论我的慈善事业。"

5

我们没有在接下来的星期三见面。贝维尔还在生病。我利用多出来的时间重新写了最初的几页。这次修改是按照他的旨意去做的。的确,我的文笔缺乏他的气场。但这种气场不仅仅存在于他的言辞之中,还是他的个性、周围环境以及人们对他的可怕偏见的综合结果。这种力量或决断气质不仅仅表现在言语上,不能只用文字来模仿,也不会栩栩如生地跃然纸上。

我所有的尝试都失败了。我能做到的、最接近贝维尔声音的描述也像是一种讽刺。一种几乎无法抑制的渴望摄住我:我真想去见哈罗德·范纳。他一定有我正在寻找的答案,从大的事实到小的细节。也许他甚至可以帮助我写作。他不可能那么难找。但我会告诉他什么呢?我受雇协助写一本书,其主要目的是揭穿和摧毁他的小说?即使出于某种奇迹般的原因,范纳会帮助我,贝维尔也无疑会发现我去见他,那将是我工作的终结,如果不是更糟的话——那份他让我签名的文件还在。

我的字纸篓满了。我能闻到自己的恐慌。

我的第一个突破是从那种不断增长的绝望中诞生的。我不再尝试去捕捉贝维尔的声音。相反,我要创造出他希望拥有的声音——他想听到的声音。

在用毫无价值的草稿装满另一个字纸篓后,我意识到我的新计划是多么自负。仅凭我自己,我怎么能设计出一种宏大的语气,足以让贝维尔着迷,让他认为可以在其中听到自己的声音?我需要帮助。

我来到位于布莱恩特公园的纽约公共图书馆的主要分馆,花了一整天的时间翻检那里的卡片目录,寻找"伟大的美国男人"写的自传。本杰明·富兰克林、尤利西斯·S.格兰特、安德鲁·卡内基、西奥多·罗斯福、卡尔文·柯立芝和亨利·福特是我记忆中在翻阅卡片时想到的一些名字。如果只是记录而不对贝维尔自己的声音进行任何修饰或改动还不够的话,我会为他创造一个新的声音,汲取其他所有声音的精华,然后用父亲的狂妄和骄傲将它们串在一起。就像维克多·弗兰肯斯坦的怪物一样,我的贝维尔将由这些不同男人的肢体组成。

我从布鲁克林公共图书馆借出其中一些书,在接下来的一周里,我以一种混乱随意的方式将它们快速读完,毫无章法地从一本跳到另一本,随机记下一些不带来源标注的笔记。我没有接受过档案研究或如何正确管理参考文献的培训。结果证明这是一件好事。由于我的野蛮和毫不妥协的混乱方法,这些书籍开始相互融合。每个人的独特之处——卡内基自私的道貌岸然,格兰特的基本正派,福特的务实主义,柯立芝的修辞简洁,等等——都被我认为是他们所共有的东西所替代:他们都相信,毫无疑问,他们应该被听到,他们的话语应该被听到,他们完美无瑕的生活叙事必须让人们听到。他们都拥有与父亲一样的坚定无疑的信念。我明白这就是贝维尔想要在纸上看到的确定性。

我全神贯注于工作,几乎没有离开房间。时机再好不过。在这一周里,父亲和我陷入充满敌意的沉默。他因为我在华尔街的工作而生气。事态会一直持续下去，直到我迈出和解的第一步，这意味着我以某种方式告诉他，他是对的，我是错的。类似的事情也发生在杰克身上。自从买打字机发生争吵后，他就没来看过我。他们很有可能会认为我因为受伤而把自己关在房间里。想象我不是在工作，而是闷闷不乐，沉浸在我对他们毫无缘由的怨恨中。

父亲进行情感垄断。他的幸福不容许有任何异议。当他心情好的时候，每个人都应该很高兴听他长篇大论，被他的笑话逗乐，并兴高采烈地参与他杜撰的任何计划——灾难性的家庭装修、全天候开动印刷机、长途跋涉到布朗克斯寻找有人提到的意大利肉铺。可每当他情绪低落，受了委屈，他就让大家付出代价。我从未见过像他愤怒时那样坚定的脸。可悲的是，这种决心只专注于他自身——为决心而决心。一旦他进入那种状态，我认为他将任何形式的妥协视为自我背叛，仿佛他的整个生命都会因承认错误而被侵蚀和抹去。我和父亲在一起生活了二十多年，我搬出去后我们也一直保持亲密往来。但在这几十年里，他没有一次为任何事向我道过歉。

在我与贝维尔下一次会面的前几天，我完成了他自传的序言。我的文字听起来也许不完全像他，但它捕捉到我认为他**应该**听起来的样子。或许是我虚构的贝维尔的过度自信传染给了我自己，但我确信我找到了他的声音——而且它会奏效。

当我兴高采烈地走出房间时，父亲正在印刷机前工作，脸上绷着他原则性的愤怒，一种不是做出来给任何人看的愤怒。我给他一个拥抱和一个吻。

"来吧。别生气。"

"生气？我没有生气。是你把自己关在房间好几天。"

"我在工作。你知道，我在工作。"

没有回答。他放进一段排好的铅字。

"而且我知道你不喜欢我得到的这份工作。"

"我从没有说过。那是你的话。"

"我也不喜欢它的某些方面。但这是我碰巧得到的工作。"

"别把话塞到我嘴里。"

"你说福特工厂流水线上的工人是资本家吗？你说在美国钢铁公司的锻工是帝国主义者吗？那些人不就是你为之奋斗的人吗？那些人和我有什么区别？"

他放下工具。热情得忘乎所以的我，忘掉了最根本的：如果我们要和好如初，他应该是对的而我必须是错的。这下，他一定会走开，再闷闷不乐一个星期。但相反，不可能的事情发生了。

"你是对的，"他说，甚至重复一遍，"你是对的。来，给我冲杯咖啡，说说你的这份工作。"

6

"好。稍后我会做一些调整。让我们继续吧。"

这是安德鲁·贝维尔在读完我的改稿后所说的全部内容。这就是我所需要听到的一切。

我们在那次会面的前半部分逐章制定出整本书的大纲。到那时我已经很清楚，他不会按时间顺序讲述他生活的故事，也不会在穷尽了每个话题之后才进入下一个话题。然而，贝维尔拥有会计师按部就班、有条不紊的头脑，他需要知道每一个事件的位置。因此，我们大体设计了一个总体的脚手架，有点类似他的新摩天大楼的基础结构。在每次会谈结束后转录我的笔记，对记录下来的事件分类，决定它们属于哪个章节，并将它们编织成一个连贯的叙述，这是我的工作。

在简短的序言之后，这本书开始的章节将是关于他的祖辈的，然后是其他章节，关于他的教育、他的生意，等等。通常，当贝维尔得意忘形时，他会在前后章节之间来回跳跃，让我记下一些孤立的句子、关键词或只是一个名字，他稍后会加以扩展。这本书的核心是为他的妻子辩护的章节和坚称他拥有作为商人的非凡才能的部分。

对他来说，他的投资在许多方面都始终伴随并实际上促进国家的增长，即使是在1929年的经济崩溃期间也是如此，在书中展示这一点也是至关重要的。他花大气力介绍他的祖先，一直追溯到杰斐逊总统时期的曾祖父，是如何将个人收益与国家利益结合起来的。贝维尔坚持认为，这是他商业实践的核心。"自私的手伸不长。"他经常说。或者，"利润和公益只是同一枚硬币的两面。"或者，"我们的繁荣是我们美德的证明。"对他来说，财富几乎具有超然意义。这一点在他 1926 年一连串传奇般的胜利中表现得最为清楚，他经常重复这一点。虽然以利润为目标，但他的行为始终将国家的最大利益放在心上。商业是爱国主义的一种形式。其结果便是，他的私人生活越来越成为国家生活的一部分。他说，这对米尔德丽德来说并不总是那么容易。

"她非常内向。我向你坦白：当她同意嫁给我时，我很惊讶。万万没想到，她会考虑卷入这里的一切。"他环顾四周，似乎在试图弄清楚"这里"的真正含义。"我不能……老实说，如果没有米尔德丽德，我不知道我会做什么。我会在哪里。"这些相当陈腐的表达有一种不同寻常的深度。"她……我的意思是说……"

我发现贝维尔的哑口无言是他迄今为止最能说会道的表现。这个以永远正确为己任的人，这个从不沉迷于怀疑的人，此时却讲不出话来。

"你想停一会儿吗？"

一种舒缓的沉默渐渐加深。

"她救了我。没有其他方式能表述。用她的人性和温暖拯救了我。通过为我营造一个家拯救了我。你现在可能看不出来，但是这个地方，"他用双手向周围轻轻挥动着，"曾经感觉像一个家。现在，一天一天过去，这里变得越来越像一个博物馆。硬邦邦的。但这里不久前还是一个柔软的地方。她……米尔德丽德……总是有音乐。她……我们应该谈谈这个。总是有音乐。"再一次，他找不到合适的词语，"美。是的。她是个爱美的人。善良。美丽和善良。这就是她所爱的。还有……这是她带给世界的。她会一直……"

他凝视着过去，我不敢把他从遐想中拉回来。我开始明白为什么范纳在小说中对他妻子的描写促使他写自传作为回应。

门外传来轻轻的敲门声。管家端着茶进来，还没等他放下托盘，贝维尔拦住他。

"我们这里是两个人。"

"很好，先生。"

他转身离开。

"我多希望自己见过她。"我说，生怕破坏这看似真实的坦率时刻，在某种程度上，亲密时刻。

"她会喜欢你的。她讨厌阿谀奉承。"

与贝维尔最后一句话的精神截然相反，我为此感到无比自豪和受宠若惊。

"米尔德丽德拥有非凡的清晰视野。对她来说，没有什么是太复杂或太神秘的。她对待世界的态度是简单明了的，而且毫无疑问是正确的。她可以看穿虚假的复杂，洞察生活中简单的真理。正如你正在寻找一种方法将我们这些长篇对话的精髓提炼到纸上一样，我相信，在我的指导下，你也会成功地捕捉到米尔德丽德的精神。"

"谢谢。我将尽我所能。"

"我想我刚刚说过她的热情有些孩子气。这是真的。但同样真实的是，伴随着她脆弱的身体而来的是一种智慧。她身体的一部分似乎知道她来日无多。你知道，她的健康状况一直很不稳定。这就是为什么我们没有福气生儿育女。"

"你们两个是怎么认识的？"

"通常的方式。不是一个引人入胜的故事，真的。米尔德丽德和她母亲霍兰德夫人刚刚从欧洲回来。在国外生活了许多年（米尔德丽德几乎一直待在国外）之后，她们在这里没有朋友。她们回来时，我正在与某个人（名字无关紧要）完成一笔交易，他请我帮忙参加他为霍兰德夫人和女儿举办的晚宴。大家都知道，我讨厌任何形式的社交活动。但这是工作。我坐在米尔德丽德旁边。"

"你还记得你们谈过什么吗？"

他停顿很久，盯着我头顶的空间。

"我们……她谈到音乐。"

"她喜欢什么样的音乐？"我想到范纳小说中的海伦·拉斯克拥有超凡的音乐品味，"她最喜欢的作曲家是谁？"

"哦，她喜欢所有伟大的，你知道的。贝多芬……莫扎特……"

似乎他要详细讲述，但他没有。

"坦率地说，我对音乐一无所知。我们一起参加的一些演奏会，我很喜欢，但我说不出什么。其他表演听起来几乎不像音乐。我一直以为观众中的大多数人只是假装喜欢。但从米尔德丽德事后谈论这些作品的方式来看，很明显她理解全部内容。不过，我们无需陷在这些无关紧要的细节中。你需要了解的是，"

他最后说道,"除了音乐,她是一个单纯的人。而且敏感。但不知何故,从这种简单中却体现出她的深度。简单而深刻,你知道的。"

我点了点头,并没有真正理解他的意思。

"这就是我想传达的意思。那些接近存在边缘的人的质朴的深度。她的童年和致命的疾病。你一定要记录:'存在的边缘。'"

我做了一个适当的停顿。

"你们在家里举办过音乐会吗?就像那些在……"

我想起来不得引用范纳的书的禁令,但为时已晚。贝维尔盯着我,时间长得足以表达出他的恼怒,但没有用其他手势。

"起初并不比其他人更频繁。但随着米尔德丽德变得虚弱,无法外出,她开始将音乐带回家。在二楼音乐室举办一些小型聚会。我自然支持这些音乐会,并帮助招募最好的表演者。但在大多数情况下,我置身事外。大部分音乐听起来就像演出前的那一刻,当音乐家们调整他们的乐器时发出的声响。尽管如此,即使我不喜欢其中的大部分内容,我还是钦佩米尔德丽德的大胆和自信。"

"她记日记吗?"我问道,想起小说中以米尔德丽德为原型的角色保存的几本厚厚的日记。

"不超出记事日历,她在上面记录她与熟人的约会,当然还有她的音乐会。"

"你认为我可以和她的一些朋友或其中一些音乐家交谈吗?这将帮助我理解得更全面。"

"帕尔坦扎小姐,我写这本书是为了阻止我生活版本的扩散,不是为了助长。我最强调的是不想要更多的观点,更多的意见。这是**我的**故事。"

"明白。"

"此外,米尔德丽德非常内向。她身体虚弱,几乎没有社交生活。她过着非常私人的生活,精力集中在我们的家庭和艺术上。这在一定程度也是我们相处得很好的原因——我们都享受各自的私人空间。当然,她会见与她慈善事业有关的机构代表。但我认为我们不应该为这件事去打扰博物馆馆长和大学校长。毕竟,她与那些人的交往纯粹是为了实际问题。我非常怀疑他们是否能为米尔德丽德的性格提供任何启示。关于这个,你可以问我。"

"明白。谢谢。"

"你只需要知道她的善良和她对艺术的热爱。这才是需要在书里表现得栩栩如生的内容。"

又是敲门声,管家端着茶进来。

"时间过得真快,"贝维尔说,"我有一个电话要打。抱歉。请给我办公室打电话准备我们下一次会面。干得不错,帕尔坦扎小姐。"

说完他就离开了。

管家看着我。

"还要茶吗?"他咧嘴一笑,"女士?"

7

杰克来了，拿着一束美丽质朴的玫瑰。他以前从来没有给我送过花。他开玩笑地将脸藏在红色的花蕾后面，眼里露出悲伤。和我一起坐在厨房里的父亲笑着开始嘲讽他。

"啊，她现在抓住你了……花，嗯？还是玫瑰。玫瑰代表激情。哦，事情越来越严肃了！可是，等一等。让我数一数。六朵？不，不，不，不。永远不要送双数的玫瑰。"他从花束中抽出一支，"这样。双数的玫瑰用于葬礼。单数的玫瑰是为了爱情。"

当我接过花时，杰克嗫嚅着向我道歉。他还带来一瓶他的几个朋友在长岛酿造的酸度惊人的葡萄酒。

话题很快转向政治。也许是受到酒精的刺激，父亲那天下午特别火爆。

"是采取行动的时候了。墨索里尼把意大利踩在脚下，佛朗哥在屠杀西班牙，斯大林通过大清洗谋杀他自己的国家，希特勒准备吞噬欧洲。是的，现在是采取行动的时候了。"他看着窗外，"我们是怎样沦落至此的？怎样？给我们剩下的选择只有不同形式的恐怖。恐怖和帝国主义。只此而已。法西斯帝国主义。苏联帝国主义。资本帝国主义。这些似乎是我们现在唯一的选择。现在是采取激进行动的时候了。"

我仍然不清楚他说的"行动"是什么意思。这个词到底有多真实，需要多么认真地去对待。很可能，并非像父亲希望的那样认真。尽管他讲的故事中模模糊糊地包含一些暴力描述，但我从未完全相信他曾经参与过他含糊其词的任何行动。暴力就是暴力，没有什么不准确或模糊不清的，我倒是觉得他含糊的叙述更值得怀疑。然而，他和他的同志们，经常在某些话题朝着某个方向发展时（尤其是在回忆他们在意大利的日子时），突然变得沉默，仿佛他们事先达成过某种共识似的。这让我觉得他们肯定共同参与过某些活动，其可怕程度和负面影响足以让他们立即统一噤声。然而，他们不断用戏谑的口吻谈论"革命暴力"，强调"行为的宣传作用"，轻率地提起"炸药包"，向鲁奇·加里尼和1920年的华尔街爆炸送出荒诞轻率的秋波，以及对出现流血事件的可能性总显得飘飘然，又让我相信这一切都只是虚张声势。谁会在真正参与过这样的事情之后以这种方式谈论它们呢？

无论父亲在什么时间采用什么版本，他给我的指令始终保持不变。我永远不能重复我听到的任何事情，永远不能向任何人谈及他的政治信仰。长大后，我发现这是我焦虑和兴奋的根源。然而，有的时候，这个守口如瓶的负担太重。毕竟，父亲几乎只谈政治，这让我很难回答关于他的哪怕是最琐碎的问题——似乎我说的任何话都会背叛他的信任。但同样真实的是，有人将这个大秘密托付给我常常让我激动不已。

无政府主义的倾向、派别和分支相当多。所有这些的共同点是反对各种形式的等级制度和不平等。因此，这一运动没有广泛的记录也就不足为奇了，因为保存这样详尽的记录所需的机构和秩序与该运动的宗旨明显矛盾。这也是为什么我一直试图确定父亲在意大利和美国扮演的角色，但我的努力最终总是走进死胡同的原因。但证据阙如不仅仅是因为这一运动的自身特点。无政府主义者在美国一直受到系统性迫害。他们充当政治焦虑的替罪羊，特别是意大利人，甚至是种族焦虑的替罪羊。在研究父亲的过去时，我发现在 1870 年到 1940 年期间，大约 500 种无政府主义期刊在美国出版。如此大量的出版物，以及它们背后为数更多的人，几乎都没有留下任何痕迹，说明了无政府主义者是如何从美国历史上被彻底抹去的。

由于所有这些原因，我几乎不可能知道父亲所说的"激进行动"是什么意思。但我确实记得杰克似乎被他的演讲触动了。

"我一直在想，"杰克若有所思地停顿一下后说，"也许我的地盘在欧洲。从那里报道。从前线。就像海明威一样。甚至可能**加入**前线。国际旅。你知道？**做点什么**。这里的无所事事快要了我的命。"

我看着他们俩，阴郁地盯着他们的酒杯，尴尬地打了个寒战。他们的夸夸其谈。他们孩子气的认真。如果他们知道真正的决定是如何做出的，如果他们听到权势的真实声音是多么轻柔，如果他们看到他们两个与任何实际权力的距离是多么遥远。

然后，我又一次尴尬得发抖。这一次是针对我自己的。因为我意识到我刚刚拿安德鲁·贝维尔来衡量我的父亲和杰克，他让我相信他更优秀，而我内心竟然表示首肯。

父亲喝完最后一口酒，宣布他有一些传单要分发，滑稽地行了个礼就走了。

杰克拉着我的手，一直等到父亲下楼关上前门，才领我到我的房间。地板上铺满速记笔记。床上铺满打好字的纸。我还没来得及阻止他,他就拿起一张。

"快给我。"我边说边冲过去把打好字的纸堆成一堆。(我不担心他无法辨认的速记纸。)

他开始读。

"'命运的实现',这是什么小说之类的吗?"

我从他手里夺那张纸。

"天哪!"

"对不起。"

"看来我什么都做不好。我很担心你在你老板那里的安全,你却冲我大喊大叫。我给你送花表示歉意(尽管我无需道歉),这也不对。我对你的工作感兴趣,而你却变得歇斯底里。"

"对不起。只是我不允许向任何人出示这些东西。"

"我很关心你。只此而已。"

"对不起。"

我低头看着鞋子,想着穿着茶色套装尴尬的申请人和她永远低垂的眼睛。

"过来,"他说,拥抱了我,"想要亲热一会儿吗?"

我不想。我缺乏反应和身体的轻微僵硬足以传达了这一点。

他哼了一声松开手就走了。

我把打好字的纸卷起来,塞进衣橱深处的雨衣袖子里。

8

周末走在华尔街上，让人感觉世界大事已尘埃落定，工作时代终于结束，人类已经进入下一个阶段。

贝维尔不喜欢工作日曼哈顿市中心的喧闹。他在工作日常常避开办公室，为此他经常让他最亲近的人在周六早上来，这样他可以不受干扰地处理文书。在这样一次安静的工作会议后，他要求在办公室见我。他看上去轻松愉快。

我把最近打出的几页递给他，都是关于米尔德丽德的——她在家里的生活，她开始生病的第一个明显症状，以及她的健康如何迫使她只能在家里举办音乐会。我详述她对激进的现代艺术家的青睐，以及她优雅而丝毫不妥协的品位。

"是的。好的。居家生活的段落确实抓住了贝维尔夫人的精神。不过，有几点要说。这些关于米尔德丽德对音乐的实验性、非传统的思想的段落需要删除。"他划掉半页，"我们不想让任何人认为她傲慢或做作。叙述要简化。让普通读者能够理解她对艺术的热爱。"

在接下来的几周里，我会收到类似的指示。随着每一个划掉的段落或淡化的句子，我的背叛感加深了。

"我们应该传递米尔德丽德可爱温柔的性情，在这方面增加力度。我确实意识到'温柔'和'力度'似乎是相互矛盾的词语。但实际上，重点应该放在这里。她娇弱的性格。她的脆弱。

她的善良。"

"当然。也许你可以讲几个她的故事,能够说明这一点的故事。"

"哦,我认为你会做得更好。"

我没有压抑一脸的疑惑。

"为什么不呢,凭借你细腻的笔触,我相信你会找到恰当的语气。"

"谢谢。但是,如果你能给我提供几个例子来展示贝维尔夫人的热情和善良。日常小故事,通常是最好的……"

"完全正确:一些日常小故事。你应该让读者能够感受到她细腻的感性以及她的艺术爱好如何渗透到我们家庭生活的方方面面。遗憾的是,我自己从来没有太多时间读书和听音乐会,所以我无法提供详尽的细节。但是,我再说一遍,这样最好:我们不希望读者认为她自命不凡,或者,上帝保佑,卑鄙势利。当然,她不是这样的人。我们当然不希望书里出现任何可能被认为是某种艺术怪癖,甚至是某种……狂躁的内容。"他停下来,以便确认我注意到这件事的含义和重要性,"让它像家常。作为一个女性,你会更好地描绘这幅画。等到你完成,我自然会再审阅。"

这一次,我尽力将我绝对的困惑掩藏起来。

"在我们开始之前,我必须分享一个好消息。"他重新调整了一下坐姿,"经过长时间的谈判,我终于停止了范纳先生的诽谤之书的发行。因为这是一部小说,我的诽谤诉讼被驳回。我先尝试一种友好的方式,但无论是范纳先生还是他的出版商都不接受我购买该书合同的慷慨条件。然而昨天,经过冗长的讨论,其细节你只会觉得乏味，我设法获得了他出版社的控股权。范纳先生的书将会永远在印，这意味着他与我新收购的出版社的合同将永远不会失效。"

"我不确定我听懂了你的意思。"

"只要这本书在市场上，范纳先生就会受他目前的合同约束。而他的书肯定能卖出去。因为我会购买每一次印刷的每一本。然后把它们都打成纸浆。"

对此似乎没有正确的反应或回应。

"如果他再写一本书或将这件事曝光怎么办？"

"他可以随心所欲地写书或文章。但我可以向你保证，本市（或伦敦、新德里、悉尼）的任何出版商或编辑都不会碰他的作品。这还是在他有时间写出来的前提下。此刻，他一定被我的律师堆在他头上的诸多诉讼压得喘不过气来。当然，我们不在乎能不能赢得其中任何一个案子，但要由他和他的律师，如果他负担得起的话，来证明他不是剽窃者和欺诈者。"

"让这本书停止流通还不够吗？"

他的眼睛眯起来。他让我的问题徘徊了一会儿。

"你是在暗示我的行为是无端的吗？"

我终于设法激怒了他。

"你是说，也许，我是受怨恨、报复的驱动，或者更糟，我是在残忍中寻求某种变态的刺激？在我看来，你不明白我们在这里的工作是什么。在我看来，你根本不明白这是怎么一回事。"

"我明白。"

"是吗？"

263

"扭曲和调整现实。"

当时，我不完全确定这个短语是否适用于当时的情况。但我确实知道大多数男人喜欢听到自己被引用。

"千真万确。但现实需要保持一致。在一个范纳从未存在过的世界中，出现了范纳的踪迹，这会有多不协调？"

自从遇到安德鲁·贝维尔以来，我第一次意识到我应该感到害怕。

9

《颠覆年鉴》是无政府主义节日的日历，其中所有宗教和爱国纪念日都被替换为与这一事业相关的日期，例如巴枯宁的生日、乔尔丹诺·布鲁诺的火刑执行日、巴士底狱的陷落日、世界各地的罢工和起义，等等。父亲是纽约《颠覆年鉴》的主要供应方。他甚至印制过限量"豪华"版的年鉴，可我从来不敢对他提起这个悖论。

五一劳动节之后，这个日历上最重要的节日是 8 月 23 日，这一天是尼古拉·萨科和巴托洛梅奥·万泽蒂被国家处决的日子。（这个日期对父亲来说也有个人意义，23 是他的幸运数字，他赋予这个日子强大而神秘的力量。）现在是 7 月，一个各种活动繁忙的时期——除了他所有的日常工作之外，父亲必须完成许多纪念印刷品，才能在这个周年纪念日及时寄出。在这疯狂的几周里，我总会给他打下手，但那一年我关在房间里，试图把米尔德丽德·贝维尔虚无缥缈的幽灵转变成一个有血有肉的人。

我们只在厨房吃快餐时才见面，吃开放式三明治和水果，站在厨房台面前，不用盘子，共用我们唯一一把生锈的"好刀"——即使刀片和刀柄之间已松动，嘎嘎作响，刀尖也因各种可以想象的滥用而断成方形，它仍然是一把"好刀"。起初他拒绝讨论我为"投机机器"所做的工作。虽然他冷漠的沉默通常很伤人，但这一次我还是很受用，因为我知道安德鲁·贝维尔对保密的态度是多么认真,他是如何对待那些背叛他的人的。但在我们上次谈论我的工作之后,父亲的态度有所缓和。渐渐地,他看到我多么努力地投入其中,他对我的尊重也随之增加。"工作"是他衡量一个人价值的标准,我想他终于把我看成是"工人"了,这是他能给予任何人的最高荣誉——所有他崇拜的人,无论是去世的还是在世的,都是"真正的工人"。

伴随尊重而来的是一种新发现的好奇心。他的问题成倍增加,我们的快餐时间也越拖越长。起初,这些问题都与我工作的技术方面有关。他想,我们俩最终都与"字"打交道,这不是很奇特吗?排字工和打字员并肩工作。在这些交谈中,我们发现许多我们行业所共有的特性,我们讨论它们如何塑造我们对世界的看法。例如,我告诉他,我开始以不同的方式体验时间。我输入的词总是过去的,而我想到的词总是未来的,这让当下变得异常荒芜。

这一点他能够认同:当他将一块铅字放入排字架时,他会注意到下一块的凹槽和正面。"现在"似乎不存在。他还告诉我,排版工作对他生活的最大影响是它教会他倒着看世界。这是排字工人和革命者的主要共同点:他们知道世界的矩阵是颠倒的,然而,即使现实被颠倒,他们也可以一眼就看明白。

很快,这些相当抽象或笼统的谈话变得更加具体。父亲想更多地了解我的工作细节。因为我不想撒谎,所以我尽量避免直接回答,并用无关紧要的细节填充我的模糊叙述,让它们听上去比实际更真实。然而他坚持要求更加清晰的描述。他不是出于某种要审问我的冲动,而是因为他真的很感兴趣。他以前从未表现出这种真诚的好奇心。无法与他进行真正的对话让我很痛苦。当父亲意识到我在隐瞒什么时，我们之间的温情和友谊开始减弱。他又开始把自己藏在充满敌意的沉默后面。

一天晚上，我为我们准备了一顿正式的晚餐，而且也摆好了餐具。尽管他感到惊喜和感激，但他还是以他那沉默寡言的方式表示，这并不足以让他满意。安静的晚餐进行到一半时，我放下餐具，深吸一口气，向他道歉。我没有对他坦诚以待。我说，一部分是害怕他对真相的反应。但这不是全部。他们还让我在宣誓保密的文件上签字。但是我怎能不相信自己的父亲呢？然后，我开始精心编造复杂的谎言，涉及绝密的董事会会议记录，他们讨论复杂的商业策略和与华盛顿合谋的阴谋收购。我使用许多刚从贝维尔那里学来的金融术语，不确定它们的含义，但我确信父亲会对这些词语更加陌生。

他被迷住了。

即使我告诉自己我是在用这些故事保护我们俩，我还是觉得自己像个叛徒。我没有忠于父亲，而是站在他的死敌一边。

第三部

1

图书馆的主馆员给我拿来三个灰色档案盒，里面装满文件夹。文件夹里面装着文献和文件。有些里面还有用麻线捆扎的牛皮纸小包裹，里面有易碎的记事本和笔记本，有时会有松散的纸张，在这些小本本的页面之间甚至夹着薄薄的日记和日历。

在翻阅过程中我发现，这些资料在归档之后就再没有人阅读过。当我解开那些包裹时，麻线绳在包装纸上留下淡淡的十字形印记。移开笔记本里夹着的报纸剪报，下面的纸张已经因为几十年的存放而开始褪色。多年没动过的缎带书签，在纸张上留下了轻微的压痕。有些页面粘在一起，有些书脊已经开裂。有些变脆的边角碎片甚至掉落在桌面上。

自从米尔德丽德用过这些文件以来，我是第一个接触它们的人。这种感觉让我更加亲近她，而这种亲近感却因为我们之间无法逾越的距离反而更加强烈。

她最早的档案日期是1920年，米尔德丽德和安德鲁结婚的那一年。在此之前的一切没有任何记录。或许她和她的母亲只能从欧洲带走她们必不可少的物品；或许她想从头开始。

我拿出第一本记事簿，封面是紫红色、边缘有大理石花纹，上面写着："普西公司，西42街123号，印刷商兼文具商。十四台滚筒和小件印刷机总是开足马力。"父亲很讨厌圆筒印刷机。

在整个第一年中，米尔德丽德似乎都在努力填满这本记事

271

簿，即使她几乎没有活动，也几乎不出门。每一页都打好格子：一行代表一天，每一天分成早上、午餐、下午和晚上。上面反复写着"在家"。我能感觉到她的无聊。有时写着"试衣"，但这些也变成了"在家试衣"。

正如图书管理员所说，她的笔迹几乎无法辨认。这本记事簿中重复几次的几个单词，能帮助我学会如何阅读她的字体。她的"s"只是一条对角线，与她写的"f""l"和"t"几乎没有区别，而这三个字母也几乎一样。她的"n"是倒置的"v"。我把这些都记录下来，因为我知道较长的文本将更难破译。她的手似乎受魔法控制。

我突然想起，在《纽带》中，范纳描述海伦·拉斯克在她精神崩溃期间日以继夜地记日记，不知道她未来的自己是否会认出她自己的字体。

尽管我希望在这些档案盒中找到这些日记的原版，但大多数早期文件都没有太多内容。在最初几个月里，米尔德丽德似乎试图参加一些社交活动。有时和柯廷夫人在一起，有时和巴特勒姆夫人、金博尔夫人或特威切尔夫人在一起——其中一些名字只是我的猜测和近似拼写。偶尔，她会与她们以及其他女性集体会面。有几次"午餐会"，几个牙医预约。但她的努力变得越来越零星，最后米尔德丽德似乎完全放弃了拜访和接待她的新朋友。稀稀拉拉的日历。寥寥无人的地址簿。尽管如此，因为地址簿是按字母顺序排列的，我发现它们有助于学习米尔德丽德奇特的笔迹。我开始跟踪每个字母的变化。的确，她的字迹很难辨认。然而，为研究这些文字花上足够的时间并在上下文中仔细辨认之后，有些词是可以破译的。但似乎没有人花时间研究这些文件。没人愿意浪费这个时间。

知道安德鲁的性情之后，我想米尔德丽德一定感到非常孤独和无聊。同时我也很钦佩她果敢和不屈不挠的精神。当然，纽约的所有大门都向她敞开。她可以见任何人，去任何地方。艺术家、政客，以及当时所有的知名人士。聚会、晚会、晚宴。我发现她拒绝屈服于任何这些明显的诱惑，既英勇又耐人寻味。不知什么原因，她的拒绝参与并不显示出一种轻视，也似乎不是害羞或恐惧的结果。

当然，这些属性是我赋予米尔德丽德的。我所拥有的大部分是空笔记本、贝维尔五十年前的记述和范纳的小说。

然而，根本性的变化发生在1921年初。她开始出席音乐会，至少她开始记录这些活动。音乐作品的内容并不总是很清楚——有时她会同时记下作曲家和演奏者的名字；有时她只是写"音乐会"。在接下来的几个月和接下来的一年里，我注意到从"歌剧"转向"小型演奏会"。其中一些演奏会旁边有一个"87"的字样，这一定表明这些活动是在她家里举办的。

记事簿中以前空荡荡的每一行开始有名字点缀其中，当然从来没有填满。尽管有好几个星期都一片空白，但她现在似乎有了一些社交生活。但她的熟人大多不是纽约上流社会的名媛。她接待过几个男人（有时只有男人），其中许多人都是当时最杰出的音乐家。我只是一个没有受过正规音乐教育的音乐爱好者，但即使是我也认出了几个多年来被提到的名字。指挥家布鲁诺·沃尔特经常来访。小提琴家弗里茨·克莱斯勒和雅沙·海菲兹也是常客。钢琴家阿图尔·施纳贝尔和莫里兹·罗森塔尔。作曲家欧内斯特·布洛赫、伊戈尔·斯特拉文斯基、艾米·比奇、玛丽·豪、雷蒙德·曼德尔、奥托里诺·雷斯皮基和鲁思·克劳福德都是我能认出的名字。可能还包括查尔斯·艾夫斯。稍后在1928年的日程表中,如果我没有看错,我还看到莫里斯·拉威尔的名字。

如果说所有这些名字都很引人注目,那么这里还有更令人惊奇的事情。在1923年秋季的文件中,我发现一段用大写字母写下的,明确而充满热情的记录:"**作曲家联盟——成立——10000美元。**"这是米尔德丽德的文件中出现的第一笔与文化机构挂钩的钱。

我起身,走到图书管理员办公桌旁的柜子前,翻阅卡片。图书馆藏有一本长达28页的小册子,标题为"作曲家联盟:1923年至1935年的表演记录和一般活动概览"。我要求调取这份文件,几分钟后文件就送到了。

从这份简短报告的前言中,我了解到这是美国首个专门致力当代音乐的组织。在它成立十二年后的1935年,董事会已经包括亚伦·科普兰德、谢尔盖·普罗科菲耶夫、马里昂·鲍尔、贝拉·巴托克、玛莎·格雷厄姆、利奥波德·斯托科夫斯基和亚瑟·奥内格尔等诸多著名人士。在辅助委员会的27名成员中,有20名是女性。在米尔德丽德的一生中,该组织委托创作、赞助和首演了许多作品,包括勋伯格、斯特拉文斯基、韦伯恩、拉威尔、克雷内克、贝尔格、肖斯塔科维奇和巴托克等人的作品,显然米尔德丽德提供了资助。尽管欧洲作曲家的作品很多,但该组织认为，"介绍新鲜的美国人才，主要通过非正式演出的方式，尤其重要"。米尔德丽德的家肯定是举办许多此类音乐会的场所，这些音乐会可能与范纳小说中所描述的类似。这些肯定是安德鲁·贝维尔要求我从他的回忆录中删除的那些听上去几乎不像音乐的"非传统"演出。

在贝维尔的自传中，甜美、病态、敏感的米尔德丽德只喜欢优美的旋律。就像一个捧着八音盒的孩子。从他的描述中，几乎可以看见她一边点头，一边微笑，闭着眼睛，双手放在盖着毯子的膝上，打着拍子，错了半拍。在她丈夫居高临下的描述中，米尔德丽德是一个可爱的业余爱好者，她喜欢音乐，就像其他女人喜欢钩针编织或收集胸针一样。我为帮助他塑造她的这个形象而感到羞耻。

从这些记事簿和日历中看不出那种天真、孩子气和居高临下的"女性"形象。根据这些文件，米尔德丽德在结婚一年后就摆脱了孤独，开始与 20 世纪一些最重要的作曲家、表演家和指挥家共度时光。就算安德鲁对音乐不感兴趣，甚至明确厌恶，这难道不值得一提吗？谁会忘记他的妻子经常接待包括帕乌·卡萨尔斯和埃德加·瓦雷兹在内的音乐家这样的事实？为什么要把她描绘成一个对音乐浅尝辄止的小女孩？

米尔德丽德似乎非常渴望远离媒体的注意。我只发现几篇提到她的新闻剪报，仅仅是一带而过，说她是某次活动的资助者或参与者，名字与其他人一起出现。她的热情和捐献是私下里的事情。我想，在她的社交圈子里，也就是上流社会的人们，一定知道她的文化生活。我不禁想到这也是贝维尔选择我这个来自布鲁克林的女孩来做这份工作的原因之一。

到 1925 年,米尔德丽德的笔迹进一步恶化。笔画常常类似于一系列的划痕。有些页面太令人生畏,甚至无从下手。令人沮丧的是,就在她开始对政治和时事表露兴趣时,她的语词却变得越来越难以辨认。

我打开一本没有日期的剪贴簿,里面有报纸剪报。许多摘录周围都有密集的解释和旁注。

"跨大西洋测试无线电发射器:德国人将尝试通过空气即时发送文本和照片";"债券发行被称不合理:史密斯的 1 亿美元计划是政治投机,资金将在全州各处投放,他说";"价值 200 万美元的黄金自日本运抵:自 9 月以来总共价值 900 万美元的黄金到港,以保护外汇兑换率";"粗粮价格新低:玉米和燕麦的售价低于 1924—1925 年的价格";"新型电灯泡降低灯泡成本:制造商就标准达成一致,将 45 种设计减少到 5 种。"

我花了很多时间浏览这些页面。就像米尔德丽德的音乐活动一样,这些剪报与安德鲁对妻子家庭化、孩子气的描述不符。贝维尔夫人的形象与一个从事政治评论(即使是私下)或对时事感兴趣(无论多么短暂)的人不相容。而且这本剪贴簿与范纳刻画的米尔德丽德也显得格格不入。安静而爱美的海伦·拉斯克永远不会去剖析和诠释新闻。正是因为显现在这本剪贴簿中的形象与那两个男人提供的肖像大相径庭,我觉得这是我第一次看到真正的米尔德丽德·贝维尔。

处理完第一个盒子后,我决定暂时搁置米尔德丽德的艰涩文字,要来安德鲁·贝维尔 1938 年的最后一份文件。

乏善可陈，可能是因为他的办公室秘书保存着他的大部分记录。毕竟，这是私人文件，而安德鲁·贝维尔几乎没有个人生活。日历、地址簿、礼物清单——物品包括烛台、台球桌（送给三个不同的人）、袖扣（送给两个人）和钓鱼竿。

我取出的第四个文件夹使我一下子忘了身在何处。

这是我的皇家牌便携式打字机独特的"e"，和它黑眼球般的字迹。

这是我经常不加点的"i"。

这是我谨慎的折角。

这是我当时设计并仍在使用的编辑符号系统。

这是我整洁的笔记，字体更像学生而不是专业人员。

这里，二十三岁的我，比任何照片都生动。

我一页一页地翻阅。这是贝维尔自传的草稿，我的文本中有他的几条注释。他的评论大多是无言的：这里划掉一行，那里划掉一段，用一个生硬的箭头将一个圈起来的段落移到页面的顶部或底部。页面上散布着几个星号，表示需要当面讨论的部分，这样他就可以给我指出不准确之处、纠正语气或处理其他太长而无法付诸文字的问题。

我停在描述他的曾祖父如何开始他的生意的一段话上：

威廉用父亲的财产作为抵押获得了一笔数目可观的贷款，然后他又用这笔贷款借到更多的资金。他高筑债台，计划从那些像他的父母一样无法出售商品的人那里购买商品。但因为他无法妥善储存，他没有购买烟草，而是购买不易腐烂的商品，尤其是来自南部的棉花和来自美国新近买下的路易斯安那的糖。

我想起我的父亲。他总是说，每一张一美元的钞票都是用从奴隶的卖身契上撕下来的纸印出来的。我今天还能听到他的声音。"这里的财富从何而来？原始积累。盗窃原始土地、生产资料和人的生命。纵观历史，资本的起源一直是奴隶制。看看这个国家和现代世界。没有奴隶，就没有棉花；没有棉花，就没有工业；没有工业，就没有金融资本。不可言说的原始罪过。"我一直在通读草稿。当然，里面没有提到奴隶制。

是的，当时我和父亲需要钱；是的，贝维尔凌驾在上，而我还很年轻。但这些都没有让我感到安慰。

我读到关于米尔德丽德的部分。自从读过她的文件而且了解她的真实身份后，我对自己为她编造的琐碎场景局促不安。看到安德鲁把他妻子从自传中排挤出去的程度，我感到震惊——并且为我扮演的同谋角色感到羞愧。有几个片段，我认为完全无关痛痒，却被他迅速删掉。从我今天阅读她的文件所了解到的情况看，这些段落描绘了一个极其淡化了的米尔德丽德的形象。然而，在她死后，她的丈夫认为她的存在应该一减再减。贝维尔之所以决定写自传，很大程度上是因为他想为妻子正名，表明她不是范纳小说中的患精神病的隐士。但是阅读这些页面，似乎他不仅想为米尔德丽德辩护，更想把她变成一个完全不起眼、安全的角色——就像我那段时间为找到贝维尔的声音读的伟人自传中的妻子们一样，是要把她放在她的位置上。

也许这也是哈罗德·范纳以他的方式所做的事。为什么要在他的小说中表现一个米尔德丽德的破碎形象？这是自从第一次阅读《纽带》以来我反复问自己的问题。她明明那么清醒，为什么要把她写成疯子？多年来，我考虑过不同的答案——嫉妒、报复、纯恶意——但在缺乏关于范纳生活细节的情况下，我总是回到同一个结论：他摧毁她的心智和身体，仅仅是为创造一个更好的故事（一个他不惜诋毁她也忍不住要讲的故事，自己最终也被故事毁掉）。他强迫性地把她塑造成历史上注定成为悲剧性主角的刻板形象，让她呈现一个自我毁灭的景象，把她放在她的位置上。

他们给我拿来的下一个盒子里装着米尔德丽德慈善活动的财务记录。正如记事簿中表现出的她对音乐的热情与安德鲁把她描绘成平庸的业余爱好者的形象相矛盾一样，这些财务记录也挑战着米尔德丽德是一个被动或鲁莽的慈善家的观念。她不仅确切地知道礼物是如何分配的，而且还利用她的捐献来塑造她支持的机构。她所有的捐赠似乎都有严格的使用限制，米尔德丽德明确规定了在每种情况下捐款的利息应该如何使用。

所有内容都是用紫色墨水书写的。她使用一种我无法完全理解的会计系统，部分原因是她的字迹很难辨认（而我对簿记的了解仅限于五十年前我自学的知识），但更主要的原因是米尔德丽德的方法非常独特。这些不是常规的财务账目。她的方法让我想起了我的编辑符号，除了我之外，没有人能理解。看起来我们俩都必须自创工具和系统来完成我们没有为之受过正规教育的工作。

除了贝维尔告诉我的米尔德丽德的捐赠（可以预见的有对歌剧院和其他一些知名管弦乐队和文化机构的捐赠）之外，她还为艺术和科学专业的学生提供奖学金，扩建图书馆并创建一系列基金。随着时间的推移，她的底气越来越大，可供支配的资金也越来越多。她不再支持图书馆，而是建立图书馆。从账单和一些信件上的日期可以清楚地看出，奥尔巴尼交响乐团的诞生一定是她捐赠的直接结果。

到1926年，大多数捐款似乎都走米尔德丽德·贝维尔慈善基金会的渠道。这或许可以解释为什么她的个人财务记录在这段时间前后逐渐减少。我记得安德鲁告诉我基金是他为她而设立的，听起来像一份礼物。在他的叙述中，建此基金的目的是为了以一种有序的方式管理米尔德丽德冲动而混乱的捐赠。他声称他已经向基金会捐赠并负责管理该基金，用它来控制他妻子在慈善方面的挥霍行为。这些文件显示完全相反的情况——米尔德丽德是一位深思熟虑、纪律严明的慈善家。

当我阅读到信件部分时，我意识到信件构成米尔德丽德档案的大部分：有十六个活页夹，标注是写给贝维尔夫人的信件。没有一封是她写的。我随意打开一些信封，检查里面的内容。大多数情况下，它们是感谢信。来自全国各地的音乐家感谢她提供钢琴、大提琴和小提琴；来自小镇的指挥家感谢她为他们的管弦乐队提供乐器和资金；市长和国会议员感谢她设立图书馆分馆；艾尔·史密斯州长的一封信，感谢她对特洛伊纽约州立大学人文楼的赞助。

1929年金融危机后，一些信件的内容发生了变化。除了她所有的文化赞助外，很明显，她还参与帮助那些在危机中失去一切的人。她现在的重点是住房和商业贷款。工厂、商店和农场的老板写信告诉她收到的援助对他们和他们的社区有多大帮助。但是，与这些信件的数量相比，多得多的是来自她过去慷慨捐助的受益者——图书馆、音乐机构、大学——的再次涌现的感激之情。

只剩下几个盒子了。我找到与范纳小说中提到的日记类似的东西的希望越来越小。贝维尔声称它们从未存在过，如果它们存在过，也一定已经被销毁或从这部分收藏中清除。但米尔德丽德从不写日记也可能是真的——写日记的习惯只是她虚构的化身的一部分。

许多日历和笔记本被撕掉几页。音乐会（越来越少）。简短、难以辨认的公式或计算。在家举行的小型晚宴。我很确定我在其中三个宾客名单中发现了哈罗德·范纳的名字。

2

"艾达。"

一个穿着细条纹西装,但奇怪的是既没打领带也没戴帽子的年轻人正在我公寓外面等我。

"你是谁?"

"我们进去说吧。"

"你是谁?"

"开门,我们到厅里谈吧。你不想让贝维尔的手下看到你我在一起。"

我环顾四周。只看见街尾有几张熟悉的面孔。我拒绝开门,但我们在楼门口凹进去的隐蔽处交谈。我握在手里的钥匙从指关节伸出来,像一把匕首。

"父亲和我男友在楼上。如果你再靠近一点,我会尖叫的。"

"别太戏剧化了。"他身靠在墙上,双手插在口袋里,表示他无意碰我,"我尽量简短。这是我知道的。我知道你是安德鲁·贝维尔的秘书。我知道你每周几次去他家,总是在下午,一直待到晚上。有时很晚。我知道你和他单独在他的办公室里。我知道他给你讲他的故事。我知道你做笔记。"他停下来看看他的话对我有什么影响。我茫然地瞪着他。"这是我知道的。这是我想要的:我想要一份你的完整记录。真实的东西。你看到了,我们有很多关于你的信息。我们会知道你是不是在虚张声势。"

"滚开。"

"等一下。我们做一笔交易:你给我想要的东西,我就不向联邦调查局透露你父亲的共产主义出版物、政治煽动和反美活动。见鬼,我可以说你是在为他监视贝维尔。看到他被驱逐出境会是一件很遗憾的事。"

"你是谁?"

"在大都市街和联合街的交界处,有一家软饮料店。如果你周三一点半没有带着我要的东西出现在那里,我会和我在联邦调查局的伙伴讲。**明白吗**,帕尔坦扎小姐?"

他说完就离开了。

我的膝盖在颤抖。肺里是令人窒息的空虚。我盯着从拳头里伸出来的钥匙。恐惧之下,是无尽的疲惫。我定定神,走上去找父亲。

3

划掉。要告诉贝维尔真相。那是最好的选择。一个陌生人想知道有关他的情况。我被吓到。受到威胁。但是如果贝维尔认为,而且是不无道理地认为,我已经泄漏了一些东西,那怎么办?我怎样才能向他证明我没有背叛他的信任?再说,我其实真的对他任何敏感的秘密一无所知。再一想,我们的会谈相当平淡无奇——我们只是粗线条地谈论他的生活,含糊其词地讨论过他的一些商业交易,而他则更含糊地分享过一些关于他妻子的肤浅故事。就这些。但关键不在这里。我在贝维尔给我的那些文件上签了字。我知道他对那些侵犯他隐私的人做了什么。父亲和我会被毁掉并消失得无影无踪。

"我让你厌倦了么?"

"真对不起,先生。请你重复最后一句话好吗?"

"不。"

"真对不起。"

划掉。我厌倦了说对不起。

"因为我们在这里会面,在我家里,在这个时间,而且我们在喝茶,你可能会觉得这是我的空闲时间。我没有空闲时间。"

我低头看着地毯,用眼睛追随着上面迷宫般的图案。

"这种情况不会再发生了。"

"我需要向普通读者澄清我的角色。没有我,可能连柯立芝的市场都没有。总统本人是这样说的。划掉这部分。我尽我所能长时间地堵住漏洞，支撑事态，保护投资大众免受赌徒的侵害。我的努力带来历史上最惊人的牛市。有史以来对美国工业和美国商业的最大推动。从1920年经济衰退到1927年，任何关注经济的人都可以看到我的影响，看到我是如何让一些关键股票上涨，从而让整个市场同步上涨的。1922年的美国钢铁公司、鲍德温公司、费雪公司和斯图德贝克公司就是实例。那是繁荣市场的开端。就在那里。是我。我。当然，这也被视为阴谋。亚历山大·达纳·诺伊斯或他在《纽约时报》的手下称其为'神秘举动'，而不是简单地将它归功于我。划掉那部分。"

安德鲁·贝维尔不会有丝毫犹豫。父亲和我会被毁掉并消失得无影无踪。他甚至可能认为整个勒索计划都是我的主意——是我编造了那个穿着细条纹正规西装、无领带男人的故事，为了我的利益勒索他，贝维尔。是的，他很可能这样想。这一切都是我。

"正如我所说，那是开端。但我们真正应该看的是1926年。在世界金融史上，什么时候出现过像我1926年这样的成功？什么时候？不出所料，有人指控我欺诈，这是头脑单纯的记者解释我的成就的唯一方式，也是那些梦想成为小说家的人解释我空前成就的唯一方式。那很好，但划掉它。我需要说我当年的业务涉及整个交易市场吗？什么样的骗局可能包含如此海量的证券？任何人都能够影响或渗透在纽约证券交易所上市的每一家公司，这个想法是可笑的。我带领整个国家一起走向繁荣。媒体非但没有感谢我，反而诋毁我。我鼓励甚至推动了那些年的繁荣。我不想听到任何关于熊市阴谋联盟的愚蠢想法。好像我有时间和愿望与其他人商量似的。划掉那部分。"

但这也可能是一个考验。也许是贝维尔派了那个不打领带的人来考察让我折服多么容易。一个测试。看我会如何处理事情。看我是多么忠诚和独立。如果是这样的话,正确的反应是什么?也许最好的办法是根本不报告。也许他想让我自我保护。我自己解决这个问题。划掉。无领带的男人可能比我最初想象的更强大。也许他代表一个金融竞争对手。也许他和政府是一路。也许他提到的有关系的虚构朋友是一个圈套,为了掩盖他本人就是联邦调查局的人。

"人们指责我在1929年10月之前清空,明摆的白纸黑字写在墙上,我看到了,这是我的错吗?你想想,我预测通货紧缩已经在1921年触底,我们可以期待价格反弹。我是正确的。当时似乎没有人发现任何阴谋。为什么?因为他们喜欢我的预测。两年后,我又预料到我们经历过的繁荣恐慌,我同样是对的。但是在1929年,我成了妖魔,是我策划了我所预言的事件。为什么?因为他们不喜欢听到的消息。所以他们认为我领导了某种不择手段的空头市场。划掉这部分。"

我必须提供什么?贝维尔的虚张声势。他的那些交易早在几年前媒体就报道过。那些含混不清,前后不连贯的关于他似乎根本不认识的妻子的故事。这一切很快就会公开。这一切都会在贝维尔的书中表现出来,而其中很多都是虚构的。贝维尔让我为他编造一个声音。他让我填补关于他妻子的一些空白,用我自己的想象编造她的故事。那么,为什么不再给这个不系领带的人提供另一个虚构的故事呢，就像我在父亲追问我工作细节时所做的那样呢？是的，这就是解决办法。我已经为真实的贝维尔创造了一个虚构的形象，为父亲创造了一个虚构的贝维尔，我完全可以为勒索我的人创造另一个虚构的贝维尔。"

"我的行动促成许多美国企业、制造商和公司增加股票发行量，获得资本。美国钢铁公司的例子。他们将债券换成普通股，从而完全免除了债务。那是我行动的直接影响。这是我的记录。这就是我所做的。这就是我们审视 1929 年崩溃所需要的背景。如果说我被迫做空市场，那不仅是为了保护自己，也是为了保护我们国家的金融健康，以应对投机暴徒和政府监管机构的攻击。但我们将留到下一次再谈。我期望下次见面时，你会处于更好的状态。"

"真对不起。"

4

誊写和修改贝维尔的话语。为米尔德丽德杜撰生活。为不打领带的人写小说。我告诉自己，是工作让我在接下来的几天里一直待在家里。其实是恐惧。我把桌子从窗户下移到屋内的一个角落里，蜷缩在打字机前，埋头苦读这些故事。

在那与世隔绝的一周快结束时，我意识到为勒索者写一个完全虚构的故事是我为贝维尔撰写的另一个故事的主要灵感来源。这两个叙事相互补充，相互滋养。这里的死胡同在那里却是一条通衢。在为不打领带的男人撰写报告时，我不得不完全捏造了一些事件，它们刚好可以借来填补这边故事的某些空白。而这些空白在贝维尔的自传或米尔德丽德的肖像中一直是主要障碍。同样，在回忆录中不能用的内容可以编进给勒索者的故事中。我喜欢的那些因其风格与其他段落不相符而被放弃的段落；贝维尔删掉的冗长的技术说明；我创作的一些他不喜欢的小场景——所有这些段落都被我改头换面，变成无害且我希望是无法追踪的内容，编入给勒索者的叙述。

一次写出所有这些文本需要做更多的研究。我已经可以看出我的叙事太宽泛，故事缺少那些小细节（一个普通物件，一个具体地点）和文字点缀（一个品牌名称，一种习惯）。这些细节经常用来诱使读者相信他们正在阅读的内容是真实的。虽然我不情愿，但不得不离开公寓，回到纽约公共图书馆的主分馆。我打开未曾充分利用的化妆包给自己画上浓眉，涂红脸颊，又给脸长一点年岁。我还用一条系在下巴上的围巾遮住头，穿上了父亲的宽松雨衣，让我看上去年纪更大，体格更小。这一切都没有减轻乘坐地铁进入曼哈顿的痛苦。从我读过的所有悬疑小说中我知道，当一个人怀疑自己被跟踪时，最糟糕的事情就是转身。即使没有围巾和雨衣，我也会汗流浃背。

我毫无章法的做事风格又一次救了我。我从伍德罗·威尔逊的演讲、罗杰·巴布森关于繁荣的奇谈怪论、威廉·扎卡里·欧文的自传、赫伯特·胡佛的《美国个人主义》、亨利·亚当斯的《教育》（也许是唯一一本我欣赏的伟人著作）以及一些关于金融历史的书籍中汲取灵感。其中，最具影响力的是厄尔·斯帕林的《华尔街的神秘人物》。由于我从小就喜欢侦探小说，我对这个标题很感兴趣。这是一本于1929年出版的金融家肖像集。杰西·利弗莫尔、威廉·杜兰特、费舍尔兄弟、亚瑟·卡特恩、安德鲁·贝维尔……他们都在里面。我在其中找到许多问题的答案，并在必须描述某些不清晰的金融操作时自由地借鉴其中的知识。我还查阅了贝维尔和他的交易活动在《华尔街日报》《纽约时报》《巴伦周刊》《国家商业杂志》和其他出版物上的报道。

为了让给勒索者写的贝维尔故事的个性更加充实，依赖虚构作品似乎更有道理。我再一次记下一些书名，稍后我会从布鲁克林公共图书馆借阅。我试图阅读西奥多·德莱塞的《欲望三部曲》，但只看完《金融家》，《泰坦》读了一半。内森·莫罗的命运多舛的银行家和经纪人以及他对20年代挥霍狂欢的描述也进入我的故事。从厄普顿·辛克莱的《货币兑换商》中，我学会用赤裸裸的邪恶笔触刻画贝维尔，我还从中找到灵感，为勒索者的故事点缀上一些奢侈品——游艇、富丽堂皇的办公室、豪宅，等等。

因为这些小说有些过时，我又转向期刊杂志。纽约公共图书馆保存的《财富》《福布斯》和其他类似的大部分杂志都刊载金融家、实业家和贵族家族的长篇专访。在这些关于莫里斯·莱迪亚德、古尔德家族、阿尔伯特·H.威根、洛克菲勒家族、所罗门·R.古根海姆、罗斯柴尔德家族和詹姆斯·斯佩耶尔的文章中，我找到许多商业交易的细节、住所的描述、旅行计划、奢华派对的报道以及各种习惯、怪癖和娱乐方式，我把这些用到贝维尔家族的描写中。我还引用占据这些杂志主要篇幅、宣传我从未听说过的奢侈品的广告。贝维尔乘坐一辆配备12缸航空型发动机的迈巴赫-齐柏林汽车在城里兜风，当他去格伦科夫时，他则开一辆超级跑车德拉奇，以110英里每小时的速度飞驰，那里还停泊着他300英尺长的跨大西洋柴油动力游艇，最近才从巴斯的干船坞开来。有时他还会坐配有休息室和酒吧的福克飞机上下班，在飞机上品尝波尔多特级酒。

寻找能够帮助构思米尔德丽德故事的书籍更为困难。关于范纳《纽带》的书评中，伊迪丝·沃顿、阿曼达·吉本斯和康斯坦斯·费尼莫尔·伍尔森的作品被提及。读完这些书评，我马上去查阅她们的作品。但由于她们比米尔德丽德要早上一两代，她们描绘的纽约社交圈或欧洲的美国侨民群体已经过时。向图书馆员咨询之后，我以一种杂乱无章的方式阅读了所有我认为可能会激发灵感的东西，从艾米丽·波斯特的《礼仪》到维娜·德尔玛的

《坏女孩》。但我的重点,如果可以将我的草率方法称为有"重点"的话,是在当代美国作家身上,她们的作品或许可能与我的故事相关。我记得其中包括截然不同的作家,如唐·鲍威尔、厄休拉·帕洛特、安尼塔·卢斯、伊丽莎白·哈兰和南希·黑尔。她们中只有少数与我的工作有关,没有一个能够完美地捕捉我想要为米尔德丽德创造的低调富裕的氛围。尽管我并不能说喜欢她们所有人,在这段时间的缜密探索中,我发现的一些作家还是成为了我个人创作的基础,正如我在《文字之前》中所写的那样——尽管我从未在书中透露我最初是如何了解她们的。

到目前为止,关于米尔德丽德的部分(不论哪个版本)是我工作中最具挑战性的方面。我没有什么可以依靠。如果说我读过的书没有帮助,那么贝维尔模棱两可、刻意模糊的描述只会加深她肖像中心的虚空。似乎可以肯定的是,米尔德丽德在纽约音乐界的作用比贝维尔愿意承认的更为重要。但是没有任何迹象表明她患有像范纳小说所描写的,毁掉她的化身海伦·拉斯克的那样严重的精神问题。

在我写的关于她的每一句话中,有两件事我不得不压抑。首先,她性格中不可否认的复杂性,在贝维尔的真伪颠倒和试图使她形象更加"平易近人"的努力中显露出来。其次,我确信我理解她的困境——至少在某种程度上是这样。和贝维尔一起生活。窒息。孤独。算计每一个活动,压抑每一个冲动。

面对这个死胡同,我想到哈罗德·范纳。我非常喜欢他对海伦·拉斯克的演绎,也许我能从他写的其他一些女性角色中找到灵感。

如果说我离开布鲁克林时的恐惧通过在书籍和杂志中沉浸几个小时后消散的话，那么当我翻阅目录柜的图书卡片、寻找范纳的作品时，巨大的恐惧浪潮又向我袭来。我反复翻找装着"范"的卡片的抽屉，却总是停在同一个地方，每次确认这里没有我要找的东西时，我的心都会咯噔一下：

| 范恩，威廉哈维 | 《詹姆斯·豪厄尔作品注释》 | 1924年 |
| 范纳罗，莫里斯 | 《车辙：一幕社会剧》 | 1926年 |

令人难以置信的是，纽约公共图书馆会收藏一位名不见经传的评论家的一篇鲜为人知的论文，和一位完全不为人知的法国作家的一部闻所未闻的短剧，却没有本应排在这两个名字之间的作者的任何一本书。没有范纳。什么都没有。没有一本书。我问了图书管理员。她告诉我图书馆的所有收藏都在那些卡片上。但我知道，世界上最大、最全面的一家图书馆不可能任何一本哈罗德·范纳的书都没有收藏。他的早期作品曾经畅销，《纽带》受到广泛的评论。只有一种解释。贝维尔是图书馆的主要捐助者之一，他歪曲并调整了现实。

混沌是一个漩涡，它吞下的每一个东西都会让它旋转得更快。几天马不停蹄地工作，我没有时间照顾家。水池里的脏盘子和扔在地板上的毛巾、打开的罐头和发霉的《颠覆纪事》过刊、面包皮和烂苹果核、苍蝇和蜈蚣、沾满墨水的抹布和堵塞的浴缸。这一切丝毫没有困扰父亲。他会清理他需要的区域，在他的衬衫上擦餐具，做三明治或排印一页印刷品，然后移到下一件事情，身后留下一堆垃圾。那些日子对他来说是幸福的。他很高兴我们在一起工作。他的快乐是那个时期留给我的唯一美好的回忆。

一天下午，杰克带着道歉、解释和要求出现了。我边点头边听他讲。他刚说完，我强忍着一肚子怒火，让他四下看一看。我知道这股怒火会导致流泪。我问他是否认为我有时间满足他的需求。他的确环顾了公寓。我以为他要走了，他却脱下衬衫，放进书包里，穿着汗衫开始打扫厨房。真没想到会从他那里得到这样一份礼物。我很感动。我说，他不必做任何事情，这样挺好——我说的话都是人们在这种时候该说的话。

"不，不，没啥，"他说着，声音里透着甜蜜的严厉，"你有工作要做。去吧。这里交给我。"

我吻了他，几乎认不出这个新杰克，但感激不尽。之后我穿过父亲的工作室回到我的房间。父亲正在与他的印刷机搏斗，试图调整一个够不到的部件。我告诉他杰克刚到，但他不理我，一边咒骂机器，一边不停地伸手去够给他带来麻烦的部件。

几个小时后，我几乎完成了这份假文件。它听起来真实可信。我把贝维尔要从他的自传中删去的所有行话都塞进去（他总是说他要面向广大民众，"普通人"或"普通读者"），并将其扭曲成一通错综复杂但又说得通的废话，却也无论如何都无法追溯到任何真实的金融业务。我想我的勒索者会欣赏这样一些他无法完全理解的东西。所有这些技术性的论述都编织进贝维尔人生更广阔的叙述。这个版本符合我认为大多数受电影和小说教育的人对于像贝维尔这样的大亨所持有的期望。有关他的家和他的财产,有丰富详细的描述;有外国高级官员和豪华轿车;有即兴的欧洲和棕榈滩之行;有女演员和香槟、参议员和鱼子酱。为了加强效果,我还加入一些《了不起的盖茨比》中的玛丽·安托瓦内特式的音乐室、王政复辟时期风格的大客厅和嵌入式浴缸。当然,这一切都伴有适当的倦怠感和道德不安。

快到晚餐时间了,我几乎还没有吃早饭。如果能为可爱的杰克和父亲买点特别的东西就好了。一只烤鸡。甚至葡萄酒。我将完成的文件卷起塞进雨衣袖子后,准备离开。父亲还在印刷机边工作。在出去的路上,我在厨房里停下来。杰克打扫得很干净。然后我走向浴室,他正跪在瓷砖地板上,努力疏通浴缸。我吻了他的头,告诉他我出去买晚饭。

"我知道现在不是时候,"他说,胆怯地抬起头,"你这么忙。但……我想知道你能不能帮我打出这篇文章。我要把它给《太阳报》的某个人看。打字机打出来看起来要好得多。不急。文章在这里,但如果你不能……"

这是杰克第一次明确向我求助或承认我的能力。

"当然!愿意效劳。不会用太多时间的。"

"谢谢。看起来要好得多,"他又说一遍,"我会把文章留在你的桌子上。"

我从一家商店走到另一家商店,在脑海中回顾那本假自传。一些细节可能会露出马脚,必须删除;我的一些习惯用语可能被认出来,需要修改;一个删掉的段落,经过再三思考,很有用处,应该恢复。在这些要做的修改还没忘记之前,我赶紧往家走。

　　杰克还在修浴缸。父亲还在对着印刷机声诅咒。我把购物袋放在柜台上，然后回房间写下要修改的内容。桌子上放着一个装着杰克文章的信封。我没有打开。我拿出为勒索者准备的文件，改了几个句子，划掉一两段。我想恢复的段落应该在字纸篓表面上一团皱巴巴的纸团里。我拿起一个纸团，把它展开。是空白的。另一个纸团。也是空白的。再一个。还是空白的。我丢弃的大部分纸团都不见了，取而代之的是白纸团。

　　我既害怕又心碎。我假装很享受晚餐。我尽全力克制才不让自己的目光不停地飘向杰克的书包。

5

  发现文件被盗之后,我唯一的安慰是那些都是我为勒索者杜撰的小说的一部分。那些文件中的任何内容都不会损害安德鲁·贝维尔,也不会引火烧身。这种认知带来的解脱远超过想到杰克带给我的愤怒和悲伤。我又一次沮丧地发现,比起朋友和家人,我更关心贝维尔——他的规则、他的标准、他的威胁。与泄露机密的后果相比,被如此亲近的人背叛的痛苦似乎无关紧要。令我倍感沮丧的是,这是真的:失去朋友的痛苦与面对贝维尔的愤怒相比,简直微不足道。他的权力范围如此之大,他的财富扭曲周围的现实。这个现实也包括人们。人们对世界的看法,像我的一样,也被贝维尔财富的万有引力吸住并扭曲。

  自从我第一次见到他以来,我就感觉到我必须抵抗这股力量。这不是出于叛逆。相反,我凭着直觉发现,他对我的尊重在很大程度上取决于我如何有效地抵制他的巨大影响,这一点很快得到证实。每当我能够克服我的恐惧,拿出一些勇气,甚至在一些小事上勇敢地面对他时,我们俩似乎都更享受(尽管这个词无疑是过度的)我们的会面。当然,勇气与优雅同样重要。他不会忍受粗鲁,但温和、模棱两可的无礼行为会让他觉得有趣,或者至少会唤起他的好奇心。具有讽刺意味的是,在这些情况下,他僵硬的举止——我逐渐将其视为根深蒂固的害怕被嘲笑的证据——似乎稍微缓和一些。正是在这些时刻,我设法将我们的会谈引导到一个更有成效的过程中。

我决心重新获得上次会面时失去的尊重。在我发现杰克的背叛之后，即将与那个不打领带的人会面之前，让安德鲁·贝维尔站在我这一边，并且掌握他对被盗文章可能发表的反应至关重要。

"我必须说，我非常满意你对贝维尔夫人的描述，"他在看完我的新稿件后说道，"的确很满意。"他回到开头，再次浏览了一遍。"像往常一样，你会收到我的注释。"他停下来。"再一想，也许我们应该扩展一些适合米尔德丽德的消遣活动。"他把食指放在唇上，环顾房间，直到看到靠窗的边桌上摆着的鲜花。"花。她对花的热爱。她会如何搭配，展示花卉，等等。一个不错的小场景。离开之前和管家克利福德小姐谈一谈。她会告诉你应该描述什么样的花束。也许还可以带你看看温室。"

我一直没有从记事本上抬起头，假装全神贯注地记笔记。这不是表现困惑的时候。

"你，通过你的想象力和……女性的同情心，成功地捕捉到米尔德丽德的大部分私生活。米尔德丽德是一个注重隐私的人，这意味着你捕捉到了她生命中的**大部分**时间。"

"谢谢。正是为了让贝维尔夫人的私人生活细节更加丰富，我在想也许今天你和我可以边聊边在你家里走走。我对这座房子内部几乎一无所知，你带我走一遍会非常有帮助。我们可以偶尔描述一个房间或一幅画……这样会为你的个人生活提供更生动的背景。还有贝维尔夫人的生活。普通读者都喜欢窥视这样的豪宅，你知道吗？"

我成功地取得让他有点不舒服的效果——我的建议显然是一个好主意，但也违背贝维尔对隐私的执着。让他感到不舒服正是我的希望。

"好主意。当然可以。"他试图将自己的犹豫隐藏在礼貌背后。他认为对我要有礼貌是一个巨大而出乎我意料之外的胜利。

"请记住，我不想对这个地方有过分夸张的描述，"他在我们开始之前说，"有违雅兴。"

他带我们回到大理石铺地的门厅，这样我可以体验"房子逐步展开"的过程。我们走过几位工作人员。有些人在打扫卫生；其他人穿着三件套西装匆匆而过。不管级别高低，他们都把目光从我们身上移开。他们似乎被授意照常工作，假装贝维尔不在场。

他先给我看他的绘画收藏。他在每幅画前稍作停顿，指着镀金画框上的牌匾，说出艺术家的名字，然后移步下一幅：柯罗、透纳、安格尔、霍尔拜因、贝利尼、弗拉戈纳尔、委罗内塞、布歇、范·戴克、庚斯博罗、伦勃朗。我一一记下。

我们来到一个带窗户的走廊，从窗户里望出去，可以看到一个温室。

"我把这处留给克利福德小姐和你见面谈花的时候。我对植物一无所知，"我们走过温室时他说，"这里，在后面，是我每天度过下午的地方。"

他打开一扇门，里面是一间大办公室，旁边还有几个较小的工作区。所有房间的墙壁被写满股票报价和数学公式的黑板覆盖，大约有十几个人坐在办公桌前计数器后面费力地翻阅活页夹、书籍、文件和大量纸张。这里的气氛比位于市中心的贝维尔投资公司总部要安静。感觉几乎像一个图书馆。

"市场收盘后，工作在这里开始。事实上，我愿意把这里看成是真正的工作。此处得出的结论为我的交易、日常运营和长期计划提供依据。其余的，在交易所发生的事情，不过是执行在这个房间里做出的决定。你看到的这些人都是统计学家和数学家。从全国各地的大学招聘来的。名副其实的智囊团。他们研究股票记录和行业记录，根据过去的趋势预测未来，探寻群体心理模式，设计模型以便更有系统地运作。来自我关注范围内的或可能在我关注范围内的每家公司或企业的报告、声明和前景预测都在这里得到评估。"

他看着我的眼睛，直到我不得不把视线移开。我还记得他凝视着我的蓝眼珠。他要么试图通过我的瞳孔提取某种东西，要么试图通过它们将某种东西放入我的体内。

"你明白，在我的整个职业生涯中，直觉对我很有帮助，我的声誉很大一部分归功于它。在我的直觉中加入科学和对大量数据的客观解释是我优势的源泉。这种独特的组合让我始终领先市场行情。"他停下来，审视他的手下并看一看手表，"我们通常工作到九点钟。"

"这些人一直在这里工作吗？在贝维尔夫人……？"我没能说完我无礼的问题。

"当然没有。"

我们离开办公室，贝维尔领着我穿过无人居住的一层。他在一间客厅里表情庄重地停下来。客厅墙上挂满麋鹿和野牛的头、一只填充的熊、一张美洲狮的皮,包括张大嘴咆哮的头及全部皮毛,还有其他狩猎战利品。统领这些实物标本的是两幅油画肖像,画的是一个强壮、粗犷的男人,不知何故,他似乎在极力掩饰自己的快乐。左边的画描绘他身穿全套猎装,拿着步枪和几只软塌塌的野鸡。在右边的照片中,他身着职业服装,手里拿着笔,正从一份文件中抬起头来。

"如你所知,我对有关我祖先的章节非常满意,"贝维尔在离开房间前说道,"现在你大概可以描述父亲的脸了。毕竟,参观各个房间是一个不错的主意。再一想,要真正了解我的家族历史,你必须参观拉菲索拉纳。那里是我们的精神所在。我会安排的。"

"谢谢。那将非常有帮助。"

他的安排没了下文。

画廊、起居室、大厅、小图书馆、书房、餐厅、小休息室。他出奇地安静,轻快的脚步表明他想尽快结束这次参观。

"我们的许多画作目前都出借给了不同的博物馆,"他说,指着一堵光秃秃的墙,"贝维尔夫人希望公众能欣赏这些画。"

"你最近对房子做过其他改动吗?"

"除了楼下的办公室和出借的艺术品,自然,一切都保持原样。米尔德丽德的记忆。"

我们走上二楼。宴会厅、更多画廊、卧室。有一个音乐室,但它只是一个放着钢琴和竖琴的大客厅——完全不像范纳小说中的私人音乐厅。图书馆拥有大量藏书,书摆得很高,够不到,是为不爱书的人设计的。我仍然无法感觉到贝维尔夫人亲切的家居感。也许安德鲁·贝维尔把他所描述的温顺误认为是温暖。

贝维尔在靠近公园一侧的走廊的一扇门前停下来。

"这里是米尔德丽德的房间。"他严肃地说。

我们凝视着门槛,仿佛站在她的坟墓前。在适当的停顿之后,似乎是时候再次表现大胆而小心的无礼了。

"了解她的生活方式会有很大帮助。我会从她的东西中找到很多灵感。挑选一些小细节,一些日常小事,可以让故事更生动。更可信。"

"你可以看整个房子,但这一扇门应该保持关闭。"

"很抱歉。我只是……"

"不用道歉。我明白你会好奇。但有些事情我想留给自己。"

贝维尔默默地领着我看完房子。

"在我们第一次见面时,你讲过一些关于你母亲的早期记忆,"我最后说,"你提到她和米尔德丽德的共同点,除了她们充满爱心的天性之外,还有她们的智慧。你说,她们都是非常聪明的女人。"

他停下来看着我。他的眼神中流露出我认为是不耐烦的神色。但我没觉得他这次恼火是冲着我来的。他继续往前走;我赶上去。

"你认为米尔德丽德的智慧是如何表现出来的?"

"哦,你知道的。在无数的微小细节中。管理这样的房子并不容易,有这么多员工,等等。当然,还有她的音乐品味。但我们已经讨论过所有可能对本书有用的内容。而且,老实说,需要非常有天赋的人才能跟得上我。"他从鼻孔里笑出来,"不容易。

跟上我一点都不容易。也许把这个写进书里？以适度幽默的方式。顺便说一句,你自己的表现也不错,你知道的。"

我感觉脸颊发红,对刁难和逼问贝维尔的需要消失了。

我们到达第三层也是最高一层。在这里,整个背面是仆人的住处。面向公园的前面是供客人使用的。

"多年来,许多人都在这里住过,其中许多人都非常有名。也许我们应该在书中列出几个名字。我希望读者喜欢听到这样的故事。尽管如此,说实话,米尔德丽德和我都不喜欢有客人长期住在这里。参与你日常生活的人越多,他们就越是觉得自己有资格传播关于你的故事。我一直觉得这很莫名其妙。我认为亲密应该产生信任。"

"你是说连你的朋友都散布关于你和你妻子的谣言?"

"**主要是我的朋友**。他们认为做我的朋友,就意味着拥有随意把我当做谈资的自由。"

这给我一个机会发现,如果虚构他一生的被盗文章发表了,他会作何反应。

"你对待所有这些八卦和传闻的态度是否与你对待范纳和他的小说一样强硬?"

"天哪,不。如果我不得不对每天下午报纸上发表的每一个愚蠢故事做出回应,我将无暇顾及我的业务。跟踪所有谣言并予以否认需要花费太多时间。但范纳不同。他写的我和我妻子是不一样的。他涉及的范围也不同。但如果你从今以后避免说出他的名字,我将不胜感激。"

参观结束了。贝维尔回到他楼下的办公室,有人陪我出去。

被盗文件不再让我担心。毕竟，我跟得上贝维尔。

6

我早早到达软饮料店，这样就可以选择一个安全的地方，一个显眼且靠近门的地方。然而，我一走进去，就看到仍然穿着那件细条纹西装、不打领带的男人。他坐在房间里最隐蔽的桌子旁，吃着圣代冰淇淋。房间大部分是空的，但看到一些孩子在柜台前喝奶昔，我感到安慰。在孩子们喝奶昔的地方不会发生太糟糕的事情。我走到那个不打领带的男人身边，坐在他对面。

"我要的文件最好在里面。"他说，用他的长柄勺子指着我的挎包。

"我怎么知道会下不为例？我怎么知道你会在这之后不再来纠缠我？"

"好吧，亲爱的。"他含着一勺冰淇淋，说话有些含混不清，"你只能相信我了。"

突然，看着他在一家软饮料店享用圣代，我恍然大悟。看着他身处他熟悉的环境，我意识到他不是一个为无良报纸、政府或任何其他更高权力机构工作的阴谋家。他不过是一个布鲁克林混混。穿着他唯一像样一点的西装在吃冰淇淋。

"这么跟你说吧。"我把手伸进挎包，"这里是十块钱。"

他停止进食，看到钱呆住了。

"我知道是谁派你来的，"我说，"说出他的名字，这十块钱就是你的。否则，我只会走路。你毫无办法。"

"听着，帕尔坦扎小姐，我们知道你的共产党员父亲。如果你不……"

我起身走了几步。

"杰克。"他说。

我停下来。直到今天，我当时的感觉仍然是我衡量仇恨的标准。我回去站在桌子旁边，低头看着他。

"他是怎么知道贝维尔的？"

"那十块钱呢？"

我把钱给了他。

"他跟踪你。他不喜欢你去某个男的家里，和那人单独待在一起，所以他尾随你。只是为了看看是谁。弄清楚谁拥有那座豪宅并不难。后来，在你家里，他碰巧读到你为贝维尔打字的一些内容。看起来你正在写他的人生故事。杰克打算把它卖给一家报纸。卖给出价最高的。用这一大勺好东西，换一只金饭碗。"他指着自己的冰淇淋，笑得像个白痴。

"你告诉杰克，贝维尔已经盯上他。他只是派我来这里确认一下。告诉杰克，他从我那里偷去的文件，他最好别打出版的主意。告诉他贝维尔什么都知道，贝维尔会不依不饶。贝维尔会毁了他。我见过贝维尔是怎样处置其他人的。告诉他最好离开这里。马上。"

7

按照贝维尔在我们上次见面时给我的指示，我约好克利福德小姐，让她带我去看温室里的花。

当我在工作人员接待区遇到她时，她给我倒上一杯茶，我谢绝了，但她还是给了我，就像我第一天来这里一样。闲聊几句后，我问起她的工作，不确定管家在这样的房子里的职责是什么。她解释说，大部分员工都在她的管理之下，她的主要职责是确保房子里的一切都"自然"发生。我问她是否也管理男管家。不管。她看了我一眼，暗示我们对这个人有相同的看法，但她不会讨论这个。她优雅地改变话题，问起我的工作。她对我花这么多时间与贝维尔先生交谈很佩服。

受到她的友善的鼓励，我决定将过去几天制订的一个模糊计划付诸实施。

"我们或许应该先去贝维尔夫人的房间看看，你不觉得吗？"

"贝维尔夫人的房间？我以为我要带你看花的。"

"是的，还有她的房间。贝维尔先生正在完成关于贝维尔夫人的一章，他让我描述一下她周围的环境。所以我认为我们最好从她的房间开始。那会为其他描写定下一个基调，你不觉得吗？"

她犹豫片刻。

"我想这有道理。"她伸手来接我的杯子，但我先她把杯子放在水槽里。"哦，谢谢，亲爱的。你真贴心。我们走吧？"

我们的脚步声在大理石铺地的宽敞大厅中回响。

"贝维尔先生希望我为贝维尔夫人的部分增添一些女性笔触。更多地了解她的日常生活会有帮助。也许你有一些轶事可以和我分享？关于她日常生活的小故事？"

"很抱歉。我希望我有幸见到贝维尔夫人，但我是在她过世后被录用的。"

上楼梯时，她似乎有点上气不接下气。

"我懂了。也许你可以把我介绍给这里认识她的工作人员。只问几个简短问题，我保证。"

我们走过一条长长的走廊。厚厚的地毯和窗帘把我们的声音压得很低。

"嗯，你看，我们**都**是贝维尔夫人去世后才被录用的。追悼会结束后不久，贝维尔先生决定卖掉这所房子。太多的回忆。我相信他有一段时间搬到旅馆，解雇了全体员工，上了锁。几个月，甚至一年。他一个接一个地拒绝买家的出价。最后，有了合适的出价时，嗯……太多回忆。"

我们在走廊的中间停下来，让克利福德小姐喘匀呼吸。

"他们打算拆掉房子，建一座丑陋公寓楼。贝维尔先生下不了决心。他见不得他和贝维尔太太一起建造的家从此消失。他又搬回来，雇了新员工。"她压低声音，"但是你了解贝维尔先生。他肯定不希望我站在这里喋喋不休地谈论他的事情。"

她轻轻地揽着我的肩膀，领着我往前走。

"总之，"她用正常的语气说，"我们到了。"克利福德小姐指了指米尔德丽德的房门，"我知道这里的一切都和贝维尔夫人离开时一样。"

她打开门,我们走进去。

我从来没有见过这样的空间。卧室,位于客厅和更衣室之间,是一团棱角分明的云——完完全全的淡蓝色和灰色,光线明亮,不知何故还散发着臭氧的气味。一张长方形的床。床头柜是一个立方体。一张圆形的咖啡桌。在一个角落里,几条干净的曲线变成一把扶手椅。所有这些家具都非常简单,在我的记忆中它们显得毫无色彩。纯粹的抽象线条。

起居室同样宁静而整洁。桌子是由组成桌子所需的最少的元素组成的,椅子也是。空荡荡的架子上,只有几件小雕塑——每一件都凝缩成纯粹的形式。一个朴素的书柜沿着最短的墙延伸。

从敞开的门传来轻轻的敲门声。一位女仆需要克利福德小姐的帮助。

"我去一下,亲爱的,"她和女仆一起离开时叮嘱道,"四处看看,然后我带你去温室。"

我在各个房间来回走动。这些不是为丈夫"安家"的人的"柔和""温暖"空间。这些不是一个体弱多病的少女新娘的住所。与房子的其他部分形成鲜明对比的是,这里有一种修道院般的宁静——回想起来,我认为这是一种现代的、朴素的前卫氛围。这里只有少数几件家具,它们从宁静的实用性中体现出优雅。这个地方的强烈感来自每个物体(以及它的摆放方式)都让人感到恰到好处。

我四处走走,试图感同身受一下,但不知道那意味着什么。根据范纳的小说,她一生都在写日记,却没留下自己的任何踪迹。在这苦行僧式的房间里,除了少数空空如也的架子和桌面,几乎没有日记的藏身之处。傻傻的我甚至看了看壁橱,她挂在衣架上的衣服都被包裹起来,我摸了摸几件外套的袖子和口袋,好像她(像我一样)会把她的作品藏在里面。

书架上可能有一些线索,尽管我确信这些书不会有人读过,也许书页都没裁开。我错了。到处都是铅笔画的重重的下划线、折痕,以及星星点点的茶渍和咖啡渍。其中一些是法语,另一些是德语,甚至是意大利语,这让我觉得自己和米尔德丽德的亲近程度高得离谱。许多书都有作者的签名——当时我没听过他们的名字,因此没有记住。哈罗德·范纳不在其中。我一卷又一卷地翻阅,在带下划线的段落上停下来,希望它们能告诉我一些关于读者的事情。

我走到书桌前坐下,看着米尔德丽德一定每天都能看到的公园。树下的长凳,我在第一次与贝维尔会面后坐在那里数我的工资。书桌抽屉没锁。文具、吸墨纸、铅笔。吸墨纸引起我的注意。上面盖满文字、数字和符号。这些文字、数字和符号用紫色墨水相互交叉混杂在一起。当然,一切都是颠倒的。我想到我的父亲和他颠倒的真相。

克利福德小姐回来带我去看花之前,我把吸墨纸放进口袋。

8

亲手送交的信件是机打的，内容简略。但是，所有旨在去除人情味的东西都具有突出作者的反效果。只有安德鲁·贝维尔会让人打出以这种方式表达出来的晚宴邀请函：没时间见面。工作晚餐。免正装。

早上送信的司机晚上又来接我，送我去东 87 街。当我坐在豪华轿车的后座时，我感觉到黑暗窗户后面的凝视，甚至几乎可以听到第二天在邻里开始蔓延的窃窃私语。

有一次，当我在面包店工作时，我无意中听到两位顾客之间幽默而无奈的聊天。"有一个更好的世界，"一个男人说，"但它更贵。"这句俏皮话让我印象深刻，不仅因为它与父亲的乌托邦远景截然不同，还因为它指出财富的超脱本质，这一点在我与贝维尔工作期间得到证实。我从来没有觊觎过他的任何奢侈品。是的，它们让我感到害怕和愤怒，但最重要的是，它们总是让我感到不受欢迎和陌生，就好像我是一个流离失所的地球人，独自一人在另一个世界生存——一个更昂贵也认为自己更好的世界。

然而，那天晚上，在贝维尔的车里，我第一次体验到奢华的清爽感。我不仅见证，我还感觉到了。并且喜欢。

我以前从未独自一人在夜间坐过车。纽约在厚重的窗户外面静默无声地流淌着。如果我往后靠，城市就会消失在流苏天鹅绒窗帘的后面。行人们对这辆豪华轿车里的乘客很好奇，每次在红绿灯处都会向里面张望。这更加突显这种感觉的奇特之处。我在街上，同时又处于一个隐蔽的空间。比起桃花心木板、雕花玻璃酒瓶、绣花座椅和隔板另一侧戴着帽子和白手套的司机，更让我感受到奢华的，是这种在公共场合却享受私密的奇妙悖论——一种让我突然感觉自己变得无人能及和不受伤害的错觉，一种让我幻想我能够完全掌控自己、他人以及整个城市的感觉。

当我们到了以后，司机把我交给令人不快的管家，管家把我带到我在参观这所房子时未见过的一间小餐厅。桌子是为两人准备的。贝维尔把盘子推到一边去处理一些文件，他起身欢迎，同时把文件翻了过来。

"谢谢你这么晚来。我可以请你喝点东西吗？香槟酒？"

我压抑住犹豫。谢绝有些懦弱，而接受又有些尴尬。我以前从未喝过香槟。

"那太好了，谢谢。"

"好。没有什么比胆小的客人更乏味的了。"

贝维尔用下巴示意管家，仆人离开，关上身后的门。我们坐在桌旁，我拿出笔和记录簿。

"你知道月亮有多远吗？"

他没有期待我的回答。

"大约 238000 英里，"他说，"你知道股市崩盘时造成的证券价值的损失有多大吗？大约有五百亿美元。"

他移动桌上的盘子和银器，然后看着我。我的五官不知何故设法摆出一副困惑但又全神贯注的表情，我想他期望从我身上看到这种表情。

"如果把五百亿美元的钞票首尾相连,可以去月球十次。然后回来。往返月球十次。而且还剩很多零钱可以用。"

现在我以真正的不可置信的表情看着他。

"令人惊叹,不是吗?"他点点头问道,"我计算过。"

但我的困惑不是针对这种荒谬的计算,而是针对贝维尔的。他以前从没说过这么无聊的话。我从来没有为他感到尴尬。

"五百亿美元的钞票可以绕地球一周近195圈。"他转动食指,"几乎绕地球195圈。这就是1929年10月股票价值蒸发的钱。"

管家端着托盘回来,托盘上放着一杯香槟。贝维尔不喝酒,被那个愚蠢的道具困住的人是我。

"这就是崩盘的严重性。这难道是**我的**错?像这样的灾难从来都不是,也永远不会是,一个人的行为造成的。"

两个女仆端着两碗汤进来,同时把它们放在我们面前然后离开。

"一个国家的繁荣完全基于众多自我利益的相互协调,直到它们看起来像所谓的共同利益。让足够多的自私个体汇聚并朝着同一方向行动,结果看起来就很像集体意志或共同目标。但是一旦这种虚幻的公共利益开始发挥作用,人们就会忘记一个非常重要的区别:我的需求、欲望和渴望可能和你的相似,但这并不意味着我们有一个共同的目标,只意味着我们有一个相同的目标。这是一个至关重要的区别。只有在符合我的利益时,我才会与你合作。超出这个范围,只会存在竞争或冷漠。"

他浅浅地舀了两三勺汤。喝汤让他看上去苍老虚弱。

"仅仅因为他人的利益恰好与你的利益一致而捍卫他人的利

益，这并没有什么英雄气概可言。合作，当其目标是个人利益时，不应与团结相混淆。你不同意吗？"

他很少征求我的意见。

"我想我同意。"我现在想我当时是同意的。

"相比之下，真正的理想主义者关心他人的福祉高于他们自己的利益，尤其是在有悖于他们自己的利益时。如果你喜欢你的工作或从中获利，你怎么能确定你真的是在为别人而不是为自己做这件事呢？放弃个人利益是通向更大利益的唯一道路。但你不需要我告诉你这个道理。你一定从你父亲的教义和他的榜样中学到了。"

我停下手头的记录。贝维尔从未提及父亲的政治活动。不可能是杰克出卖了我们——不可能在我通过他的同谋给他发出威胁之后。贝维尔一定一直在监视我们，从我第一次采访他开始。他一直都知道吗？为了让我的肢体有事可做，我伸手去拿玻璃杯。把酒杯凑近时，我可以听到一串串往上冒的香槟气泡发出的嘶嘶声响。

"哦，你说错了，"我说，"他的事业是他唯一的奢侈。他从自我否定中获得自我标榜的感觉。"

我抿了一口，放下酒杯，表现出一种我从未具有的满不在乎的世故。我立刻知道自己用那样的措辞来描述我的父亲是一种丢脸的行为，而我还在喝着香槟。几天后，我会发现自己在公共场合喃喃自语，回应着自己的话。大声呻吟。紧皱眉头。身体瑟缩。即使现在，回想并转述自己可悲的格言，我还感到惭愧。

我看得出，贝维尔注意到并享受我僵硬的冷漠背后的激动。

"喝汤吧。"

我给自己舀汤。

"你一定能看出我要说什么。那些今天用最大声音抱怨经济萧条的人，正是最初导致这种状况的人。那些在媒体上大喊黑幕的自命不凡的人……那些当初为了赚快钱而玩高杠杆赌博的自私之徒，现在突然变成为正义而战的斗士……所有攻击我1929年行动的人都和你父亲不同。他是一位没有罪过的坚定革命者，是为数不多能砸第一块石头的人。"

女仆再次进来。织物在织物上的微弱沙沙声；银器和瓷器间柔和的叮当声。他们拿走碗，放上盛有煮鸡肉、芦笋和豌豆的盘子，在上面浇上白汁。

"我可以想象像你父亲这样不妥协的人会反对你为像我这样的人工作。"

女仆离开。

"他相信工作的尊严。"我用我认为恰到好处的挑衅语气说道。

贝维尔严肃地点点头，用画家似的细腻手法在一块鸡肉上抹上一些肉汁。

"不管怎样，我应该让你知道，我们不能继续以这种方式工作了。"

我试着咽下嘴里的食物。我没成功。

"我太忙，抽不出下午宝贵的时间。你亲眼看到我楼下办公室里有多少事情要处理。"

"先生，如果可以的话。也许你可以在方便的时候用录音机录下来，然后我可以转录和编辑……"

"请用。"他重新排列桌子上的一些盘子，将它们朝这个方向和那个方向做少许移动。"我为你租了一间带家具的公寓。从这里步行即可到达。"他看了我一眼，然后移开视线。"这将使我们能够在开盘之前或深夜工作，就像今天晚上一样。我们的进展太慢，这本书的进度已经落后。让你住近些应该会有帮助。"

我没有找到恰当的回应。

"你应该在本周末之前住进公寓。如果你需要人帮你处理什么事情，请给办公室打电话。现在，回到1929年和随之而来的大萧条。人们想要找一个罪犯和一个恶棍。事实上，有一个罪犯和恶棍：美联储。"他指了指我的笔和记录簿，"你要把这个写下来。"

9

听到我上台阶的脚步声,父亲打开门。他显然很苦恼。我确信他看到我从豪华轿车里出来。相反,他告诉我杰克到公寓来取走他留在我房间里的一些文件。父亲告诉我,杰克很匆忙,他刚刚获得芝加哥一家报纸的工作机会。但他们要他马上开始,他必须立刻赶到那里。我知道这件事吗?知道,我撒谎道。一切来得太突然,但我为他感到非常高兴。

除了装着杰克文章的信封外,房间里似乎没有丢失什么。知道他走了,我不仅松了一口气;这也让我的新处境变得更简单。如果杰克在身边,搬到贝维尔的公寓会引起嫉妒、争吵,最终导致戏剧性的分手。

自立的可能性让我兴奋——几乎是亢奋,这是我很少敢于幻想的念头。然而,身体其他部分的感觉打乱了这种刺激。愤怒,像喉咙里的伤口一样。愤慨,像胸口上的淤青。贝维尔从未向我建议过这种新安排。他从未要求我考虑他的建议。他只是租下房子,让我立即搬进去。即使我喜欢独自生活,被视为理所当然,被呼来唤去也是一种侮辱。然而,因为反感贝维尔办事的方式而拒绝这样一个机会似乎是既虚荣又不明智。

知道父亲对我的依赖程度,我从来没有让自己长期幻想有朝一日能搬出去。他越来越不能养活自己。如果我真的离开,除了我自己的房租,我还得继续支付他的房租。但这不仅仅是钱的问题。父亲从来没有能力承担基本的日常生活责任——打扫卫生、自己做饭,等等。让他独自生活,混乱会吞噬并淹没他。

现在,尽管我简直不敢相信,但钱不再是问题。贝维尔会支付新地方的费用,而我的薪水足够支付布鲁克林的公寓。这让我相信自己,我可以照顾父亲并满足他的诸多需求——这些需求他自己甚至都没有意识到。我会每周拜访他几次,以确保事情不会过分失控。也许可以在他不知情的情况下给女房东一些钱,让她顺便过来,在不引起他怀疑的情况下帮助做一些家务。这样的机会不会再来两次。我不得不收起自尊心,忘记贝维尔宣布他的计划时所提出的有辱人格的条件,接受他的"提议"。

除了我的意愿之外,还有一个不容忽视的重要考虑因素。在第一次提到父亲的政治活动之后,贝维尔要我搬出去。这不可能是巧合。或许贝维尔认为他可以通过让我离开我的住处来控制任何潜在的威胁;也许他只是想让我在父亲和他之间做出选择。(我现在明白,他永远不会这样在意我,甚至进行这种推理。)虽说我们当然需要钱,但我又一次发现自己站在贝维尔一边,而不是父亲一边。告诉自己我实际上是通过取悦贝维尔并服从他的指令来保护父亲,这样想也没有让我感觉好一些。

我在弃父投敌。这一指控将毋庸置疑,判决后将无法上诉。我已经能听到他的声音。华尔街已经植入我的头脑。我的那个老板给我洗过脑。接下来我会对衣服和发型感兴趣,去度假,培养爱好。我会走上成为资产阶级**淑女**的道路。或者更糟的事情。父亲肯定会提到这样一个事实,没有一个老男人会为一个年轻女人租一套公寓,只是为了让她可以为他听写笔录。随之而来的是一场口角，之后我承受的刑期大概是多年愤怒的缄默。

其他人处在我位置上可能会担心贝维尔的意图。回想起来，也许我也应该担心。我记得考虑过并立即摒弃了贝维尔想要把我当作情妇的想法。他的身体对他来说似乎是一个不幸但可以容忍的意外。我无法想象他想要任何人触摸它。

恐惧、欲望、怀疑、侮辱，这些都不重要。贝维尔的计划是没有商量余地的。如果我想保住工作，就必须搬去上城。意识到我别无选择，倒让我松了一口气。

没有必要拖延与父亲摊牌。经过一个几乎不眠的夜晚后，我在早餐时把一切告诉他（除了贝维尔的名字和我工作的真实性质）。他静静地听着，目光低垂。我说完。我们盯着杯子里的咖啡。就在我认为自然的停顿正在酝酿一次冰冷的愤怒时，他把手伸过桌子握住我的手。

小时候，我发现他长满老茧的手指和手掌因多年排铅字和处理具有腐蚀性的化学品而变得坚硬，这让我着迷。它们竟然既是他身体的一部分，同时又是物件。我过去常捏戳他橡胶似的皮肤，问他有没有感觉。他总是假装无知无觉，告诉我他甚至没有注意到我在碰他。这是要我用力捏他的暗示，我用尽全力，直到手指因用力而颤抖变白。他只是打一个哈欠或评论一下天气，就好像什么事都没发生过似的。

"这不是我想象的，"他最后说，"我不确定我想象的是什么，但不是这个。"

我把他的手握得更紧。

"但现在是时候了。你很聪明，我相信你的判断。即使我不

317

同意你。"他抬头看着我的眼睛，"是时候了。时候早就到了。你是该离家了。"

说完这最后一句话，他也把我的手握得更紧，轻轻地把我拉向他。我没有松开他的手，起身绕过桌子，抱住他。

"你知道你总可以回到这个烂摊子。"他说。

我们在充满温情和抑郁的气氛中度过一天。虽然在我们简短的谈话后我对父亲的爱剧增，但我待在公寓里，确实有一些令人不快的虚无缥缈的东西，就好像我在即将离开时已经变成了二维的。此外，还有尽快满足贝维尔要求的压力——也许超越一切的是我对新住处的好奇以及搬进去的渴望。

第二天早上我开始收拾行李，而父亲出去送一些卡片。他主动提出帮忙，但我解释说公寓里配有家具，我只需要带几样东西。我说，我会在这两个地方来回走动一段时间，最好分阶段搬出去。事实上，我想趁他不在的时候收拾好行李离开，免得他看到我离开时心酸。

我叠好工作服装又挑了几本书、洗漱用品和其他一些杂物，作为第一次出门要带的东西。之后，便没有什么可做的。我是不是忘了什么重要的东西？或许我应该拿一张父亲的海报。无论新公寓是什么样子，他在我童年时为我印制的一张愚蠢而充满爱心的海报都会让我有回到家里、有他做伴的感觉。我去他的房间，翻看他扁平文件柜的抽屉。有纪念干草市场大屠杀的标语，有宣布在拉奎拉社交俱乐部举行会议的标语牌，旧版的《铁锤》和《不服从者的集会》，要求面包和自由的意大利文传单，针对不同工厂罢工者的宽幅传单，他的一些无政府主义报纸的过刊。在这些政治广告、公报、小册子和文件中,我发现一些父亲为了让我振作起来或庆祝我童年的成就而制作的、没有特别的顺序的漂亮海报。"艾达·帕尔坦扎!十头猛狮!仅一场演出!本周星期四!卡罗尔公园!""号外!帕尔坦扎小姐三年级夺冠!"我几乎清楚地记得每一个场景。我眼睛湿润,继续浏览这些杂乱无章的印刷品,混在其中,在最底层抽屉的尽头,我看到了那些文件。

信纸规格的纸。

被抚平的纸团。

机打的。

"e"墨水过多,像黑眼球。

小写的"i"经常不加点。

10

另一座岛，陌生的社区，一条不知名街道上，一栋无味建筑的赭色客厅里，一张绷紧的软垫沙发。

当我不和贝维尔一起工作或转录我们会谈的笔记时，我所做的就是坐在那张硬沙发上，在脑海中画出一圈又一圈的同心圆，从我的新公寓延伸到整个城市。虚空套着虚空。我的父亲就站在这个涵盖一切虚空的最大真空的外缘之外。遥远、渺小，像一艘沉船。

他为什么偷了我丢弃的草稿，他用它们做了什么或打算用它们做什么，我都不关心——无论如何，这些草稿都是假的，不会伤害我或让贝维尔不悦，即使他拿走它们是为了给他的同志炫耀他搞到的"一份情报"，或将其内容打印在他的传单中。我所知道的，我所感觉到的，我所关心的，就是我终于摆脱了他的掌控。他凌乱、独裁、不负责任、异想天开，但他一直掌控着我。也许他已经违背了自己的信条和意愿，但他占据我的整个世界，并赋予它意义和一种类似合法性的东西，尽管这个词用在他身上可能很勉强。他的混乱是如此自信。随着时间的推移，通过一种神秘的转变，我从我们共同生活中所有的反复无常和不稳定因素中获得一种安全感。

尽管有种种不顺，我一直坚定地选择尊重并仰慕他。直到此刻，我才意识到这个选择是多么积极和自觉。有时他会让我轻易地做出这个选择，那真是一种喜悦。但更多时候，我必须努力才能让他成为我的父亲。年复一年，我一直在弥补他的不足，帮助他做我的父亲。我爱我们这种艰难而复杂的生活，也爱他模糊但坚定的原则和激情，以及他对自由和独立的狂热执念。但现在，我必须找到一种新的方式去爱一个全新的、依然模糊的形象。

离开几天后，我给父亲寄去一封短信。工作比预期的要多，任何时候都需要我，甚至是在周末。一两周后，只要办公室的事情平稳下来，我会来布鲁克林。"我想你。"我在最后写道。他永远不会知道我说这些话的意思有多深。

不过，我不想念杰克。得知他没有偷我的文件并没有改变这一点。我不为自己把他赶出城而感到骄傲，但考虑到他跟踪我并派人来敲诈和恐吓我，知道他走了还是让我松了一口气。

在我搬进新公寓后的那些日子里，我的笔记没有清楚地记载贝维尔和我见过多少次。六次？九次？我们没有像他预期的那样在早上见面。只有共进晚餐。每次晚餐，毫无例外也不经征询，在我们清淡的饭菜中总有一杯香槟。他和我一起喝过两三次，创造一种适度亲密的错觉。当然我知道，这种错觉他并不认同。

也许是因为累了，他的戒备稍微少些，因而晚上会面比白天更有成效。他似乎对我的工作更加接受，并在上第一道菜之前浏览我递给他的新内容，给予简短的赞许和偶尔的小建议。大部分时间里，他纠正与他的商业交易有关的不准确之处，并持续编辑有关米尔德丽德的内容。他的主要关注点是让他的金融操作和对妻子的描绘尽可能适合"普通读者"。他还告诉我，我们应该专注于在他职业生涯中至关重要的数学天赋，作为一个"神童"的奇迹和困难,他在耶鲁大学的基恩教授手下度过的岁月,以及他的金融模型的发展——所有这些都应该详细阐述,同时要足够清晰易懂以适应广泛的读者群。

晚上的工作餐似乎让他更倾向于同意我的意见。但事实是,我终于成功地进入我为他创造的声音。我能够流畅地以贝维尔风格写作,而无需过多思考。我在那篇伪自传上下的功夫使我的写作自由起来,扩大了我发挥的空间。结果,我的风格和整本回忆录变得更加自信,这正是贝维尔一直要求的。按照我们新的进度,我们可能在贝维尔定的年底截止日期前完成这本书。

我们最后一次晚餐没有结束的庄重感,因为我们都不知道我们不会再见面。我发现他和往常一样坐在桌旁工作,而且和往常一样,当我走进去时,他把手头的文件翻过来。

"我觉得今晚我要和帕尔坦扎小姐一起喝一杯。"他对管家说。管家正准备离开去取惯常为我准备的香槟。

"我必须说,我对书的进展感到满意。看到自己的成就一目了然地展现出来,真是令人满足。"他像往常一样用纤细的手指重新排列桌子上的一些物件,"我相信我的回忆录将帮助公众了解我的成就及其在我们国家近期历史中的地位。尽管我在1929年之后受到诟病,他们必定会看到,正是通过我的行动,我维护了现在归功于其他人的秩序。"

"其他人?"

"不用说,总统的名字绝不能被提及。内讧对我来说太低级趣味。但在书中,这个暗示应该是非常明显的。"他用手背掠过桌面,"我想表达的是:个人的韧性,坚毅。最主要的一点是:

我所做的一切，都是靠自己。独自完成。完全是我自己做出的成就。而这在某种程度上，也是我在股市崩盘期间向每个人证明的。无论环境如何，个人行动总是有空间的。"

"可是……你不完全是独自一人。你的祖先……还有你的妻子在你身边。你确实说过贝维尔夫人挽救了你。"

他立刻失去了简短的演讲带给他的兴致。

"我确实说过，"他让盐瓶在手指间转动，"而且确实如此。没有什么比恢复她的形象更让我满意的。我要再次感谢你描绘庚斯博罗和布歇的花卉画的可爱段落。"

管家端着我们的酒水进来然后离开。

"祝你身体健康。"贝维尔说，微微朝我的方向举起酒杯，然后喝了一口。"为什么我不允许自己经常喝点儿呢？"他似乎是在对着酒说话。

"你夫人呢？她喜欢香槟吗？"

他从鼻孔里笑出来。

"热可可。那是她唯一的放纵。不分季节。"他的唇角向内勾起，露出一抹压抑的笑意，"她单纯的快乐。"他点了点头，"还有她的热情。她始终保留着我们在童年时期被教导要控制的那种不加掩饰的兴奋感。"

我拿起笔记下来，渴望了解有关米尔德丽德生活和性格的哪怕是最微小的一点。

"你知道我不太喜欢书，但听她复述她刚刚读过的喜欢的小说是多么令人愉快。"他又去摆弄盐瓶，"侦探小说。当然，只是一种消遣。但她总是想智胜书中的侦探。她会记住每一个细节，每一条信息，并将整个故事情节转述给我。一本书可以占用一整顿晚餐的时间。我承认，通过她，我也开始喜欢那些愚蠢的小悬疑。这就是她的热情。她讲起故事来神采飞扬。有时候我看着她会高兴得忘记进餐，让盘子里的食物变冷。当我们注意到时，我们会失声大笑……"

我知道我没有醉。但这却是我想到的第一个解释。我放下笔，看着还在转动盐瓶的贝维尔。那是**我的**故事。晚餐时复述侦探小说。贝维尔在我给他的纸页上读到过。这是我为米尔德丽德编造的故事之一，是应他的要求，用我的"女性笔触"创造的温馨生活场景。我是根据我和父亲共进晚餐的素材写的，吃饭时，他专心听我讲述我从位于克林顿街的布鲁克林公共图书馆分馆借来的多萝西·塞耶斯或玛格丽·阿林厄姆的书。而此时的贝维尔，正当着我的面对我讲述我自己的故事。

后来，多年来，无论是在工作中还是在个人生活中，总有无数人向我重复我的想法，好像是他们的想法一样，好像我不记得最初是我提出的这些想法似的。（在某些情况下，他们的虚荣心可能掩盖他们的记忆，因此，由于这种选择性失忆症，他们可以问心无愧地将这些想法说成是自己的顿悟。）甚至在那时，在我年轻的时候，我就熟悉这种寄生式的情感操纵。但是，匪夷所思的是，竟然有人把我的故事说成是他自己的故事？

"大多数时候我会根据她给我的线索成功破案，但我很小心不让她知道。"贝维尔拿起杯子，似乎又一次对着自己微笑，又喝了稍大一口，"我总是猜某个秘书或管家是凶手，而在米尔德丽德透露真凶时假装感到震惊。"

我在贝维尔的回忆录中没有写下这件事。假装不知道罪犯是谁，并居高临下地指责一个明显错误的嫌疑人，这个内容不在我讲的米尔德丽德和他的故事之中。然而，每当我向父亲复述我刚读完的小说时，他都会这样做。他会在认真跟随我设置的误导线索之后，毫不例外地说凶手肯定是被宠坏的继子或被冷落的女继承人。现在我才意识到他一直在哄骗我，这让我感到尴尬。看到贝维尔的思维方式与父亲的想法完全一样也让我倍感沮丧：在我为他创造的虚构世界中，贝维尔添加了一个他自创的场景，他对妻子的反应与父亲在现实生活中对我的反应一模一样。

我们吃完饭。我第一次也是最后一次要了第二杯香槟。他像往常一样谴责那些无视他最近取得的巨大成功，仍声称他的黄金时代已经过去，他的商业手段已经过时的人。然后他回顾我们已经谈过的他生命中的几个关键时刻，总是强调他的个人利益与国家的福祉相一致。他的反复回顾总是围绕着他在1922年开始的非凡成就和他在1926年之前的近乎超人的先见之明而展开。这一切当然也导致1929年的一系列事件。这是一个"令人困惑的矛盾"，他最伟大的天才之举，使他成为世界上最富有的人之一，同时又纠正市场的病态倾向，却也给他的公众形象带来如此巨大的损害。他认为这是他要背负的十字架，他将受之以尊严，直到历史认识到他不公正的负担。

当时，这一切都显得多余，我离开时认为那是我们最没有成果的一次会面。唯一让我记忆深刻的是他编造的有关米尔德丽德读侦探小说的假故事。听到别人剽窃我的记忆让我感到奇怪，有一种怪异的暴力感。

然而，很快，即使是这顿晚餐中最琐碎、最重复的片段也变得充满意义。那第二杯香槟会被铭记为告别祝酒。重新审视贝维尔多次讨论的那些事件虽然稍显乏味，但也像是一段尾声，将他回忆录中的主要元素编织成一个终止乐句。

接下来的几天，我像往常一样打字和编辑速记笔录。自我搬家以来已经过去了大约两周，我仍然是自己公寓里的访客。半夜醒来不知道自己面向哪个方向。有点害怕看门人和邻居。尽力不去使用屋里的东西且保持屋内整洁，因为这里没有一样东西是我的。为了与父亲和解，我挂起他的一张海报，"艾达·帕尔坦扎！十头猛狮！"

11

我们上一次共进晚餐后大概过去了五天（贝维尔送信来取消了我们平常的周中会面）。那天我正在第三大道上的一家商店里购买一把折叠刀送给父亲。这把小刀我曾多次在橱窗里看到过，莫名其妙地被它吸引。那把刀是直刃，刀把是牛角的，看上去朴素，却不失优雅。我知道父亲会喜欢它。那天早上我终于走进那家商店。我们俩从来没有分开过这么久。我想这件礼物会在我们见面时提供一个谈资，让事情变得容易些。或许看到他对这把刀的热情会让我忘记我有多么生气和受伤。

这家出售厨房用品、五金、文具和小摆设的商店的主人是意大利人，我很高兴从他那里得知小刀实际上是产自卡拉布里亚的短刀。他坚称这不是巧合：我身体的一部分知道。刀向我召唤，我的意大利直觉做出回应。

夏天的最后一口热气与秋天的第一阵清风混合在一起。与其马上坐地铁，还不如沿着公园走下去，然后在第59街坐火车去布鲁克林。我穿过列克星敦大道，瞥了一眼街角的报摊。

安德鲁·贝维尔，纽约金融家，心脏病突发去世

从报摊走过去三四步后我才弄懂这几个字。我走回去。它登在《纽约时报》的头版，也出现在每份报纸的头版。

《太阳报》

"死神夺走安德鲁·贝维尔"

《美国人报》

"安德鲁·贝维尔,最伟大的金融家,去世,享年62岁"

《邮报》

"安德鲁·贝维尔,巨大银行业帝国的统治者,逝世"

《进步报》

"安德鲁·贝维尔去世"

《华尔街日报》

"安德鲁·贝维尔,62岁,去世"

《先驱报》

"贝维尔去世"

没有决定要干什么,我开始以极快的速度朝贝维尔家走去。我记得自己荒谬地想,在下一个报摊上我就可以证实他去世的消息。每走过一个街区,我飞快的步伐都会变成小跑几次。我感受到的不是悲伤,而是一种莫名的紧迫感。

我刚转入东87街,就很明显地感觉有些地方不对劲。人比平时稍微多一些,走得也比平时稍微快一些。穿过公园来到麦迪逊大道，我意识到，要完成我的那个紧迫又不确定的任务是不可能的。奔跑的记者、好奇的过路人和警察都朝着第五大道挤过来，在街尾聚集成一团混乱的人群，就在贝维尔家的门口。我知道，我进不去。

接下来的几天，一种无声的混乱笼罩着我。我继续修改贝维尔的回忆录，移动不同章节，随机更正段落，创建又丢弃新场景，想象他会如何编辑。我把米尔德丽德的吸墨纸靠在打字机后面的墙上。颠倒的紫色字迹依旧不肯给我任何答案。

与此同时，尽管贝维尔的去世新闻仍出现在报纸上，但报道变得越来越短，被埋得也越来越深。虽然没有人对死因提出异议（突发心脏病；在他倒下三到四个小时后被发现；如果有人在他倒下时在身边，他可能得救），但他的财产已经引起争议。由于没有直系亲属，他把大部分资产捐给慈善机构。从我们的谈话中，我知道这对他来说至关重要，像一枚印章，将会使人们永远把他铭记为伟大的慈善家和捐助人。他的遗嘱是他所谓的"遗产"的基石，也是他回忆录最后一章的标题。但是，正如我在与贝维尔的交流中学到的，后来又从关于他的财产争议的报道中得到证实，财富很少只有一个拥有者。许多利益和集体牵扯其中。财富不是一整块花岗岩，而是像一个有多个支流和分支的河流流域。来自合作伙伴、债权人和投资者的索赔和诉讼导致贝维尔的财产被冻结。其中一大部分财产长期处于这种法律的悬而未决状态，直到20世纪70年代末，人们才开始对贝维尔的房子进行修缮，最终将其变成一个博物馆。

每天我都等待办公室打来电话，要求我交出所有笔记和文件并立即搬出公寓。这件事却从未发生。也许贝维尔的死来得太突然，他一定没有做好这方面的准备。然而，我的确接到莎士比亚先生的电话，他在我见贝维尔之前曾面试过我。我们互道几句客套话，简单表达我们的震惊和悲痛。停顿了一下，我确定他要提到公寓了。相反，他谈到我们的面试。他记得我的资历和口才，想立刻录用我。我问起他的秘书，我去面试时在那里工作的那个人。他告诉我，我不必担心这个。他说，我的新职位不会让我失望。如果我接受，他会很高兴。当然，经过一段恰到好处的哀悼之后。突然，我从他的语气中察觉到一丝尊重。这与我的资历或口才无关。他只是想雇用贝维尔的私人秘书。

我接受了这份工作，主要是因为搬回父亲那里是完全不可能的。

探望父亲这件事不能再推迟了。带着我为他买的小刀走在列克星敦大道上，感觉就像是浅薄地重演上周的事件；乘坐地铁充满焦虑。我最大的希望是父亲会提起贝维尔的死。因为在正常情况下他永远不会提到这样的事件，所以他提起来都将是一种对自己的罪行的默认——一种承认，通过他从我那里拿走的文件，他知道我与安德鲁·贝维尔的关系。对于一个从不道歉的人来说，这已经足够。

他以幽默的排场接待我。

"浪女回头！啊，我还以为你忘了你的老父亲呢！我差点儿都不抱指望了！"

大大的拥抱，胡子拉碴的亲吻。他从椅子上推下一些工具和垃圾，把椅子递给我。

"不如你的上城公寓好，我敢肯定。如果你告诉我你要来，我会收拾一下的。"

这个地方看起来很可怕。肮脏程度近乎危险且不可逆转。疯狂的气味。但这一切只会加深我当时对他的爱。一种爱与怜悯如此紧密地交织在一起，以至于从那天起我就无法将两者区分开来。

我把礼物给他，他把包装纸撕开。

"啊！不，不，不，不！"他往后退缩，把盒子扔在一堆奶酪皮、钉子和枯萎的树叶上，"你不知道这个？你应该知道的。会倒霉的。最晦气的。"

"倒霉？"我担心自己会无法抑制内心的愤怒，于是用笑声掩饰，"真的？厄运？哪有你这样的无政府主义者？"

终于说出这句话真是如释重负。戳破他那薄薄的教条泡泡的满足感。即使在那时，我也知道这是对他盗窃文件的一种微不足道的报复。这种报复虽然不够，但仍然令人满意。这也是一种冒险：尽管是他对我做的坏事，他会扮演受伤一方，闭上嘴生闷气吗？

"不，不，不，不。"出乎意料的是，他的语气中并没有愤怒和怨恨之意，只有严重关切，"当你送人一把刀时，你是要切断与他的联系。"

"什么？"

"是的。如果我接受这把刀，我们就要倒霉的。我们会吵架。这将切断我们之间的联系。"

我一直认为他的轻微迷信只是他从家乡带来的残存，就像他从那里带来的传说、轶事和食谱一样。但他对此似乎出奇地认真。我耸耸肩,弯腰把盒子捡起来。

"等一等,"他说,"有一个解决方案。钱。"

我看着他。

"钱,"他重复道,"我从你那里买这把刀。就这样解决。那么这不是礼物。"他翻了翻口袋,递给我一分钱。"拿着。你能一分钱把那把漂亮的刀卖给我吗?"

我接过硬币;他拿起盒子。

"啊,看这个!"他面露喜色,用拇指测试刀刃,"我们以前有过这样的,记得吗?你用它削箭。很久以前。但这把要好得多。一件艺术品。一定花了一大笔钱。非常感谢你,亲爱的。"

我们用刀切了一些萨拉米香肠和奶酪,像过去一样站在厨房台面旁,边聊边吃。我才离开几个星期,但我和父亲在一起的时光已成为过去。贝维尔一次也没有被提到。那天没有。永远没有。

我至今仍保存着救了我们的那一分钱。

第四部

1

阅览室已经变暗，空荡荡的。只有几个孤立的光岛。我注意到所有剩下的顾客都是女性。她们正在研究艺术书籍。从她的手放松而幅度颇大的动作来看，其中一个人似乎正在描摹桌上的一本书中的一幅画。我是这里最年长的人。

这让我想起贝维尔死后我余下的青春岁月。我一边为上学存钱一边为莎士比亚先生工作的短暂时间。我在城市学院的时光。我在汤普森街上便宜又漂亮的公寓。我作为写作者的第一份工作（为邦威泰勒百货公司做广告文案）。我发表的第一部短篇小说，在《平行评论》上发表的一个毫不起眼的社会现实主义故事。为《今天》撰写的第一篇报道，是关于四个因战争而成为孤儿的不同背景的女孩。哈罗德·范纳的死，几乎完全没有引起注意。我在《小姐杂志》的工作。我的第一本书。

在我写作生涯的初期，我与父亲保持着密切关系。他在贝维尔死后大约十二年去世。到最后他完全依赖我。现在，在花这么多时间审视米尔德丽德之后，他再次让我想起布雷沃特先生，他是海伦·拉斯克麻烦缠身的父亲，而海伦·拉斯克是范纳小说中米尔德丽德·贝维尔的虚构化身。虽然我知道我们不能通过一位文学人物建立起相互联系，但这种联系让我更接近米尔德丽德。

关于她可能是谁的问题一直困扰着我。她不可能是范纳最后几章中精神错乱的女人。而且我一直都知道她不是贝维尔未完成的回忆录中无足轻重的阴影。但在看过她的文件并了解到她与她丈夫要求我创造的"平易近人"的角色有多么不同之后，我发现我很难原谅自己帮助他杜撰出那个虚构，即使它还没有完成也没有出版。

我浏览了最后一个盒子里的文件。里面有更多写给贝维尔夫人的信。更多的账目。我有些分心。疲劳。我打开一本账簿。它的几个条目似乎与慈善基金有关。我没有力气去破译笔迹，也没有耐心弄清楚神秘的会计系统。我所能做的就是翻阅它。直到我在账簿的中间部分找到一个薄薄的笔记本。当我拿起它时，一个暗淡的长方形留在格纸表面。封面上，米尔德丽德手写的是"未来"这个词。前几页已被撕掉。其余页面用紫色墨水写着简短的段落和零散的句子。笔记本中间夹着一片树叶。确切地说，是一片叶子的幽灵，浅红色叶框中的半透明叶脉。

在一天中的不同时间下面跟着文字。不用细看也能看出来这是日记。与其他文件相比，字迹更小、更局促，甚至更难以辨认。解密日记需要几天，甚至可能几周的时间，如果我能完全弄清其内容的话。

当我把日记藏在我的文件中装进我的书包时，我对自己感到震惊。我一生中唯一能想到的另一起盗窃是我从米尔德丽德的房间里拿走她的吸墨纸。这是我第二次窃取米尔德丽德的文字，相隔几乎半个世纪之后。我模模糊糊地想知道吸墨纸是否与日记中的某页匹配。

但这不是盗窃，我告诉自己。这是一场迟到了数十年的对话。是最终送达目的地的消息。这些日记已经等了一辈子才能被阅读，如果它们可以被读懂。

尽管如此，我还是为自己的傲慢感到困扰——我竟然会感觉里面的话是写给我的。我竟然如此轻松地让自己相信我有权阅读这份日记，我感到困扰。谁比我更了解米尔德丽德？难道不是我按照我自己的过去为她伪造了一个过去吗？难道我们不是以某种非直接的方式联系在一起吗？我确信米尔德丽德会希望我拥有这些日记，这个念头也让我感到困扰。尽管如此，我站起身，谢过图书管理员，然后走了出来，走进寒冷，书包里放着米尔德丽德·贝维尔的日记，心里想着如果最终能听到她的声音该有多好。

未来

Futures

米尔德丽德·贝维尔

future /ˈfjuːtʃər/ n.

1. 将来，未来，今后：
They study stock records and industrial records, predict ~ trends from past tendencies, detect patterns in mob psychology, design models to operate more systematically.
这些研究人员研究股票记录、评估行业报表、根据过去的趋势预测未来走势，并在大众心理中寻找规律。

2. [常作~s]【商】期货（交易）：
He was drawn to short-term investments and instructed Winslow to make high-risk trades in options, ~s, and other speculative instruments.
他更青睐短期投资，并指示温斯洛在期权、期货和其他投机工具中进行高风险交易。

（其他义项略）

上午

护士浓重的口音反而让我觉得我的英语不够标准。"我可以碰你吗？"她一旦开始做，就变得很自信。她的双手拥有她的声音所缺乏的权威感。一个如此温顺的人怎么能如此有力？脸朝下，额头靠在前臂上，我很好奇护士在我看不见她的时候表情是不是发生了转变。至少，她的面部肯定会因为用力而发生变化。按摩完成后，她给我盖上一张床单，床单先是鼓起来，带来一股樟脑味，然后沉下，飘散出一股我想是阿尔卑斯山草药的味道。起鸡皮疙瘩。她带着沙沙声响离开前低声说："就这样。"把我留在按摩台上。此时，我尝试，变成一件物体，有时成功。

下午

我穿衣服之前，他们会把衣服焐热。要是我以前知道有这种享受该有多好。

上午

躺在撒满面包屑的床上，这种折磨无大碍但也无法摆脱。有些头痛。

上午

很高兴经过这么长时间之后开始恢复记日记。尽管想念我厚厚的布面笔记本。

从伦敦寄来的一箱书。兴奋短暂：无法阅读。仿佛书中的词必须放弃它们的意义才能从页面传到我的眼睛。

下午

教堂的钟声。D F♯ E A。随后是反向回应：A E F♯ D。最传统的钟声。（和大本钟一样吗？）它的五声音阶有古老的韵味，简单而朴素，却浓缩了我们音乐的大部分历史：音调层次、对称、张力和释放。但这里的 E 钟声比其他钟声更响、更持久。还稍显扁平，以最微妙的方式。如果说呼与应的主题涵盖了我们的音乐历史，那么这个奇怪而延缓的九音就是我们音乐的未来之声。它掠过 D 音，让空气振荡，我能感觉到它与我的前臂上的汗毛相触。

看不到那座教堂。

上午

安德鲁从苏黎世打来电话，表面上十分关心我的健康，以此来掩盖他商业方面的问题。我知道他真心为我担忧，便不介意他的小伎俩。

不到一个小时后，他又打来电话。尝试以父亲般的口吻对我发号施令＋表示关怀，他严格的命令意在指导我度过他不在身边的日子。

已经厌倦了牛奶＋肉类的饮食。

上午

新的、毫不留情的疼痛。我的内部器官似乎要逃出体外，逃离痛苦。

不会告诉护士。不想用吗啡止痛药。

晚上

现在又可以读书了。翻阅一箱新书。

开始读《黑暗中的航行》。这位威尔士（？）作者似乎是在西印度群岛长大的。读起来像回忆录。

"一种橡胶植物，闪亮鲜红的五角形叶子。我无法将目光移开。它看起来非常自豪，似乎知道自己将永远不会褪色。"

"管弦乐队演奏了普契尼，是那种你总是能知道接下来会发生什么的音乐，好像你可以提前听到似的。"

说得真好。这定义了古典音乐的形式。这种音乐几乎不需要听者去倾听，因为其发展完全被形式所暗示。就像简·里斯在书中所说："你总是能知道接下来会发生什么。"这种音乐为自己创造了一个无法避免的未来，它没有自由意志，只有圆满完结。这是一种命运般的音乐，就像我每天听到的钟声。在听到之前，D F♯ E A 已经在我的头脑中种植并孕育了 A E F♯ D 的音符。

上午

吗啡。

晚上

再一次吗啡。麻醉可能令人愉快（我喜欢它的镇静作用，但药性过去之后，我会感到忧郁 + 易怒），但它肯定会导致叙述的乏味。从来不喜欢读关于任何形式的人造天堂的东西 + 当然不想写关于我自己的麻木的故事。

下午

今早 A 从苏黎世回来，看上去很累。为我组织了一次惊喜野餐。在树林旁搭起帐篷。即使野餐服务人员过多＋布置过多，他仍感到不舒服。一直看着透过树枝的阳光，好像被冒犯了一样。不停地拍打脸上并不存在的蚊虫。但还是很关心我。甚至试图表现幽默。在审阅完我的治疗细节并处理好与护士站的复杂交涉之后，他开始小心翼翼地提出他对苏黎世交易的担忧。他总把问题表达成直言命题。我让他明白，持有 K、G、T 的股份是不明智的。然后他得出结论，他应该在上午打电话去改变投资方向。

午饭后他在帐篷里睡着了。我溜出去散散步。这些天很少独处。

以天空为背景的岩石，这景象会产生整个地球在眼球中的错觉。

松鼠灵巧的手指，花瓣芬芳的颜色，镶嵌在鸟儿面部坚硬的喙以及它飞起来可爱得难以置信的样子。生活中所有的奇特之处都是由一系列变异引发的。我想知道，我体内的细胞如果在杀死我之前，会把我变成什么。

晚上

"我离得远远地看着钢笔在纸上疾书。"

上午
身体不舒服

下午
外出。一直走到树林边。
大自然总是没有我记忆中那么花哨。趣味比我好太多。

上午
无尽长夜。

A再次离开去苏。部分原因是商务；部分原因是他觉得他难以忍受我的病痛。他经常为此生气（当然，病痛是我的一部分）。我现在意识到我对这整件事的处理有多么糟糕。应该像以往多次做过的那样：温柔地轻轻推他，让他相信自己在掌控局面。我在得知自己患有肿瘤后，应该告诉他我身感不适，让他的医生"发现"病症＋让他主导治疗（反正也没有治疗办法）。把我得了不治之症，及背着他做的各种测试＋诊断，全盘告诉他是错误的。除了悲伤，他看起来不知所措。然后我又告诉他我们要来这个地方。他尽职尽责地跟着。我从没让他帮忙。

不合理的食谱：
用木薯粉勾芡的牛肉清汤
肉冻
牛奶

下午

我和护士说蹩脚的德语。她坚持说蹩脚的英语。我们都假装这一切都非常自然。

上午

去做水疗再回来。每天两次，雷打不动，带着一大群多余的随行人员。

刚刚得知，在 1535 年，帕拉塞尔苏斯是这家温泉的第一位医生＋写过一篇有关水的治疗属性的论文。对帕拉塞尔苏斯一无所知，但还记得父亲曾在他的赫尔墨斯派、玫瑰十字会等神秘主义的相关话题中提到过这个名字。

好奇，是否是在瑞士的那些年里通过父亲了解到帕拉塞尔苏斯与这个疗养院的联系，然后压抑这一事实呢？是这个无意识的原因让我选择了这个地方而不是其他地方吗？还是只是一个巧合？没有办法知道。但是，大自然的最终奥秘将在这里向我揭示是多么合适啊！

按摩。"就这样。"

安德鲁从苏黎世打来电话，询问接近科尔贝的最佳策略。告诉他我们只能通过伦巴赫。当我向他解释时，我可以听到他脑海中正把整个计划串在一起。

在这里，我们现在真是与世隔绝。我能理解他＋我有多么孤独。

不是我厌倦了他，是我厌倦了在他身边的我竟变成这个样子。

偏头痛

晚上

上午
无尽长夜

上午
A 从苏打来电话。关于科尔贝＋伦巴赫的更多问题。让他给我带回一本《魔山》。最终在这里读《魔山》会很有趣。瑞士的每个著名水疗室的床头柜抽屉里都应该放一本。

长时间水疗。

下午
没有什么比疼痛更私密的。它只能涉及一个人。

但是是谁呢？

在"我疼"这句话中的"我"是谁？是造成疼痛的人还是遭受疼痛的人？

"疼痛"是主动还是被动？

上午
吗啡。

晚上
做了一件残忍的事。真想怪罪于吗啡＋吗啡酸腐的副作用。A从苏回来，过来喝茶。很难找到话题。最后他谈起拉菲索拉纳。说他希望我们在那里一起度过更多时光。想带我去看的地方太多了。家族史，等等。真希望我们能更经常去那里，他说。

刻奇。想不出英文里对应的词。就是一个仿制品，与原件如此接近，甚至以假乱真，便以此为荣，认为比原创本身更有价值。"看起来简直就像……！"是用虚情假意取代真实情感。矫情高于真情。刻奇也可以入眼："夕阳如画！"因为人工制品现在成为终极标准，原作（夕阳）必须转化为假象（绘画），以便后者可以成为衡量前者美感的标杆。刻奇总是一种倒置的柏拉图主义，把模仿看得比原型更重要。在每种情况下，它都与审美价值的膨胀有关，尤其是最糟糕的刻奇："高雅"刻奇。庄严、华丽、宏伟。张扬傲慢地宣布自己与真实分道扬镳。

我告诉A，这就是我没去过几次拉菲索拉纳的原因。那个与真正的"托斯卡纳"极不协调的建筑是刻奇的典范。

我为自己说话时的冲动感到羞愧。

写完上面那段话后，我去A的房间向他道歉。他说他不知道我在说什么＋表现得很温柔。我们静静地坐了一会儿。之后，他鼓起勇气，问我是否介意他送给我一条手链。考虑到刚才发生的事情，在珠宝问题上坚持我一贯的立场似乎有些不妥。我笑了。他开心起来+从口袋里掏出一个首饰盒。"太好了！因为我已经买好了！"是一条细长的白金手链。褪色后会很可爱。

下午

A离开去了苏。

只有通过巨大努力，我才能说服自己我今天在这里。身体接受按摩、沐浴、喂食、安置。

上午

头。腹。
按摩。

下午

邮件。出乎意料收到朋友的信件，喜出望外。信里说的都很委婉+抱歉给我写了信，既然我从未告诉他们我会在哪里。（这一次，很高兴我没能保住秘密。）从家里转来的邮包。关于慈善基金的一些好消息。几封商业信函，阅后销毁。两篇来自HV的长篇文章，写的是令人捧腹的纽约八卦+场景。（应该跟他讲讲这里的疯子！）很高兴读到TW的信，又对其内容感到难过。告诉我贝尔格处境艰难，被迫卖掉《沃采克》的乐谱（3卷，250英镑）+《抒情组曲》（125英镑）。令人心碎+令人愤怒的是，他竟然陷入如此境地。指示TW以4倍的价格立即购买这些乐谱+捐赠给国会图书馆。他在信末署名为"您一贯忠诚的乏味之人"，这至少让我微笑了。妈妈的信。回复她对我关心的表示将会占用整个下午。大概在一次强效吗啡之后再给她回信吧。

上午
洗浴回来。在和体温一样的水里洗浴有些恶心。感觉就像进入别人洗过的浴缸里。我试着想象千年的溪流穿过闪闪发光的岩石层，带走有治疗效果的矿物质，然后过滤渗透进我的毛孔，但做不到。也许以后不再来。

果汁。浆果+大黄。

下午
90分钟强制性休息，在温暖阳光下躺在躺椅上休息，是一天中最美好的时光。

空气像圆号。

上午
动物的孤独。
我渴望。

下午
牙痛发作。臼齿松动。

无意中听到："最迷人的垃圾。"

晚上

第一次尝试在餐厅用晚餐。当然，进门时遭到凝视＋窃窃私语。那些凝视感觉多么像舌头。总是如此。带着一本科克托的作品坐下。翻了几页后感觉好一些。但是当清汤上来时，一位年纪和我相仿的法国女士站起来背诵一首关于友谊的过于甜腻的诗歌（"友谊"与"巧克力"押韵）。紧接着，另一名患者开始弹钢琴，荒腔走板地唱起舒伯特的《鳟鱼》。让我觉得好笑。一个小女孩（病人？访客？）开始用俄语清唱。突然间，我被一种极度愤怒的情绪淹没，对每个人竟如此痴迷感到非常气愤。我的愤怒达到让我感觉震惊、与当时情景不成比例的程度。女孩表演之后是另一个人，哆哆嗦嗦地弹奏一种曼陀林。我心中的怒火不断升级。食客们要么被这个"艺术瞬间"打动，要么为其中的滑稽噱头所逗乐。愤怒＋焦虑重重压住胸口。不能悄无声息地离席。我冒汗，呼吸急促，头晕。尽可能悄悄起身离开。那些舌头。

即使在狂怒之中，我也非常清楚地理解发生在我身上的事情。它是一个反复出现在童年时代的场景扭曲版本。也是在这里，在瑞士，和父母在一起。与来自世界各地的游客＋移民共进晚餐。以及餐后的表演。有时是一位平庸的艺术家；更多的时候是令人痛苦的狂热的业余爱好者。一个接一个，直到主要表演出现。

母亲会调暗灯光＋请客人从不同的书中朗读几句话。然后我会用不同的顺序重复这些句子。有时她会拿出一副牌，让我进行其他记忆技巧的表演。数学总是表演的主要项目。母亲会请客人给我出题。人们对数学没有什么想象力，所以计算通常很乏味，却被人为地弄得非常复杂。在出题过程中，观众的反应总是会发生变化。从享受到敌意。出于某种原因，他们觉得必须摧毁我。当他们努力思考超出他们头脑范围的问题时，他们面容扭曲，眯着眼睛+咧着嘴笑。他们会一直坚持下去，直到我被他们的荒谬问题击败。一切结束后，他们捏捏我的脸+拍拍我的头，恭喜我尽力了，像优雅的胜利者一样。

我当时 11 岁。这种情况持续了大约一年。直到我看起来不再像个孩子才结束。

从来没有把这件事完整地告诉过任何人。尤其是和 A 结婚之后。

上午

重读以上的"自白"，让我想到日记。有些人记日记，暗暗地期望日记会在他们去世很久之后被发现，就像一种已经灭绝的单一物种的化石。另一些人则相信，这些稍纵即逝的文字只有在写下的那一刻才会被阅读。还有些人则写给未来的自己：是一份在复活时打开的遗嘱。它们分别宣告："我曾经是""我现在是"和"我将会是"。

多年来，我的日记在这三种日记之间来回穿梭漂移。它仍然如此，即使我的未来很短暂。

按摩

下午

护士把我的手脚泡在滚烫的水里，同时用海绵擦拭我的头。她还把一块绒布泡在开水里，用棍子拧干，然后敷在我的脖子上。待它冷却下来，她用芥菜叶替换。尽管这一切都很原始，但它可以减轻一些头痛。一阵子。

晚上
无精打采
情绪起伏
无精打采

上午
睡眠很少。

因不明原因的饮食要求而被禁止喝果汁。

下午

安德鲁回来。对苏黎世的结果感到满意，他现在（像往常一样）将其描述为他的"直觉"的结果。我必须小心不要对他发火。正从吗啡作用中走出来。易怒。

上午

白夜。

A将对我的水果禁令解除了。喝上他从苏带来的橘子、柑橘+桃子制成的美味果汁。

写信。被看不见的鸟儿分散了注意力,它们似乎无法摆脱两个或四个音符的束缚。希望我能了解一些鸟类学知识。

下午
寄出一批信件。母亲。PL、Fran、HV、G。将对商业信函的回复偷偷放在给D的信封里。
当我将信件交给护士时,想到自己在这些信件尚在路上时可能已经离世,每一封信都像我的幽灵一样。

上午
我知道我的日子屈指可数,但并非每一天都是一个真实的数字。

新书中有一本叫《世界之歌》。看过两章后放弃。季奥诺的单纯有些过于简单化。他对自然和原始状态的怀旧有些不够真诚。似乎他很高兴我们失去了自然,因而他就能表现出他对这种损失深刻的哀悼。从某种倾斜的角度让我想起施蒂弗特的《彩石集》。我很想喜欢它。

我想喜欢的东西太多。斯克里亚宾,牡蛎,纽约……

下午
沉闷

按摩

晚上
A 刚做了一件可爱的事。从苏黎世酒店聘请来一个弦乐四重奏乐队,在图书馆举办一场小型演奏会。还带来酒店服务员,茶点+果汁,像在家一样。请来主任、医生+其他我不认识的人。简短而熟悉的曲目。维瓦尔第的《春天》,接着是莫扎特的《小夜曲》,约翰·施特劳斯+其他维也纳音乐的缩减版。尽管如此,对 A 的姿态还是很感动。

尽管曲目选择平庸,但音乐家们的水平显然是一流的。不知他们如何在这个老套的曲目中"发现"某些东西。演出结束后,我上前与他们聊天。中提琴家曾在欣德米特的门下学习。大提琴家在德国音乐协会演出过。第二小提琴家经常与巴尔兹合作演出。他们在柏林相识,但在希特勒成为总理后离开德国。能与真正的艺术家交谈真是太美妙了!我告诉他们需要什么可以来找我。大提琴家含羞而开玩笑地建议,给所有人提供前往美国的单程机票+签证。我说这件事情可以放心,包在我身上。

当我与音乐家交谈时,A 站在房间远处看着我。他沉默不语,闷闷不乐的样子。就像在家时一样。

上午
A 在苏。

腹部

和护士一起走到树林的边缘。一些老树吱吱作响。沁人的绿色。将手按进一堆温暖的苔藓中。看着它缓缓弹回，抹去我的压痕。

疼痛摄住全身。只好躺在树下。不记得我最后一次躺在草地、树叶和地衣上是什么时候了。把头枕在护士的腿上。她抚摸着我的头发。甜美潮湿的声音 + 来自地面的气息。云团衬托着没有一丝褶皱的天空。她一定以为我是因疼痛而流泪。

晚上
头

按摩变得难以忍受。触摸。不想因为拒绝而冒犯护士。

上午
音乐始于噪音。经过长途跋涉，它要回家。

下午
一颗有问题的白齿脱落。估计没有时间让洞口愈合。

晚上

阅读亚尔杜伊尼的新诗集。关于米利都的泰勒斯的一首可爱的小诗：

> 这位
> 希腊人
> 将法老胡夫
> 全罩在自己的影中

上午

果汁。大黄、浆果、薄荷。

无意中听到："每个人都知道我在这里隐姓埋名。"

倦怠

下午

A 刚刚从苏打来电话（又一次），寻求建议。科尔贝、伦巴赫、伦敦、纽约，等等、等等、等等。一如既往，他把怀疑误认为深度，把犹豫误认为是分析。

我心不在焉。

"你在吗？"

在他漫长的提问之后，我长时间沉默，他以为电话中断了。

"不在。"我说。

我无法解释那个词给我带来的解脱。世界上所有的鸦片都做不到。

"喂？"

真的。我不在那里。

"我真是个畜生，"他说，"你应该休息。"

"我做得已经太久。现在该结束了。"

二人之间的沉默总是共享的。但其中的一个人占主导，将沉默与另一个人分享。

"但你为此而生，"他最终说道，"你……"

他后悔自己说的话。

"没错。而现在一切都结束了。"

在我们陷入另一次沉默之前，我轻轻地挂断电话。一句话都没说，这意味着没有什么要说的。

晚上

与A通话后失眠。重读以上内容。时间太久。从1922年开始，当时他第一次看到他给我做慈善事业的那笔数目不多的钱比他的基金做得更好。他看着我的账面。让我解释一下。几周后，他说他试过我的方法，但结果令人失望。给我看他的操作。他只是复制我做的，但规模要大得多。是的，他把市场影响考虑在内，但这一切只有人为的对称感却毫无生气。音符正确却没有任何节奏感。就像一架自动钢琴。我为他的交易量画了一幅新素描。便奏效了。

在此之前我们已经结婚大约2年了。这段时期我们相互友好、尊重,也疲惫。几乎没有随意的轻松时刻。我们互相关心,但关心需要付出代价。我们尽力去满足对方的期望,失败时抑制着挫败感,接受对方的努力时,也从不允许自己感到满足。很自然地,我们开始变得彬彬有礼。没有跨越相敬如宾的城池。

忙于音乐+慈善事业有所帮助。董事会会议和捐赠。在家举办演奏会。结交新朋友。所有这一切都让我远离安德鲁,但他鼓励我这样做,因为他明白我们分开的时间有助于改善我们在一起的时间。

一旦找到这种平衡,生活是美好的。我们本可以一直这样下去。

但在他看到我的账面后,我们便开始某种形式的合作。他教我投资规则。我向他展示如何超越其界限思考。我在工作中得到极大乐趣。

第一次,我们成为真正的伙伴。而且,我应该说,我们很快乐。

有了充足的资金,结果几乎是立竿见影。

数字如此之大,以至于在自然界之外几乎没有什么不可以应用的。

人们开始敬畏地谈论安德鲁+他点石成金的"魔力"。

我们互相补充。他明白,如果没有我的帮助,他永远无法维持围绕他形成的神话。我明白,如果不是通过他,我永远不会被允许在这样的高度操作。有一段时间,我们都享受这种联盟。

然而，很快，不平衡变得显而易见：他能教给我的（工具的性质、程序、资产负债表分析等）是有限的，而我的领域则是无穷无尽的。规则+定义是固定的；条件+我们对它们的反应则每时每刻都在变化。的确，他提供了资本。但是经过一年左右，我已经偿还并超出他提供的资本，从理论上，我可以另立门户。

我们陷入各自的角色。有腹语师，就会有木偶。后者听起来只会比前者更糟糕。他不喜欢被告知该做什么。我不喜欢被进一步推到阴影中，只通过他说话。

一切都在1926年崩塌。我相信那一年是我们婚姻的终结。后来，我逐渐明白，那一年才是我们婚姻的真正开始。因为我明白了，只有当一个人对誓言本身比对宣誓对象更忠诚时，才算真正的结婚。

像以往很多次一样，我低估了忏悔的疗效！我也许能睡个好觉。

下午

A在我身边，在沙发上睡着了，还穿着旅行服装。我一定是从昨天上午开始就一直在睡眠中，当时我在极度疼痛中醒来并被注射了吗啡。

当我看到他时，我第一个想到的就是这个笔记本。看起来没有动过，仍在我放在抽屉里的确切位置，笔搁在上面的角度相同。现在隐藏在慈善事业的账本中。无论如何，他从来没有读懂过我的笔迹。

阳光照在我盖在脚上的毯子上。很舒服然后湿冷。
我有体味。

晚上
牛肉清汤。双份碳水化合物。

按摩过度。请护士暂停。不能停。说肌肉需要按摩。

上午
A很高兴看到我戴着白金手链。没有提到苏,等等。
我坐在轮椅上低头看着他。这个句子真奇怪。
他似乎很满足,躺在我旁边的躺椅上,翻阅着《泰晤士报》。
我不想坐轮椅。护士坚持。她是对的。
报纸可爱、无规则的沙沙声。
突出的峭壁覆盖着终年不化的积雪,光秃秃的蓝色山脊,锯齿状的边缘＋牛角形的山峰环绕着山谷四周。看不到路。似乎很难相信有进出的路口。我要不要让A把我埋在这里?也许在有钟楼的教堂墓地里?

下午
无意中听到:"游戏得不偿失。"

晚上
我嘴里的草莓是活的吗?

还是说，这些点缀着未出生的东西的果肉，已经死掉？

上午

一夜无眠后，看着科莱特的新书。一如既往地敬佩，却没有力气去读关于婚姻的故事。拿起伍尔夫的新书。是一本关于伊丽莎白·巴雷特·勃朗宁的可卡犬的传记！

晚上

A带来的留声机。我假装很高兴。听起来没有一点儿原声效果。

上午

晚上

滑稽！

我是亚当，夏娃。疯了，是吗？
D F♯ E A / A E F♯ D

下午

读《弗勒希》。非常出色，即使从狗的角度来看，有时候描写前后不太一致，这让我感到有些分散注意力。但是狗对卧床不起的女主人的爱和顺从令人感到非常窒息。

晚上

伍尔夫引用巴雷特写给勃朗宁的信："你是帕拉塞尔苏斯，我是隐士，骨架上已经破碎的神经，现在松散地悬着，一步一吸都在颤抖。"为什么突然提到帕拉塞尔苏斯？

《海浪》，《弗勒希》。好奇伍尔夫的下一本书标题是什么。她最近的三本书放在一起可以组成一个句子！

上午

生病。天气倒是有同情心。

按摩被一种被动的健美操取代。护士帮我活动四肢。

这让我意识到我对"我的意志"知之甚少。我想移动一条腿。然后我感知它的移动。但是，是什么移动了它？在什么时候无名的电脉冲＋抽搐的肌肉的总和变成了我？我可以正确地称这种力量为"我"吗？都是关于我的移动，护士移动我的腿和腿"自主"移动有什么区别？

偏头痛。热水、海绵、药膏。

下午

A 从苏回来。为了我，他在努力变成另一个人。他的努力只是凸显出我剩下的时间已经不多。

他僵硬的温柔中有些讨人喜欢的东西。但我有一种感觉，他

（不知不觉）试图为自己创造一个未来记忆库。这些是我离开后他会回忆的场景。他会看到自己的手整理我的枕头，抚摸我的脸颊。

晚上

无眠。我对 A 的上述想法所表达的更多是关于我自己，而不是关于他。

或许应该完成几天前开始的忏悔，我们二人都可以得到宽恕。

或者至少今晚让我睡着。

在 1922 年至 1926 年间，我编织了一张蛛网。由于在数学中发现的"黏性"，这个网络的节点＋纠缠向各个方向蔓延。结果可以复现。这是一个可应用的模型，吸引着一切向它聚拢。它甚至发展成三维的。

A 听从我的指示。

那些年我们的利润让贝维尔最初的财富相形见绌。

我无数次跟安德鲁讨论黏性原理＋蛛网架构。他要么假装听从我的解释，要么失去耐心。我的错。从来不善于解释数学。但这使得我们之间的怨恨增加。

我们越成功，我们就越疏远＋相互怨恨。

他曾经说过，他感到失去自尊。

我发现他的虚荣心令人厌恶。

尽管如此，我们古怪的合作仍在继续。我对这个过程很着迷；他沉迷于结果。但声称这对我来说只是一种智力练习是不诚实的。我发现内心深处的野心。我从中提取出一种黑暗燃料。

在这段时间的末尾（26年初？），我将注意力转向交易所中一个日益严重的缺陷，这个缺陷随着我们的交易量+利润的增长而变得更加明显：流量瓶颈。

在股市上涨+下跌过程中，行情板的报价总是远远落后于现场的交易价格。二者之间的差距可以高达10个点。

我决定利用这个延迟。

用巨额交易量+被突然引发的普遍狂热，我开始制造滞后。行情板的报价追不上我的交易速度，在接下来的几分钟里，我成为未来的主人。

安德鲁成为一个传奇人物。人们都认为他是一个能预见未来的先知，一个神秘的人。

事实上，所有这一切都是过时+不堪重负的机器设备导致的：

经纪人无法处理大量涌入的订单；

随后是职员无法及时将经纪人积压的订单电话传给交易现场；

然后每个订单都需要等待执行；

接着更新的报价被传给行情板的操盘员，而且新的报价已经积压滞后；

然后在已经过时的报价发布和基于该报价的新订单之间会有更多的时间延迟；

接着这又一轮滞后的循环又重新开始，而且比上一轮加剧。

这个严重不足的机制制造了套利机会。

奇怪的是，之前没有人想到从这些交易滞后中获利。

我充分利用了这些机会。

我曾经顺口跟安德鲁提到，我们整个金融系统依赖于四个人。这四个操盘员负责将所有报价输入纽约证券交易所行情板。其中任何一个人的失误都有可能使整个市场陷入混乱。

想象一下，我说，如果可以贿赂四个操盘员中的任何一个，让他在把所有报价输入机器之前将信息泄漏出来。那么由于滞后效果，你就可以在不被察觉的情况下对这些信息进行操作。

几周后，安德鲁果然如此操作了。

看看报价磁带，很明显。

他的阴谋只持续了几个月。但他却赚到一笔无法估量的财富。同时贝维尔的传奇也随之膨胀，直到他成为神一般的存在。

我称他为罪犯。他说我不能容忍他的成功。

我们之间几乎两年没有说过话。

上午

A 去苏。

被动健美操。

下午

我身外的疼痛，像周围的群山，汹涌澎湃，仿佛在即将碎成浪花之前凝固成石。

上午

从吗啡中醒来。

这里似乎不是真实存在的地方。

下午

A从苏回来,告诉我有人正在为四重奏乐队的音乐家办理签证。

晚上

无眠。总能找到一个恼人的声音,一段尴尬的记忆,一处疼痛,一种委屈。

上午

无意中听到:"像一块布丁一样的脸。"

下午

音乐中的钟声:
《魔笛》(尽管乐池中的钢片琴从来没有让我感觉到是钟声)
《帕西法尔》?
《托斯卡》(晨钟)
《交响幻想曲》
　　马勒几乎每个交响曲里都有钟声?第四交响曲中的雪橇铃声非常美好。

从打击乐到旋律的飞跃将音乐从史前史带入了它的历史。
骨铃。
股骨的声音一定比胫骨的声音低。

晚上
记忆的多普勒效应。过去事件的音调随着它们远去而改变。

上午
没有吗啡的宁静夜晚。拥有睡眠的奇怪自豪感。

写信。

感觉好一些。但这只会让我意识到我已经忘记全无病痛的感觉。

下午
我从未听过证券交易所的铃声。

上午
今天语言很烦人。

下午
日记作家是一个怪物：书写的手和阅读的眼睛来自不同的身体。

晚上
无意中听到:"他只是假装在假装。"

翻阅这些页面,人们会认为我对钟声充满热情。来这里之前从来没有想过它们。也不确定我现在是否在意。它们只是不停地敲响。

主要是水果

偏头痛

无力做事情

下午
卡西莫多被钟声震聋,喜欢敲响它们。

上午
病
卧床不起

下午
A 从苏回来,带一些小礼物。没有意识到他一直不在。

一些浆果。

晚上
对果汁没有兴趣

上午
病
头

上午
病

上午
病

上午
好一些。出去。山谷在群山环绕之中，罩在珍珠母般的天空下。感觉是在软体动物体内。

找到一本旧的海涅。

无意中听到："她忘了游泳。"

下午
护士从不假装快乐。从不表现出同情。从不假装知道我感受如何。称她为朋友是侮辱她冷漠工作的尊严。然而。

晚上
在房间里大声朗读海涅，从每个音节都能听到舒曼的音符。

上午
病
迷糊

下午
几乎无法忍受进食的暴力。

上午
头发经常被海绵、热毛巾和绷带弄湿，请求护士给我剪头发。她拒绝了。开始用拆信的小剪刀自己动手。我从未见过护士露出恐惧的表情，所以我停下来。我不能确定在我们相互注视时她在我眼中看到了什么，但她告诉我等一会儿，然后离开。她拿着适合剪发的剪刀回来。她没有问我剪什么发型，也没有靠稍微修剪来让我满意。我能感觉到剪刀贴近头皮。

下午
刚读完哈兰德的新作。完美的变形小说。很高兴无法完全跟着情节走。

桌子上的玻璃杯有些神奇＋悲伤。水被约束成一个垂直的圆柱体。我们战胜自然的令人沮丧的景象。

晚上
李斯特的《钟》

我现在的处境有一个好处：再也不必被迫听帕格尼尼、胡梅尔、柏辽兹、帕德雷夫斯基、奎尔特、圣桑、托斯蒂、弗兰克、林德纳、奥芬巴赫、埃尔加、杜博切特、拉赫玛尼诺夫的曲子。

上午
无意中听到："不，不：得克萨斯州敖德萨。"

下午
A 从苏回来。看到我新剪的头发吓一跳。他试图表现出生气的样子。敬畏地看着我。

晚上
A 和我一起喝咖啡。他明天要去苏。表现出值得称赞的克制，完全不询问任何业务问题。感动＋感激。我请他躺在我身边。我们握着手，静静地看着天花板，享受二人独处的平静时光。

当我让他感觉良好时，内心涌起的满足感让我感到不安。

下午
设法读完克卢韦尔的最新作品。篇幅不长，或许是完美的。

在书籍、音乐、艺术中，我一直追求的是情感＋优雅。

上午

新钢笔。A去了苏，表现出一个非常忙碌的人在克制自己的激动，以此来炫耀自给自足的能力。

这让我想起我们因股票报价争执之后长时间疏远时他的行为举止。当时和现在一样，我离开交易业务。当时和现在一样，他隐藏在真诚的勤奋的表象背后。我们从未在住所内碰面。只在公共场合说话。他大部分时间都在办公室＋菲耶索拉纳。

全身心投入音乐＋慈善事业。起初，出于好奇，我关注他的工作。安全、合理、平淡无奇。很快，我便失去兴趣。我与业务的唯一联系是管理慈善基金。

回想起来，我发现除了业务合作期间，我们从未真正共度时光。对彼此知之甚少，几乎一无所知。

在很多方面，我们似乎回到结婚的最初几年，回到我们合作之前，我们学会同床异梦。但是我们之间的差距在扩大，这种状况也不错。一切都按部就班。我想，从现在开始，这种礼节性的疏远将成为我们的共同生活。

但随后我感到疲惫不堪。最奇怪的是：这种疲倦令我窒息，同时也给我一种奇怪的舒适感。

站不起来。感觉只要直立就会摔断。一直害怕骨折。开裂。

屈服于沉重的疲劳感是唯一的解脱。

最终，A得知我卧床不起。在他第一次短暂的慰问中，他不以为然＋容易发怒。一直寻问我的"神经"。他的问题比他的关心似乎更让我敢于告诉他我身体不适。

引起他注意是很难的。只有当他看到我体重掉了那么多，他才真正开始担心。

第一位医生没发现什么。也说神经衰弱。让我服用镇静剂，我没服。

我的虚弱状况让A得以对我示爱，是那种这些年来怨恨和嫉妒尚不能泯灭的情感。也让我看到，这些年来我一直无法原谅他的情绪已经在我紧握的拳头中形成一种充满恶意的自豪。

这可能是我们在一起的最好时光。

1929年初，发生了两个相互作用的事件，打破了这种不稳定的和谐状态。实际上，不是事件，因为它们都发生在未来。我应该说是两个预测。

第一，我意识到市场将在年底前崩盘。

第二，我的癌症诊断，据此我将在崩盘之后不久死去。

下午

牧师来了，带着湿漉漉的安慰话。

上帝是对最有趣问题的最无趣答案。

钟声，钟声，钟声。敲钟人。

阳光晒在毯子上。每个光子都从太阳传向我的脚。这么小的东西怎么能走这么远呢？如果近距离观察，光子的流动就像流星雨一样。我的脚和光子玩耍。尺度（一个光子、我和一颗星之间的距离）造成的眩晕感是死亡的前兆。

在没有透露我的病情的情况下，我逐渐开始重新给安德鲁提供业务建议。因为我的建议有实际效果，他欢迎我回来，但带着一丝谨慎。有时我不得不寻找新的方法来让他采纳我的建议。这些建议必须首先成为他的想法。呼与应：我给他 D F♯ E A，让他以为他自己想出 A E F♯ D。

尽管灾难迫在眉睫，但他却对我的计划持怀疑态度，并不断说市场是抗震的。但我知道这只是时间问题。我开始创建空头头寸。

9月初，经过将近一个月的上涨后，我开始清仓，导致股市价格的剧烈震荡下跌。

为了保值，投资者开始在下跌期间抛售所持股票，其后果显而易见，直到1929年10月的最后一周。

无需过多笔墨。大体上，大多数关于股市崩盘的描述都是正确的，除了将我的名字遗漏了。对此，我很感激。

从看不见的教堂传来的阵阵钟声。

我 1929 年的计划很像钟形主题。

卖空是将时间折回，让过去在未来再次出现。像音乐主题的反向演奏或回文。

D F♯ E A / A E F♯ D。

反向播放的歌曲。

但是逆市场而动，一切都发生逆转：股票贬值越多，利润就越大，反之亦然。

每一次亏损都变成盈利，每一次增值都变成贬值。

歌曲中的所有音程都被翻转，倒置。

上大三度（D F♯）变成下大三度（D B♭），下半音（F♯ E）变成上半音（B♭ C），下纯五度（E A）变成按比例向上的跳跃（C G）。

D F♯ E A 变成 D B♭ C G。

但是反向的。

反向倒放。

一首歌被反向演奏，并且被倒置。

呼与应。

"管弦乐队演奏的音乐让你知道接下来会发生什么，你可以提前聆听。"

1929 年，每个人都听到 D F♯ E A 并且往前听，想到 A E F♯ D。

但是当我听到 D F♯ E A 时，我脑子里的反应是 G C B♭ D。

在29年,我的脑海里没有钟声敲响。
但现在回想起来,这似乎是对我的感知和想法的准确寓言。
我对市场的赌注是一首从后往前读而且上下颠倒的赋格。
每个声音都来自原主题的垂直+水平镜像。
献祭音乐的激进版。
或者,也许更好的表达是舍恩的钢琴组曲。

我不相信报应,但在股市崩盘之后,癌症的凶猛进展让我觉得这不是巧合。
最后不得不告诉安德鲁生病的事。
他似乎更关心只剩下他自己而不是我不在了。尽管如此,他还是个好伴侣。

在29年大萧条之后,我试图组织一个复苏计划,将大部分钱捐出去。但是我病得太重,身体日渐衰弱,被一次又一次失败的治疗耗光精力。安德鲁做了一些贡献:星星点点地建立图书馆、医院+大学礼堂等。当我得知他以我的名义施舍这些面包屑时,我感到非常尴尬,让他不要再这样做了。

A在我旁边的椅子上睡着了。老样子。

感觉我已经在这里待了几十年。时间是变慢了还是变快了?

每个物体都是一个活动。

这个碗的力气全都耗在表现自身之上。

自从读完克卢韦尔后就很少阅读了。勉强看完萨瑟兰的小双联画。

"原以为的自我并非真，
放下重负，翩然轻盈。"

果汁比平时甜。
现在人们用不同的眼光看我。好像我不是他们中的一员。

再也听不到我小时候的声音。我能记得完整的对话，但不记得我听起来的感觉。

病
眼睛后面一片凌乱

病（ill）
直到（till）
仍然（still）

体内感觉在长牙

醒来发现左脚踝打上了石膏。
在吗啡麻醉下移动我时扭伤。
没有记忆或疼痛。
护士被辞退。
我命令他们把她召回。
她现在在这里。

没受伤的脚有时会碰到石膏。打石膏的脚没感觉。

当我说我想到所有我没做的事情时,
这些想法的内容到底是什么?

不再洗浴。护士在我的脚趾间 + 关节内涂抹古龙水。
凉爽的烧灼感。

A 的不耐烦。

能再次出门真是太好了
被世界拥抱

但每次我眨眼，山都消失了

蕨类植物中的蕨类植物中的蕨类植物中的蕨类植物

落满鸟的树木

一些叶子边缘泛红，
树叶野兽般的垂死挣扎，
留住一个在这里，让它悬在它的痛苦中

钟罩下的钟不会响

知道从此以后没有什么会成为记忆，这种自由非常恐怖

好长时间我才意识到嗡嗡声只在我的脑海里
无波噪声仍然是声音吗？

护士用指甲锉为我修剪指甲，边锉边吹走指甲屑

从事物剥落下来的词语

时醒时睡。像一根针从黑布下钻出又消失。没有穿线。

致　谢

我永远感谢纽约公共图书馆的卡尔曼学者和作家中心、怀廷基金会、麦克道尔、亚多和艺术家救济组织提供的宝贵支持。

感谢无与伦比的 Sarah McGrath 和河源出版社的每个人，尤其是 Jynne Dilling Martin、Geoff Kloske 和 May-Zhee Lim。我对 Bill Clegg、Marion Duvert、David Kambhu、Lilly Sandberg 和 Simon Toop 表示无尽的感谢。

为本书写作的不同阶段提供慷慨支持，我必须感谢 Ron Briggs、Heather Cleary、Cecily Dyer、Anthony Madrid、Graciela Montaldo、Eunice Rodríguez Ferguson 和 Homa Zarghamee。

特别要感谢一些朋友，他们使这本书变得更好。我对 Pablo Bernengo、Brendan Eccles、Lauren Groff、Gabe Habash、Alison Maclean 和 James Murphy 感激不尽。

多年来，Jason Fulford 和 Paul Stasi 一直长期忍受与我交谈的痛苦，也是不成熟的草稿耐心的读者。我欠他们的比我在这里能表达的更多。

安妮、艾尔莎……我得写一整本书才能好好地谢谢你们。